DE LA MÊME AUTRICE

Aux Éditions Gallimard

UNE HISTOIRE DE FRANCE, roman, 2019, « Folio » n° 6896. Prix de la Feuille d'or de la ville de Nancy – prix des Médias 2019.

CHIENNE ET LOUVE

JOFFRINE DONNADIEU

CHIENNE ET LOUVE

roman

nrf

GALLIMARD

L'auteur a bénéficié, pour l'écriture de cet ouvrage,
du soutien du Centre national du livre.

Pour mon frère

«Une petite fille morte dit : Je suis celle qui pouffe d'horreur dans les poumons de la vivante. Qu'on m'enlève tout de suite de là.»

ANTONIN ARTAUD,
Suppôts et Suppliciations

2 place Gustave-Toudouze. Au premier étage, la petite ménagerie en verre s'anime au soleil couchant. Derrière la vitre, ils brillent de mille feux. Gazelle, éléphant, lion, paon, tortue, girafe : une collection à nulle autre pareille. Ils portent chacun le nom d'un défunt. Sur l'étagère centrale, le poulain turquoise, le louveteau vert, la jument jaune bouton-d'or et la louve rouge flamme murmurent une histoire de fillettes à tresses. Une histoire entre chienne et louve.

PREMIÈRE ANNÉE

BLANCHE

(Un tramway nommé Désir)

La perruque fuchsia danse sous les projecteurs. La fille sur scène, soutien-gorge à franges perlées, string, plateformes, c'est moi, Romy, j'ai vingt ans mais j'en parais douze ou quarante selon l'éclairage, l'humeur ou les désirs des clients : lesbiennes, handicapés, vieux, pauvres types au physique ingrat, hommes d'affaires, puceaux. Déjà sept mois que je travaille au Pussy's, boulevard de Clichy. Ce job me permet de payer mes cours de théâtre. Le théâtre, c'est ma vie. Tous les soirs, à partir de vingt heures, j'enfile mes cheveux synthétiques pour danser dans ce club où je m'effeuille. Les boucles descendent en cascade sur ma poitrine. Mes cheveux volent et giflent mon visage maquillé à outrance : eyeliner épais, fard à paupières charbonneux, rouge à lèvres irisé noir. Quand ils se coincent dans une bretelle ou une fermeture, je les dégage d'un geste vif.

Ici, je m'appelle Any-Doll. La musique empêche la petite voix de revenir, celle qui m'insulte en continu. Seule, je me frapperais jusqu'au sang, comme je le faisais enfant. Je m'épuise. Les vagues à l'intérieur de mon corps tourbillonnent, me noient au fond de moi-même. La marée m'attrape sans prévenir, personne ne peut me sauver. Comme j'aimerais me quitter. Le vide et le manque me rendent folle. Enfermée dans mon corps, une fillette de neuf ans me parle.

> *Il faut que je tue. J'adore ça. J'ai commencé avec mon père. Je l'ai noyé dans le grand bain de la piscine municipale alors qu'il s'apprêtait à battre son record d'apnée. Il flottait comme une méduse. J'ai étouffé France sous la couette. Elle avait assez joué à la poupée avec moi, à mon tour. Enfin au calme, je lui ai mis du vernis bleu sur les ongles – elle n'aime que l'orange corail – avant de lui dessiner des ailes de papillon dans le dos. Cachée derrière la maison de l'éclusier, j'attrapais dans mon filet les zonards du canal, puis je les étranglais. Ça défoule.*
>
> *J'ai éventré ma mère, je lui ai retiré les intestins. Elle ne gémira plus. Je suis une louve.*

Je me déhanche, m'enroule autour de la barre de pole dance, me cambre, me mords la lèvre inférieure, passe une main sur ma poitrine. Doux, félin, dominateur, avec la rage au ventre, joyeux : mon corps parle. Quand je ferme les yeux, des images multicolores remplissent ma boîte crânienne, elles s'accompagnent d'odeurs de plastique, d'acier, de sueur. Je vois des formes aux contours flous, orange, roses, rouges ou violets. Elles émettent des vibrations qui montent et descendent à la façon d'un électrocardiogramme. Je distribue des sourires et des clins d'œil pour alimenter les rêves de chacun. Dans combien de draps me glisserai-je cette nuit, soie ou coton ?

Phalanges tatouées de médailles, les doigts en éventail, je dévoile un regard qui change à chaque seconde : « Je te prends. Je vais jouir. Tu me possèdes. Tu vas avoir mal. Pas touche. Je te désire. » Dans les miroirs, j'observe chaque partie de mon corps. Des pièces de puzzle que j'essaye d'assembler. Chacun de mes membres a son moment de gloire, je les isole un à un avant de les réunir. Le bassin est la vedette. Fesses en arrière, main gauche au-dessus de la droite sur la barre, tête légèrement inclinée, menton appuyé sur l'épaule, je me désarticule à la lumière des projecteurs.

Mes déplacements sont lents, j'impose mon rythme et ma respiration : je commande. 1 : le soutien-gorge tombe, 2 : coup de talon pour le virer, 3 : regard salle. String à paillettes, j'ondule, oscille, crépite, me soulève et me désagrège comme une flamme. Regard noir, je fais tourner mes nippons, des cache-tétons en forme de cœur, et provoque les filles accoudées au bar, déjà ivres, qui attendent leur tour. Je déteste les plus âgées à cause de leur savoir-faire, de leur assurance. Je me méfie de Kiki Gun et de Zora Swing.

Imperceptiblement, j'écarte les lèvres, contrôle ma respiration. Ma cage thoracique se gonfle. Je donne ce que je veux, finis toujours par tout reprendre. Je t'octroie un regard ou pas. C'est déjà une chance de respirer dans la même pièce que moi, de sentir mon souffle à quelques centimètres de toi. Je joue avec mon string, le descends, le remonte, l'abandonne enfin. Une main devant mon sexe, je balaye chaque table du regard. Je dévore une foule d'individus. Coup de hanche à droite, puis à gauche, un pas en avant, glissement rapide de l'autre jambe pour masquer mon sexe, j'accentue chaque geste. Mes mains caressent mon visage, font le tour de mes seins pour retrouver leur place, à ma taille. Mes doigts bougent avec délicatesse, des ailes de papillon qui se déploient et se referment. La fille à la perruque fuchsia se fait l'amour. Mon désir monte sur les tubes de Christina Aguilera, Shakira, Beyoncé, Britney Spears. 1, 2, 3, 4, 5, 6, 7 et 8. Je compte les temps. À chaque tour de barre, je visualise la grande comédienne que je serai demain. Qu'on me jalouse, me haïsse, m'admire. Je dois sortir de l'arbre généalogique des perdants.

La musique s'achève. Genoux et talons collés, je me baisse lentement, me cambre davantage. Soupir. Les pompons de ma poitrine s'immobilisent. Un doigt sur la bouche. Je savoure ces dernières secondes, j'ai hypnotisé la salle, enfin, les trois paumés : un type en fauteuil roulant, un autre avec un casque sur les oreilles et un vieux en costume. Je les excite. La tension est palpable. Même mes cheveux fuchsia, aimantés par la barre, sont électriques. La sueur dégouline sous ma perruque, coule le long de mon dos. J'attrape le chiffon posé sur le comptoir, côté droit de la scène, essuie la transpiration de mes mains et de mon entrejambe sur la barre avant le passage de Lola Liberty. On se baptise avec des noms dignes des filles du Crazy Horse, mais nous sommes seules à les connaître. De toute façon, les clients ne nous appellent pas. Ils claquent des doigts, sifflent ou font un signe s'ils veulent une danse privée derrière les rideaux de perles. Je descends les cinq marches qui mènent à la salle, rôde autour des tables. Une bande de copines entrent dans le club, toutes identiques : blouson en cuir, minijupe, boots, pochette de marque. Ces filles viennent se divertir en début de soirée avant d'aller en boîte de nuit ou de rejoindre leurs copains à la sortie d'un concert. Elles payent leur place moitié prix et le patron leur offre une coupe de champagne, de la pisse de chat. Elles lui servent d'appât autant que nous pour attirer les hommes. Une main devant la bouche, elles gloussent, se penchent vers la voisine pour commenter nos danses et nos tenues.

Je me dirige vers le bar, m'assois sur un tabouret haut, attrape la bouteille de vodka et me sers le troisième shot de la soirée. Je n'attends pas que Seb me l'offre, il est assez radin sur les boissons avec les filles. Lola Liberty ne maîtrise pas ses descentes. Chaque fois, j'entends le choc sourd des talons qui s'écrasent sur le lino juste après le couinement de sa peau humide sur la barre de pole dance. Elle ne renouvelle pas sa chorégraphie, toujours sur la même musique. Elle a ses clients réguliers, elle pourrait les perdre si elle cassait la routine. Sans la regarder, je peux vous dire qu'en ce moment elle est dos au public, penchée, elle tend son cul et joue avec la ficelle de son string. Ivre, elle perd l'équilibre, pose une main au sol avant de prendre une grande inspiration pour se relever.

J'ai envie de fumer un joint. J'attraperai Mouss à la sortie, l'homme bleu marine comme je l'appelle, il a toujours un petit quelque chose à me donner. La soirée va être longue. Encore sept heures à tenir. Il n'y a pas grand monde ce week-end, il fait beau, les Parisiens sont partis et les provinciaux ne viennent qu'en semaine. Notre milieu est le thermomètre des humeurs sociales. On sait si le pays va bien ou non. Nous sommes les premières atteintes par les grèves, les épidémies ou les restrictions budgétaires. En plus d'être danseuses, nous sommes sociologues et psychologues.

Des cris montent du sous-sol, nos coulisses aménagées dans une cave humide. Pour la énième fois, Kiki Gun s'embrouille avec le patron. Elle arrive tout le temps en retard à cause de sa fille. Elle attend qu'elle dorme avant de pouvoir s'éclipser et venir travailler. Kiki ne se laisse jamais démonter par le patron, elle a des atouts indéniables. Elle le sait. Il le sait. Lola Liberty, Coco Vanille, Zora Swing, Miss Saïgon, Bella Poison, Lili Butterfly et moi, pendant ce temps nous nous chargeons de divertir la salle, de camoufler les insultes, d'envelopper les clients de sourires et de sous-entendus. Entre nous, on s'effleure, on se susurre des mots doux, on se respire. Objectif: faire bander, mouiller, forcer le désir du client. On le nourrit de fantasmes. Qu'il comprenne pourquoi il a payé et ne regrette pas sa soirée. Et surtout, qu'il revienne.

Vingt-trois heures. Mes souvenirs cognent dans ma boîte crânienne comme les glaçons de mon whisky. Je pense au rendez-vous demain à dix-sept heures. Après des années d'errance, je vais enfin poser mes valises, avoir un chez-moi si l'entretien avec Odette se passe bien. Alexandra, une connaissance du Cours Florent, m'a dit que sa tante de quatre-vingt-neuf ans demandait un peu de compagnie en échange d'un loyer modeste. Fini la tournée des canapés, des squats et des hôtels de passe. J'aurai un placard, un côté du lavabo, une étagère dans le réfrigérateur et je dormirai dans mon odeur.

— Il te veut, murmure Zora Swing à mon oreille tout en m'indiquant le vieux du fond.

Perdue dans mes pensées, je ne l'avais pas vu. Je décolle mes fesses humides du tabouret, bois une gorgée d'eau avant de trouver l'équilibre sur mes échasses. Je jauge la distance à parcourir pour le rejoindre, le nombre d'obstacles à contourner. Les odeurs de transpiration et d'alcool fermenté que les filles recrachent dans les plantes pour rester à peu près sobres me prennent à la gorge. Je dois décrocher mon audition de fin d'études sinon je meurs. Mes grands yeux noirs dévorent le type. Sourire de Barbie pétée, j'avance doucement. D'un coup, mon pied se prend dans la lanière d'un sac posé au sol. Perte d'équilibre, je tombe sur une des filles du groupe, renverse sa coupe de champagne. Son chemisier blanc dévoile la dentelle du soutien-gorge. Elle hurle. Je m'appuie sur son épaule pour me relever, elle dégage ma main. Sa copine essuie son décolleté, elle s'énerve, se met debout. Face à face, on se dévisage. Son joli minois se déforme, ses lèvres tremblent, je vois bien qu'elle se contient pour ne pas se jeter sur moi. D'un mouvement de tête, je balaye mes cheveux qui frappent son visage. Elle fait un scandale, réclame un remboursement et un geste du patron. Elle obtient tout. Gorge nouée, je m'éclipse.

Coulisses. J'enfile legging, baskets. Du revers de la main, j'essuie mon rouge à lèvres irisé noir. Je retire mes faux cils, me démaquille. À demain Any-Doll. Place à mes cheveux ondulés blond vénitien, ma peau translucide, mes yeux noirs. Les filles disent que je ressemble à une poupée Corolle. Max arrive dans la loge, il me crie dessus à cause du verre renversé. Je le regarde dans le miroir entouré d'ampoules. Je suis habituée à ses colères. Je fourre perruque, sous-vêtements, oreilles de Minnie et auréoles d'ange inutilisées dans mon sac de sport. J'enfile mon sweat-shirt à capuche, bouscule Max en bas de l'escalier. Il m'attrape au passage :

— Je te laisse encore une chance.

Paroles en l'air, il le dit chaque fois. Je reviens toujours. Je monte les marches deux à deux. La porte en fer claque, pluie fine, vent.

— Salut Mouss.

— Déjà ? Il n'est même pas minuit.

Il glisse un joint dans ma poche, me laisse partir. Boulevard de Clichy, musique à fond dans les oreilles, je tire sur mon joint, trace jusqu'à l'hôtel de la rue d'Hauteville.

Avant de m'endormir, je répète le texte de Blanche dans *Un tramway nommé Désir* : « *Tant pis ! J'ai apporté de jolies robes, et je les mettrai. Je suppose que tu espères que je vais aller m'installer à l'hôtel, mais non, je ne vais pas aller à l'hôtel. Je veux être près de toi, il faut que je sois avec quelqu'un, je ne peux pas rester seule… parce que… comme tu t'en es peut-être aperçue, je ne vais pas très bien.* »

Seize heures cinquante. Grand soleil place Gustave-Toudouze. À mi-chemin entre Pigalle et Saint-Georges, cette place est une frontière entre la zone des sex-shops, des putes et des camés, et celle des théâtres, de la bourgeoisie, des chérubins blonds. Trois bancs, un kiosque, des lampadaires anciens, style lanternes, une fontaine Wallace, une colonne Morris, des marronniers, cinq restaurants. C'est ici, au numéro 2, qu'habite Odette Steiner, née en 1921 à Chaumont. Odette a connu la crise de 1929, la Seconde Guerre mondiale, le Front populaire, l'exode, l'Occupation, le droit de vote des femmes, l'épidémie de polio, la bataille de Diên Biên Phu, la guerre d'Algérie, Mai 68, la pilule, la légalisation de l'avortement, Mitterrand, Tchernobyl, l'apparition du sida, l'an 2000. Elle a enterré ses parents et ses trois frères. Il ne lui reste plus que sa petite-nièce qui vit à l'étranger. Je sais par Alexandra qu'Odette a fait partie de la chorale de Notre-Dame-de-Lorette, d'un atelier de mosaïque et d'un club équestre. Elle participait activement à la vie du 9e arrondissement en envoyant des lettres à la mairie avec ses recommandations, suggestions ou plus souvent des critiques. Désormais elle ne sort plus guère. Doyenne de son immeuble, elle n'hésite pas à rappeler les règles de vie en communauté à ses voisins. D'après Alex, avec sa tante, faut filer droit. La vieille femme a du caractère, ce n'est pas simple de se la mettre dans la poche.

Pour rencontrer Odette, je me suis préparée comme pour une audition. Je me suis levée tôt, j'ai pris une douche froide avant d'essayer plusieurs tenues et regards : un véritable rôle de composition. Naturelle, une queue de cheval, tatouages des phalanges camouflés, pas de boucles d'oreilles. Il me faut cette chambre, un endroit à moi avec une porte, je suis lasse des salons, des canapés, des sacs de couchage, des cabines de bateaux et des sous-sols d'hôpitaux. Depuis que je suis montée à la capitale, j'ai enchaîné les logements à Montreuil, Créteil, La Courneuve. À Montreuil, j'habitais rue de Paris. La vraie vie me narguait de l'autre côté du périphérique.

Les fenêtres des immeubles alentour sont ouvertes, une odeur de lessive s'en échappe. Ici tout est propre et léger, les gens sont bien habillés, décontractés mais pas trop, les femmes portent le carré court, les bébés vêtus d'une marinière gigotent dans la poussette dernier cri. L'entrée se trouve entre deux restaurants. Odette est accoudée à son appui de fenêtre, au premier étage. Cheveux courts blancs, chemisier sous un pull bleu, derrière ses lunettes rondes elle observe les gens aux terrasses et les gosses qui jouent sur la bouche d'aération du métro. La tête rentrée dans ses épaules carrées, elle ressemble à une chouette sur son perchoir. Elle regarde sa montre. Dix minutes d'avance. Déjà, elle m'attend. Ses yeux se posent sur moi, froncement de sourcils, lèvres pincées. Est-ce que je corresponds à la description de sa nièce ? Trop tard pour faire demi-tour, et pour aller où ? Grande inspiration, je fais un signe de la main à Odette. D'un pas rapide, je me dirige vers la porte, compose le code d'entrée. Je reluque la boîte aux lettres à son nom, mademoiselle Steiner, bientôt, j'y ajouterai le mien. Des journaux dépassent de la fente, *Le Pèlerin*, *La Croix*. L'interphone grésille. Je pousse la porte vitrée, jette un coup d'œil dans le miroir du hall. Mon chemisier est froissé. J'humecte un mouchoir avec ma salive et frotte mes baskets grises. Je tapote mes joues, mon teint est blafard. Déjà, des petits cheveux dépassent de ma queue de cheval. Odette se tient sur le seuil, agrippée au chambranle de chaque côté. Nous nous dévisageons. Elle m'invite à entrer. Ça sent la lavande et la naphtaline, l'odeur de la mort, alors qu'au Pussy's ça pue la vie : la transpiration, les préservatifs parfumés à la fraise, le sperme. J'ai l'impression d'être une veilleuse qui se promène entre deux mondes. C'est la première fois qu'Odette reçoit une possible locataire. Elle me le fait savoir, c'est l'idée d'Alexandra, pas la sienne, même si elle n'était pas contre. Depuis quelques mois, elle s'est mise à avoir peur la nuit, les démarchages téléphoniques l'exaspèrent, les escrocs pour changer sa chaudière pullulent, la solitude lui pèse. Elle voit ses copines perdre la tête, partir en maison de retraite quand elles ne décèdent pas avant. Odette a perdu l'appétit et sa joie de vivre. Inquiète, Alex a contacté le médecin qui lui a prescrit une pilule magique. Depuis, elle va mieux, mais ce n'est pas encore ça.

Je retire mes baskets dans le vestibule rouge tandis qu'elle ferme la porte à clef. On dirait l'entrée d'un bordel, moquette rouge, lustre en cristal, miroir. Tic-tac-tic-tac, j'entends une pendule au loin. Odette m'entraîne dans la salle à manger. Je suis au milieu d'un cimetière ; partout des fleurs séchées, des croix, du buis, des photos de papes, des portraits en noir et blanc. Je frissonne. La petite voix jaillit d'un coup.

> *Tu crois vraiment que tu vas duper la vieille avec ta tête d'ange ? Ton regard te trahit. Ces griffures dans ton cou et sur tes poignets, ce sont celles d'un chat peut-être ?*

Tais-toi. Je serre les poings, les ongles rentrent dans ma peau. Nous nous asseyons autour de la grande table de la salle à manger. Odette a préparé ses questions, elle se relit. Mon regard est attiré par la vitrine derrière elle. Sur les étagères trônent des animaux en verre de toutes les couleurs et collés les uns aux autres. Ils ruissellent de lumière. Odette tapote son stylo Croix-Rouge sur le bloc tout en me fixant. Je me concentre. Elle pose des questions, note mes réponses d'une main tremblante. J'essuie mes paumes moites sur mon jean. Elle m'interroge sur mon parcours. Je prends une grande inspiration. Dire la vérité ? Née en 1990. Morte en 1999. Renaissance un 1er novembre 2009 au fond d'un TGV. À dix-neuf ans j'ai troqué la Lorraine pour Paris. Un baluchon, une parka militaire et un bonnet pour couvrir mon crâne rasé. Je prétends être orpheline, seule survivante d'un accident de voiture. Hélène et Philippe, mes parents, sont morts et enterrés. Je ne lui parle pas de mon passé jeté au fond du baluchon : Toul, les caresses de France quand j'avais neuf ans, le corps de ma mère malade, les bouteilles de whisky de mon père planquées dans le garage, l'hôpital psychiatrique, les squats, le froid, la solitude, l'ennui, la prostitution, les forêts et les champs à perte de vue, les fermes désolées, les fêtes à la baraque de chasse, les cuites au vin rouge et à la mirabelle chez Tata Ricard. Une déchèterie de souvenirs.

Un sourire se dessine sur ses lèvres, mon rôle de martyre lui plaît. Immédiatement, elle me baptise Zoline. Elle dit que je pourrais être l'héroïne d'un roman de Zola et puis, de toute manière, elle n'aime pas mon prénom. Odette marque une longue pause comme si elle attendait un signe de rébellion, rien. Elle poursuit notre échange, décide quand j'ai le droit de parler, m'interrompt, change de sujet. Je fais de mon mieux pour la suivre et répondre, en élève modèle.

— Côté alimentation, y a-t-il des produits que tu n'aimes pas ? me demande-t-elle.

Nonchalamment, elle tripote de sa main gauche une jument en verre jaune bouton-d'or, le seul animal qui ne se trouve pas dans la vitrine. Je ferme ma veste, croise les bras.

— Non, je ne suis pas difficile, j'aime tout.

— Bien. Des allergies ?

— Non.

— Alexandra m'a dit que tu faisais du théâtre, ça te prend beaucoup de temps ?

— Trois matinées par semaine, des répétitions en soirée.

Je ne vais pas lui dire que je m'effeuille à la nuit tombée pour gagner ma vie. Je me lance dans un long monologue sur mes cours, les rôles que je répète, le travail exigeant que cela demande, le diplôme de fin d'études dans vingt-six mois, le Graal. Odette me coupe la parole :

— J'ai besoin d'une présence régulière. Tu pourras assumer ?

— Oui.

— Le loyer est de quatre cents euros, tu arriveras à payer ?

— Oui. Je donne des cours de français et d'art dramatique.

Manuela, ça compte comme une élève, non ? Elle est dans la même classe que moi à Florent. Elle est brésilienne, le courant est tout de suite passé entre nous, c'est elle qui m'a trouvé le job au Pussy's. En échange de cours de français, elle m'apprend à danser, à trouver les bons plans pour acheter de la lingerie pas chère.

— Tu as des passions ?

— J'aime les vieux films.

J'ajoute après un temps :

— Et les animaux.

Odette se lève, se dirige vers la fenêtre.

— Le loyer est à régler le premier du mois, en espèces, dit-elle en me tournant le dos. Si les voisins te croisent, nous dirons que tu es ma nièce, Zoline, que j'héberge le temps de ses études. Est-ce que cela te convient ?

Je hoche la tête.

— En échange de ce loyer modeste, tu devras partager les repas avec moi, faire les courses de temps à autre, aller à la pharmacie, effectuer quelques tâches ménagères et surtout, le principal, dormir ici. Toute cette faune qui braille sur la place la nuit ne me rassure pas.

Marché conclu. Je ne ressemble pas à la jeune fille de bonne famille qu'elle espérait, mais je viens de l'Est comme elle. Et entre gens de l'Est, on s'entraide. Surtout quand on est une fervente catholique et une ancienne assistante sociale. C'est qu'elle a dû en voir des brebis égarées.

Visite de l'appartement. Elle vit dans un décor de théâtre. Ici le temps s'est arrêté : moulures, fissures, papier peint aux motifs en relief qui couvre aussi les portes, tapisseries aux murs, méridienne, chandeliers, plantes grasses, bustes en plâtre, napperons, mosaïques. Son père a acheté l'appartement en 1945. Odette y vit depuis l'âge de vingt-quatre ans. Elle n'en est jamais partie. Elle m'entraîne dans la « chambre bleue » qui sera la mienne, au fond du couloir sombre et étroit. La main sur la poignée dorée, elle entrouvre la porte, puis la referme en souriant comme une enfant qui va partager un secret.

— C'était ma chambre. J'occupe celle de ma mère à présent, en face, dit-elle.

Elle ouvre enfin la porte en grand. La pièce est encombrée d'objets. Il y a un canapé Louis XVI, cinq fauteuils assortis et deux chaises Lorraine. Véritable boudoir de Marie-Antoinette.

— Je pourrais y organiser des représentations privées, dis-je sur le ton de la plaisanterie.

— On ne peut pas s'asseoir, me prévient Odette. Quand ce n'est pas un accoudoir cassé, c'est l'assise ou le dossier.

Elle n'aime pas jeter. Odette est très fière de sa commode, elle appartenait à Sarah Bernhardt, paraît-il. Elle appelle cette pièce la *chambre bleue* à cause des rideaux, du dessus-de-lit, des coussins et du drapé recouvrant le canapé, tous bleu ciel et cousus par feu sa mère. Il y a encore des affaires d'Odette : un portrait d'elle sur un court de tennis, une autre vitrine remplie de souvenirs de voyages humanitaires et de pèlerinages à Saint-Jacques-de-Compostelle ou Lourdes et une croix avec du buis glissé derrière. D'un air mutin,

Odette ouvre une porte qui donne sur son *foutoir.* Valises, berceau, jambes en bois encombrent ce débarras d'une taille importante. La chambre est grande mais le lit petit. Je ne risque pas de ramener quelqu'un pour une nuit. En poussant les meubles, je devrais pouvoir répéter mes chorégraphies et mes scènes de théâtre. Je vais devoir trouver un endroit pour ma perruque et mes accessoires, et d'abord enlever la poussière. Il est clair qu'Odette utilise la chambre comme extension du foutoir. Je n'ai plus qu'à aller chercher mes affaires. La putain va s'installer dans le boudoir.

D'habitude à cette heure je suis au Pussy's, mais pour mon premier soir chez Odette, je ne peux pas la laisser seule. Kiki Gun et Zora Swing vont séduire mes clients, elles sont capables de leur dire que je suis malade. Quand ils me reverront, ils ne m'appelleront pas pour une danse privée, de peur d'être contaminés. Une danse de cabine rapporte un paquet de blé, derrière les rideaux de perles il y a toujours moyen de se faire du fric discrètement sans que ça passe par la poche de Max.

Nous dînons à la cuisine, sur la table en bois recouverte d'un plastique imitation marbre. Odette a cuisiné sa spécialité, sa soupe *vas-y-fous-tout* aux odeurs de poireau et à base de restes de légumes, de fromage et de viande qu'elle sert dans des assiettes creuses ébréchées. Chez elle, tout est rafistolé. Elle m'a proposé un verre de vin, une lichette pour la forme. De la piquette. Je me resservirais bien. On est loin de mon débit au Pussy's. Là-bas je bois beaucoup et recrache peu, j'aime cette sensation de flottement. Je pousse le client à consommer. Plus il dépense, plus il est ivre, moins il bande. À la fin, il ne sait plus pour quoi il paye. C'est en début de mois qu'on bosse le plus, les gens viennent de recevoir leur salaire, c'est le moment de les faire casquer. C'est qu'il en faut des soirées et des clients pour payer mes cours de théâtre et un loyer. Quand je suis performante, j'ai du bonus pour les fringues, perruques, sous-vêtements, maquillage, faux cils, faux ongles, huiles pour le corps, shampooings nourrissants et démaquillants de qualité. Je veux que ma peau soit souple et fraîche, j'achète mes produits en parapharmacie. Je dépense aussi beaucoup en places de théâtre, je vais souvent à la Comédie-Française. Je vais devoir travailler plus dur la semaine prochaine si je veux rattraper cette absence.

Je débarrasse suivant les instructions d'Odette. Je fais la vaisselle à l'eau froide, le chauffe-eau ne fonctionne plus, tandis qu'elle consulte son agenda. Elle me détaille tout : messes, kiné, appels, renouvellements d'ordonnances. À vingt et une heures, Odette choisit un reportage animalier sur Arte. Des images me reviennent de mon séjour en psychiatrie. Les patients bavaient devant les accouplements de bestioles diverses. Il y avait toujours un schizo qui se tripotait en poussant des cris de sanglier. Il aurait déraciné une forêt. Dans un premier temps, les autres riaient, leurs ventres se soulevaient en cadence. Puis la contagion masturbatoire se répandait, faisant le tour de la pièce. Quand elle m'atteignait, je me mettais à transpirer, je ne supportais plus mon odeur, j'avais le dos et l'intérieur des cuisses trempés. Les médicaments me clouaient au canapé en mousse, impossible de me soulager, mais je mouillais. Je bandais, mes lèvres gonflées frottaient contre ma culotte humide. N'importe qui aurait pu me prendre, malade ou infirmier.

Vingt-deux heures trente, extinction des feux, Odette dans sa chambre, moi dans la mienne. Cela fait des années que je ne me suis pas couchée avant minuit. Dans mon boudoir Louis XVI, je sors ma perruque fuchsia, la dépose sur le dos de la chaise Lorraine, je la peigne. Je me souviens du jour où elle m'a choisie. Boulevard de Clichy, j'errais sur le trottoir, attendant l'heure de ma première séance au Pussy's. Derrière une vitrine, une cinquantaine de têtes de mannequin, visages identiques : yeux écarquillés, pupilles turquoise, cils immenses, nez fins, moues boudeuses, différenciées par leurs perruques. L'une d'elles m'hypnotisait, sa couleur fuchsia captait toute la lumière. Ses longs cheveux bouclés descendaient en cascade, camouflant le mannequin du dessous. Je suis entrée dans la boutique, j'ai demandé à la vendeuse de l'essayer. À peine posée sur mon crâne, elle a diffusé une force qui pénétrait chacun de mes organes. À cet instant, une veine sur ma tempe est apparue, saillante, vibrante, pleine de vie. J'avais rencontré Any-Doll. Ce soir, elle me manque. Quand je suis elle, je ne pense plus. Elle me rend puissante.

La rumeur des terrasses me tente. Qu'à cela ne tienne, moi aussi je peux faire la fête dans mon boudoir. J'enfonce mes écouteurs, *Mary* de Black Bomb A, un groupe de metal. Je chante en play-back en me regardant dans le miroir. La lumière des réverbères éclaire ma chambre, les persiennes en bois sont bloquées. Les rideaux laissent entrevoir un jour, je les réunis avec une pince à cheveux. Vingt-trois heures, impossible de dormir. Je pourrais voler un comprimé de Stilnox à Odette, ça m'aiderait. J'ai vu qu'elle en avait dans le panier en osier de la cuisine. La tentation de boire est grande, mais il faudrait prélever dans sa bouteille. Nous ne sommes pas encore assez familières. Le lit tangue, aucune position ne me convient, les ressorts pénètrent mon dos. Je m'emmêle dans les draps, la couverture moutarde me gratte. Je préférerais une couette lourde qui m'étoufferait tel un corps chaud. Je m'enroule autour du polochon comme je le faisais enfant, puis adolescente avec les hommes. Jésus avec son buis me fixe. Ma mère renouvelait chaque année le buis. Glissé derrière la croix dans l'entrée, il tombait quand on claquait la porte. Elle le replaçait chaque fois, l'escabeau était toujours sorti. Je me demande bien ce qu'elle pouvait lui raconter au Seigneur : mes tentatives de suicide, son amour caché avec Paco, les retours difficiles de mon père après ses missions à l'étranger. J'ai toujours refusé de l'accompagner à la cathédrale, j'aimais mieux glander dans le cloître. D'un bond je me lève, décroche le crucifix et son buis fané, et les balance dans le premier tiroir de la commode Sarah Bernhardt. Je fouille dans mon baluchon. Elle est là, au fond, la plume de paon subtilisée à ma mère pour vaincre le mauvais œil. Je la placarde à la place. J'ouvre les fenêtres, vent frais. Je frissonne. Je fumerais bien un joint dodo, mais Odette me grillerait. Bruits de couverts, de bouteilles que l'on jette, musique au loin, des rires, des éclats de voix, et moi, je suis là dans la pénombre, enfermée chez une vieille. J'envoie un message à Mouss :

« *Il y a du monde ?* »

« *Oui, beaucoup.* »

Mais pourquoi ai-je raconté un bobard à Max ? Je lui ai dit que j'avais des règles douloureuses. J'aurais pu y aller plus tard sans réveiller Odette. Prétexte idiot, je n'ai plus mes règles. Mon gynécologue dit que je suis atteinte d'aménorrhée et qu'elles reviendront quand j'arrêterai mes phases d'anorexie. Si Max en parle aux filles, elles démentiront. Au club, on se connaît par cœur. On passe notre vie à poil, collées les unes aux autres dans la loge. Les poubelles regorgent de tampons et de serviettes hygiéniques, nous sommes capables de dire à l'odeur quelle fille est dans sa période.

Je tourne en rond dans ma chambre, je gratte les pétales en relief du papier peint, une habitude de fillette, il faudrait que j'écrive. J'ai toujours préféré l'écriture à la parole, c'est plus simple. Somnambule parfois, je découvre mes notes au réveil, elles n'ont aucun sens. Gamine, ma mère me retrouvait sur le parking en train d'écrire à la craie ou avec un caillou, j'inventais déjà des histoires, elle me recouchait et me serrait fort dans ses bras.

En fouillant au hasard dans le foutoir, je découvre qu'Odette y planque une réserve de mirabelle. Je bois au goulot, deux gorgées, la chaleur me monte aux joues. À la lueur orangée de l'abat-jour, je retire mon pull. Mes seins sont fermes. Je les tiens dans mes mains, les pince, ils pointent. Ils sont beaux. Je retire mon legging et mes chaussettes. J'ai toujours froid aux pieds. Ma culotte glisse le long de mes jambes, j'observe ma chatte épilée, un sexe de fillette. Les clients détestent les poils, moi aussi. Les trois miroirs dorés capturent ma silhouette : de dos, de face, de profil. Les esprits se régalent. J'enfile ma perruque fuchsia, je ferme les yeux, ma poitrine se gonfle, je souffle. Je passe la tête dans le couloir, personne. Chandelier à la main, je sors nue, boucles roses en cascade sur mes épaules. Je m'arrête à la porte d'Odette, elle ronfle, radio allumée. Je marche sur la pointe des pieds, le parquet grince, les bibelots et les animaux en verre tremblent sous mes pas. Je fouille. Je ne cherche rien de précis, je veux en savoir davantage sur ma logeuse, le besoin irrépressible de la renifler. Doucement, j'ouvre les tiroirs d'un secrétaire, ils sont remplis de cartes postales associatives, de stylos, de calendriers, de cadeaux pour tous les dons qu'elle fait, de piles de faire-part de naissance, de mariage et d'avis de décès, d'appareils photo jetables. Odette collectionne les agendas depuis 1945, année de son emménagement à Paris. Je jette un coup d'œil, une écriture en pattes de mouche et des dessins d'animaux ici et là. Un cheval orne chaque 1er novembre, identique d'un agenda à l'autre. Je sursaute, Odette tousse. Je reste immobile un temps, écoute sa respiration. Les ronflements reprennent de plus belle. Je poursuis ma fouille. Un autre tiroir est consacré aux médicaments : antidépresseurs, laxatifs, diurétiques, antidouleurs, somnifères. Pas d'autres trouvailles. De tout l'appartement, c'est la petite ménagerie qui me fascine le plus. Je pourrais rester des heures à l'observer. Doucement, j'ouvre la vitrine, dépose un à un les animaux dans ma paume, les étudie avec la plus grande attention. Leurs reflets changent selon les angles de vue, certains semblent s'éteindre, d'autres, au contraire, ravivent une flamme plus brillante encore.

Si la vieille te chope, gare à toi.

Délicatement, je les replace et m'éloigne. Je déambule dans l'appartement, passe de pièce en pièce, fesses et seins à l'air. Comme un chien, je marque mon territoire, je pose mon cul sur les tables, les chaises, les fauteuils. J'y laisse mon odeur. Je renifle l'intérieur des placards, les étoles d'Odette, les coussins. Je m'imprègne du moindre recoin. Dans la cuisine, j'effleure les couverts, les assiettes, pose les lèvres sur chaque verre. Je chope la bouteille de gamay avant de me diriger vers le salon, vue sur la place. Je me sers dans un verre en cristal de Baccarat. Je joue à la dame dans ses appartements. Les lumières du dehors font luire ma peau. Je me promène devant les voisins encore debout, distinguent-ils ma silhouette éclairée à la lueur d'une bougie ? Quand ils s'approchent de leurs fenêtres, mon cœur s'accélère, les vagues dans le bas-ventre me chatouillent. Je fouette leurs visages avec mes cheveux, la sensation d'être sur scène. Le voisin du premier, dans l'immeuble d'en face, fume une cigarette sur son balcon. Je le fixe, ne le lâche pas du regard. Mes mains effleurent mon ventre, je joue autour du nombril. Puis elles descendent à l'intérieur de mes cuisses. Soudain, une porte s'ouvre dans la salle à manger. Vite je me lève, j'éteins la bougie, m'accroupis derrière le fauteuil. Aux aguets, j'écoute. Bam ! Bruit sourd de chute. Je sursaute. Odette s'est pris les pieds dans le tapis, elle est tombée et gémit. J'hésite à la rejoindre, mais je suis nue, j'ai ma perruque. Je ne bouge pas. Un temps, puis j'entends les animaux en verre tintinnabuler dans la vitrine et ses pas hésitants, elle s'est relevée et s'enferme dans les toilettes. Je sors de ma cachette, fonce dans le couloir, heureusement la radio est restée allumée dans sa chambre. Je m'enferme dans mon boudoir, fourre ma perruque dans le sac de sport, enfile mon pull et ma culotte. Cheveux ébouriffés, rose aux joues, j'ai la tête d'une gosse qui a fait une bêtise ou d'une femme après l'amour. J'attire beaucoup de clients grâce à mon visage de fillette en âge de baiser. Je saute sur le lit, assise sur mes genoux, je suis en alerte. Au loin, la chasse d'eau, puis un rai de lumière sous ma porte, Odette s'arrête devant ma chambre. Je vois son ombre glisser sur le seuil. Je retiens ma respiration, tire doucement les draps sur moi. Odette ouvre un placard dans la salle de bains, le robinet coule. Elle tire une chaise, un emballage se déchire. Elle se désinfecte. Dans quel état vais-je la retrouver ? Dix minutes plus tard, elle regagne sa chambre, cherche une autre station, de la musique classique à présent. Quand est-ce qu'elle dort ? Mon portable bipe. Vite, j'active le mode silencieux. Un sms de Manuela :

« Chérie, tout va bien ? Adrien est là, il t'attend. »

Je ne peux pas louper cette soirée, Adrien est un gros client, il paye trois à quatre danses privées. En plus, il est respectueux. Je l'aime bien. Il sait que je fais ça pour payer mes cours de théâtre. C'est le seul client au courant, le seul qui s'intéresse à ma vie en dehors du club. Jean, baskets, trousse à maquillage, sac. À pas de louve, je quitte l'appartement. Le vent fouette mon visage, je revis. Je cours, traverse la place, remonte la rue Frochot. La faune est sortie, le boum-boum des clubs résonne dans tout le quartier. La rue. Enfin chez moi.

J'aime Paris, j'embrasse ses défauts, j'accepte sa cruauté, les promesses qu'elle ne tient pas. Paris me rattrape toujours. Si elle sent que je la quitte, elle m'offre une vue, une image, un espoir, alors je reste. Je suis sa maîtresse, je baise ses pieds, ses lèvres au réveil, son haleine alcoolisée, son corps en sueur. Elle m'hypnotise. Je suis droguée à son parfum. Quand on y a goûté, on ne s'en délivre jamais. Je suis sa prisonnière. J'ai au moins réussi ça : habiter dans le plus bel endroit du monde. Toutes les nuits passées dehors à errer ne m'ont pas dégoûtée de la ville. Les rues, les quais, les ponts, les escaliers accueillent mes pas et mon souffle. Je raffole des odeurs de goudron, de pots d'échappement, de la Seine, des rues pavées. Ça me change de Toul et de ses ruelles désertes où même les rats s'ennuient. Paris est un cocktail qui se boit à toute heure. Je me fonds dans son décor, je veux lui plaire, qu'elle m'adopte, devenir son enfant. J'apprends vite les codes. Je fais tout pour m'intégrer, je suis plus parisienne que les Parisiens de naissance. Je renie mes origines, efface mon accent de l'Est. Je suis l'Algérienne, la Marocaine, la Libanaise, la Camerounaise, la Malienne, la Pakistanaise. Je suis la Lorraine. Je suis toutes ces femmes qui rejoignent le territoire de la Dame de fer. Je suis blonde, blanche, française, mais je me bats comme une étrangère pour les mêmes droits, pour une place ici. On finit par se retrouver sur les bancs de Pôle emploi, à demander des aides, à tapiner. Elles, on les excuse de ne pas parler français, d'être nées au mauvais endroit, on imagine aisément leurs souffrances, leurs viols, la traversée de la Méditerranée. Moi, on me dit que je n'ai pas fait d'efforts, qu'il est temps que j'y mette du mien.

— Alors, c'est à cette heure-ci qu'on arrive ! me lance Rabah, un grand gaillard à barbe blanche, grosse bedaine, tout sourire.

C'est le Libanais à côté du club. Une à deux fois par semaine, il m'offre des mezze, du taboulé, du houmous, des sambousseks, des kebbés, je les laisse dans la loge pour les filles. Rabah adore discuter, il m'arrive de venir en avance pour boire un thé à la menthe avec lui. Mais ce soir je lui fais mon signe de tête qui veut dire : « Pas le temps, on se capte plus tard, ça va toi ? » Rabah lève le pouce, je trace. J'arrive au Pussy's. Mouss m'accueille de son large sourire ultra blanc, un néon à lui tout seul. Mouss, ce n'est pas Paris qu'il aime, c'est le 19e, entre sa cité des Orgues de Flandre, le canal de l'Ourcq, les Buttes-Chaumont, Stalingrad, et au centre de l'univers, le café à l'angle de la rue Riquet. Il m'appelle la petite Chinoise blonde car il trouve que je trime comme les Asiatiques.

Manuela, alias Coco Vanille, est sur scène. Elle m'a adoptée comme elle aurait adopté un chat de gouttière et c'est elle qui m'a traînée un soir jusque chez Mouss pour qu'il me trouve une place au Pussy's. Il n'était pas chaud, mais elle a insisté. Manuela ne s'embarrasse pas avec la conjugaison et la construction des phrases. Elle roule les « r » en sortant la langue comme si elle allait t'embrasser. Elle est très tactile aussi. Elle parvient toujours à ses fins. Max ne lui fait pas confiance. Il a grillé qu'elle donnait son numéro aux clients lors de ses passages en cabine et les recevait chez elle, un manque à gagner pour la boîte. Il ne peut pas la virer, Manuela représente son quota Amérique du Sud. Autant il remplace en un claquement de doigts la Chinoise, l'Africaine et la Roumaine, autant il peut difficilement dégoter des Brésiliennes. Gaulées comme elles sont, elles atterrissent illico dans les clubs des Champs-Élysées, puis se mettent à leur compte comme *escort*.

Mouss s'est retourné.

— Tu viens d'où ?

— Toul, à côté de Nancy, en Lorraine.

Il est remonté chez lui sans un mot.

Je me suis pointée tous les jours jusqu'à ce qu'il flanche. J'avais trop besoin d'argent. Octobre arrivait, plus de thune pour payer le Cours Florent. Pas question de retourner chez les parents. J'ai bien essayé de travailler dans la restauration, mais que ce soit pour le service ou la plonge, je n'étais pas douée. Pas de bac, pas de formation, le strip-tease était la solution. Un jour, il m'a attrapée par le col et m'a fait monter chez lui. Il a essayé de me baiser, je l'ai giflé, on a fumé, parlé un bon moment. Il a fini par céder et Max m'a embauchée. Any-Doll est née. Je ne sais pas qui m'a trouvé ce nom.

En coulisses, je colle mes cache-tétons, enfile mon string brodé, ma robe noire transparente et ajuste ma perruque. Un coup de rouge à lèvres irisé noir, je suis prête. J'ai une démarche d'éléphant avec mes plateformes dans l'escalier en fer, heureusement, la musique couvre mes pas. Immédiatement, je me dirige vers la table numéro six, la table attitrée d'Adrien. Il est en train de se lever. Je pose une main sur son avant-bras :

— Tu pars déjà ? La soirée ne fait que commencer.

— Je ne peux pas rester, ma femme vient d'accoucher.

Je m'approche, glisse un doigt entre deux boutons de sa chemise tout en collant mon bassin contre sa hanche. Je respire son parfum aux notes orientales. Je soupçonne sa femme de vaporiser son parfum sur ses vêtements. Pense-t-elle vraiment éloigner les putains de Pigalle et les louves affamées du quartier ? Il pose une main sur mon dos nu, déplace une mèche fuchsia pour mieux embrasser mon cou. Visage tourné vers la scène, je contemple Manuela. Elle enchaîne des figures dignes d'une circassienne sur la barre de pole dance. Elle a la tête à l'envers, nos regards se croisent. Elle m'envoie un baiser, un de ceux qu'on lance aux enfants pour guérir une blessure. Je suis absorbée par les prouesses de Coco Vanille, Adrien en profite pour me faire un suçon dans le cou, propriété privée. Je le connais, l'idée qu'un autre me touche l'insupporte. Je passe la main dans ses cheveux bouclés châtains et le tire en arrière.

— J'espère te voir la semaine prochaine, dis-je avec la moue enfant battu, celle qui le fait craquer.

— Si tu es sage, miss.

Il s'éloigne. Je déteste qu'on m'appelle miss, c'est pire que de ne pas avoir de prénom. Allez ma fille, ressaisis-toi, tu tires une de ces tronches. Hop hop hop, un autre client, je ne peux pas perdre cette soirée. Je siffle le fond de whisky d'Adrien, il a dû en boire beaucoup pour ne pas terminer celui-ci. Je sursaute, Max me frôle, me susurre :

— Je vois que tu n'as plus mal au ventre ? Occupe-toi des clients dans la salle. Les filles ont programmé leur ordre de passage, il n'y a plus de place sur scène.

Je balaye les tables du regard : un couple, elle la cinquantaine, lui la vingtaine, c'est leur première fois dans un club, session apprentissage pour monsieur. Ils ne m'appelleront pas. Quatre jeunes en survêtement, pas de fric. Perte de temps. L'habitué et son casque sur les oreilles, l'air attardé. Comme toujours, il va se sentir agressé si je l'approche. Reste un homme, trente ans environ, un costume pour se donner un air d'adulte. Plutôt correct. Un nouveau client ? Je me dirige vers le bar, demande à Seb une coupe de champagne. Je n'accoste pas l'homme immédiatement, je lui casserais son délire, c'est le genre à préférer la parade nuptiale à l'accouplement. Je joue avec mes cheveux roses, effleure ma bouche entrouverte avec une mèche. Je guette Kiki Gun et Zora Swing. Monsieur est à moi. J'incline la tête en arrière, pose une main à la naissance de mon cou, ferme les yeux pour allonger mes cils : un aperçu de ce qu'il verrait s'il était au-dessus de moi. Je laisse passer quelques minutes, savoure l'orgasme imaginaire, puis, d'un coup, mes paupières s'ouvrent dans sa direction à la façon d'un bleuet qui éclot, grand sourire. Bingo, il m'invite à sa table. J'apporte deux coupes.

— Asseyez-vous, je vous en prie.

Il a un léger strabisme. De loin et derrière ses lunettes, ça ne se voyait pas. Il s'essuie les mains sur son jean, desserre sa cravate. Son gilet le moule, son ventre ressort. Ses doigts ressemblent à des petits boudins. Ma jambe frôle la sienne.

— Comment vous appelez-vous ?

— Any-Doll.

— Et en vrai ?

— Any-Doll. Et vous ?

— Mathieu. Et vous ?

Il insiste. À tous les coups, il est avocat ou politicien. Il veut avoir le dernier mot.

— Amélie.

Pourquoi pas Amélie ? C'est doux, sympathique.

— Vous aimez faire ce métier ?

Je lui caresse la joue en plongeant mon regard dans le sien.

— Oui, j'aime ça. Je danse. Je donne du plaisir. Je jouis de la vie.

J'attrape sa main, l'entraîne vers les cabines privées. J'entends les glaçons versés dans le seau à champagne. Seb n'a pas perdu une seconde. Dans la cabine, l'homme s'assoit au fond de la banquette, droit, jambes à l'équerre. En lui tournant le dos, je descends les bretelles de ma robe noire transparente, la fais tomber sur mes hanches. La couleur fuchsia de mes cheveux contraste avec mon dos blanc tacheté de grains de beauté. Mes ongles vernis volent dans les airs, une pluie de confettis fluorescents. Je me retourne. Ce soir, j'ai choisi des cache-tétons en forme d'étoile. J'aurais préféré danser sur *Love Don't Let Me Go* de David Guetta, mon numéro le plus punchy, mais c'est *It's Raining Men*, reprise de Geri Halliwell. Lili Butterfly ne se lasse pas de cette musique, elle est pire que Lola Liberty. Elle la met minimum deux fois par soir. Combien de fois Max lui a-t-il demandé de se renouveler ? Elle dit oui tout en faisant non de la tête. Je me trémousse, la robe tombe à terre. Manuela entre dans la cabine avec le champagne. Elle m'attrape par les hanches, glisse la langue entre mes lèvres tandis que sa main se hasarde sur mes seins. Les filles utilisent cette technique pour chauffer le client coincé. Ça marche. Le client sue à grosses gouttes.

— *Boa noitada amigos, divirtam-se muito*! lance-t-elle.

Manuela s'efface comme un rêve, les perles du rideau carillonnent, unique preuve de son passage. Je me glisse entre les jambes de l'homme, plaque sa tête contre ma poitrine. Il se dégage, déplace le seau à champagne, m'invite à m'asseoir sur la table face à lui. D'un geste brusque, il écarte mes jambes. Pas si timide finalement. Je n'entends plus Geri Halliwell, les filles de l'autre côté, seulement un brouhaha comme au fond d'une piscine. Il n'y a plus que lui et moi.

— Montre, dit-il en désignant ma chatte.

Mon cœur s'accélère. Je sens une main sur ma cuisse, elle remonte, attrape l'élastique de mon string. J'empoigne son avant-bras, lui dis :

— C'est plus cher.

Ses doigts touchent ma vulve, je le repousse, il se lève.

— Viens chez moi, me dit-il à quelques centimètres de ma bouche.

Je fais un rapide calcul, je n'ai pas décroché de casting, je dois assurer le loyer et mes cours du mois prochain. Je réponds :

— Ok, c'est cinq cents euros.

Je lui expose ce qui est possible et impossible de faire durant cet espace-temps partagé. Il négocie :

— Deux cents.

— Trois cent cinquante euros et c'est d'accord.

— Bien. Je paye et je t'attends dehors. J'habite à côté.

Je fonce prendre mes affaires, je ne peux pas sortir en Any-Doll. Je croise Max :

— J'ai encore mal au ventre, ce n'était pas une bonne idée de venir. Je vais me coucher.

— C'est ça, prends-moi pour un abruti.

Je ne l'écoute pas, je sors. J'ouvre la porte en grand, je tombe sur Mouss. J'évite son regard, il flaire mes mensonges à dix kilomètres. Il chope ma capuche, je recule. Il s'apprête à parler, rien ne sort, il glisse un joint dans ma poche, me laisse filer. Je retrouve Mathieu quelques mètres plus loin, trench beige, foulard autour du cou. Il ne me remet pas tout de suite. Sans perruque et habillée, ça change.

— Je préfère votre blond vénitien, Amélie.

J'avais oublié mon prénom d'une nuit. Rue des Abbesses, rue Ravignan, place Jean-Baptiste-Clément, 5 rue Poulbot, je retiens toujours les noms des rues, on ne sait jamais… Digicode 3004B, courette en chantier, premier étage. Un chat blanc nous accueille, il a faim. Nous traversons un long couloir avant d'arriver dans l'unique pièce : poutres, tomettes, bibliothèque murale, bureau, table basse, canapé, tapis persan.

— La salle de bains est dans l'entrée, prends une douche.

Une fois seule, j'envoie l'adresse à Manuela, on ne sait jamais. Je n'enfile pas ma perruque, elle est réservée au club, et puis ça donne au client la sensation que je lui offre une partie de moi en plus, quelque chose de sincère. Avec mes cheveux naturels, ils peuvent rêver que je les aime vraiment. Serviette enroulée au-dessus de la poitrine, je sors. Assis à son bureau, Mathieu visionne des vidéos porno. Je tousse, il se retourne.

— Enlève ta serviette.

Je m'exécute et tends la main. Je lui demande :

— Et mes roses ?

Mathieu ouvre un tiroir du bureau, sort les biftons, les compte plusieurs fois, me les donne enfin. Il retire ses vêtements, me dévisage de la tête aux pieds tout en s'astiquant le membre. Il bande mou. Les minutes s'écoulent. Nue au milieu de la pièce, je frissonne. Mathieu ne bouge pas. Je me cambre, touche mes seins, ils pointent. Je caresse mon sexe, je gémis, d'abord doucement, puis de plus en plus fort comme la grosse brune de sa vidéo. Pression brutale sur mes épaules, il m'oblige à me baisser et me retourne. Cette chorégraphie, je la connais par cœur. Monter un homme, c'est comme monter sur scène et jouer chaque soir la même pièce dont tout le monde connaît la fin.

Je suis à quatre pattes sur le tapis qui m'érafle les genoux. J'entends le bruit d'un tube que l'on ouvre, l'aspiration de l'air, des mains qui se frottent. Mathieu applique en grande quantité du gel lubrifiant sur mon sexe et mes fesses, enfile le préservatif, me pénètre. À voix basse, il me couvre d'insultes. Je ne sens pas sa queue, il n'y arrive pas, il s'énerve. Il claque mes fesses, de petites tapes qui veulent dire *allez, allez* comme à une pouliche. J'attends la fin, c'est long. Face à la bibliothèque, je peux au moins lire les titres : *Le Dictionnaire des symboles*, la mythologie, Nietzsche, quelques livres de la Pléiade, Spinoza… Mathieu rumine, il rentre son pouce dans mon anus, le dilate, accélère la cadence.

— Viens sur moi, m'ordonne-t-il.

Je plonge mon regard dans le sien. Je fais ça avec chacun de mes clients à un moment dans la soirée, je vois le petit garçon qu'ils ont été. Je monte sur lui, attrape son sexe que je n'arrive pas à enfiler dans mon vagin. Sa queue plie. Il soupire, me dégage.

— Tu ne sers à rien, dit-il.

Il remet sa chemise, c'est fini. Je me rhabille. Je l'ignore. Il me dit que ma performance n'est pas à la hauteur de ses espérances. Il demande à être remboursé. J'attrape mon sac et m'en vais. Pluie fine. Je dévale la rue Houdon. Place Pigalle. Mascara et rouge à lèvres dégueulent, la viande saoule s'échoue dans les taxis. Les portières claquent et les poubelles se renversent sur un rythme de percussion. J'allume mon joint. J'entends encore le carillon des glaçons dans les verres, la musique des rideaux de perles à l'entrée des cabines, différente selon qu'elles frappent une veste en cuir ou un manteau en velours. Je descends la rue Henry-Monnier, m'arrête devant la boulangerie. Son décor de Pâques habille mon reflet d'un boa à plumes jaunes. Je ressemble à un poussin malade. Quatre heures. Mes doigts tremblent sur le digicode, j'ai oublié la danse des chiffres. Mon quatrième essai est le bon. Je m'aide de la rampe pour me hisser, je trébuche, pas encore habituée aux marches usées.

Doucement, je ferme la porte. Sur la pointe des pieds, je regagne ma chambre au bout du couloir. La petite ménagerie vibre sous mes pas, le parquet grince. J'entends un bruit de verre, je fixe la vitrine, m'approche. Le poulain turquoise s'est cassé la figure. Je le remets sur ses pattes. Je colle l'oreille contre la porte d'Odette. Elle ronfle. Je sors mes accessoires de nuit : plateformes, robe noire et perruque fuchsia, les étends sur mon lit étroit et les parfume de monoï, ma façon de les stériliser, d'effacer les doigts qui s'y sont agrippés, les odeurs d'alcool et de sexe. J'ouvre grand la fenêtre qui cogne contre la commode Sarah Bernhardt. Je m'enferme dans la salle de bains, retire mon visage de putain, me frotte à l'eau froide sous la douche. Des images du club, de chez Mathieu, s'écoulent dans le trou d'évacuation. J'enduis ma peau de crème en couche épaisse : odeur de bébé. Morte de fatigue, je me glisse sous les draps, le polochon entre les cuisses, le pull de ma mère roulé en boule sous ma tête. J'ai moins de cinq heures pour récupérer.

Neuf heures, le réveil sonne. Je m'étire, les vertèbres craquent, mon dos me fait mal. À force de porter mon sac de sport sur les épaules, je me tiens voûtée. Au petit matin, je ressemble à une vieille. Tête embrumée et froissée. Je fonce dans la salle de bains, camoufle le suçon d'Adrien avec du fond de teint. Je change de masque. Je serai une excellente comédienne, ce n'est qu'une question de temps. Déjà, je brille sur scène tous les soirs.

Quand j'arrive dans la cuisine, Odette est assise face à la fenêtre qui donne sur la cour, le visage tuméfié à cause de sa chute de la veille. Elle écoute la radio, tripote l'antenne. Elle porte une robe de chambre turquoise à fleurs orange et vertes, années 70. Elle sursaute, elle ne m'avait pas entendue. Elle se dépêche d'enfoncer son appareil auditif. Ça siffle. D'une voix enrouée, elle me demande si j'ai bien dormi, puis me désigne la casserole posée sur l'évier :

— J'utilise celle-ci uniquement pour faire chauffer l'eau.

J'ai intérêt à m'adapter, faire miennes ses habitudes. Tous les ustensiles sont rouillés et l'électroménager date de l'époque du pape Pie XII. Depuis sa chaise, Odette me donne les indications : biscottes dans le placard à côté de la gazinière, beurre et confiture, porte du réfrigérateur, assiettes dans le buffet en haut à droite, petites cuillères, deuxième tiroir… À ma place, elle a disposé une serviette en tissu à carreaux rouges et blancs. Je verse l'eau bouillante dans son bol, elle se recule :

— Je n'aime pas quand tu me sers de cette façon, éloigne-toi. Tu pourrais me brûler.

Je m'exécute. Elle compte ses gélules pour les douleurs, la thyroïde, la tension et la dépression. Elle se perd, recommence, vérifie les emballages des médicaments. Est-ce qu'elle a pris le jaune ? Le gros sécable ? L'ampoule de vitamine D, c'est aujourd'hui ? L'animateur hurle ses blagues, aide les voisins à se rabibocher et résout les conflits. Elle rit. Odette évite mon regard, ne me parle pas. Ma présence la dérange-t-elle ? A-t-elle peur d'un commentaire sur sa tempe violacée ? A-t-elle remarqué mon absence cette nuit ? Debout contre l'évier, je sirote mon café comme un mojito. Odette rompt le silence, me parle de ses problèmes de constipation. Dans trois mois j'aurai vingt et un ans, je suis déjà en maison de retraite. Je hoche la tête en continu.

— Tu ne manges rien ? Tu n'as que la peau sur les os.

Sans répondre, je lui demande ce qu'elle a au visage. Est-elle tombée ? Odette baisse les yeux. Ses mains tremblent, elle peine à étaler sa confiture.

— Oui, je me suis pris les pieds dans le tapis. Ce n'est pas la première fois. Dans la rue, on me ramasse.

Comme moi.

— Tu pourrais m'aider à refaire mes pansements aux genoux ? ajoute-t-elle.

Elle se dépêche de finir son petit-déjeuner, ajoute du lait dans son café pour le refroidir. D'un coup, elle s'étouffe, une miette de biscotte a fait fausse route. Je me précipite vers elle, tapote son dos.

Nous nous enfermons dans la salle de bains sans fenêtre, le néon au-dessus du lavabo et le rideau de douche en plastique transparent me donnent l'impression d'être dans un abattoir. Odette s'assoit sur la chaise, écarte les pans de sa robe de chambre. Ses jambes sont lisses et fines, deux cannes, pas un seul poil. Sa peau transparente laisse entrevoir ses veines. Avec un coton, j'applique le mercurochrome. Odette me parle de ses études. À l'époque, les assistantes sociales étaient d'abord infirmières. Du coin de l'œil, je l'observe, m'assure qu'elle ne souffre pas. J'applique des compresses, les maintiens avec du sparadrap. C'est la première fois que je touche une vieille femme. J'ai déjà couché avec des vieux, je connais leur peau avec les rides et les taches brunes, les cheveux gris et drus. Je suis à l'aise avec ces corps, j'aime toucher les peaux marquées de souvenirs. Là c'est différent. Une odeur de maladie, un goût âpre dans la bouche. Je me revois la nuit de mon départ. Assise par terre près du lit de ma mère, je veillais cette petite chose endormie que j'allais abandonner, comme mon père l'avait fait. Odette me rappelle cette femme fragile, soumise, toujours malade. L'idée de lui ressembler me terrifie.

— Tu m'accompagnes à la messe tout à l'heure ? C'est à onze heures.

— Non.

Odette est déçue, mais ce n'était pas dans le contrat. Je veux bien jouer à la dévote, mais de là à pratiquer, faut pas rêver. Elle sent qu'il est inutile de négocier. Je termine les soins. Elle se tait comme si elle venait de se faire gronder. Elle boude. Je m'enferme dans ma chambre, tire sur le joint de Mouss à la fenêtre.

« Jouer doit être votre seule et unique raison de vivre. Vous jouez pour respirer et respirez pour jouer. Comptez dix ans pour réussir. Pas de week-ends, pas de vacances, pas de vie familiale. Il y a une part de chance, celle d'être là au bon moment. Le réseau est très important, c'est à vous de le créer dès maintenant. Pensez carnet d'adresses. Vous allez vivre une année riche en émotions. Il y aura des déceptions, certains vont arrêter, l'étau va se resserrer. C'est le moment de vous prouver que vous avez votre place dans ce milieu. On se revoit en juin pour votre passage en deuxième année. Bonne chance à vous. » Le discours de rentrée du directeur résonne dans ma tête tous les jours depuis sept mois. Combien de fois ai-je failli abandonner ? Sans le bac, je me suis juré de terminer cette formation avec la mention « très bien » décernée par M. Florent en personne, mon premier diplôme.

J'arrive au Cours Florent vers huit heures et demie. Ma deuxième journée commence. Nuit blanche, sept heures à danser, flirter, repousser des hommes, accepter une passe, me changer cinq fois, vite rentrer, ouvrir les rideaux, trouer une chaussette à cause d'un clou dans le parquet, aérer, étendre le linge, donner un coup dans les toilettes et la cuisine, préparer le petit-déjeuner d'Odette, pas le temps pour une douche. J'ai déjà l'âme d'une petite femme d'intérieur, maintenant que j'ai un chez-moi, je veux que tout soit impeccable. J'ai trop connu la crasse. Épuisée et vidée comme un guerrier après un long combat. On va se refaire une petite beauté, chérie. Professeurs et élèves craignent le contact de la misère et de l'échec autant que le sida ou l'hépatite. Je fais du « comme si » une manière d'arranger ma vie : comme si tout allait bien, comme si j'étais riche, comme si je voyageais, comme si j'étais bilingue. À part Manuela, personne ne sait comment je paye mes cours. Je n'ai pas honte. Être pute à Paris plutôt qu'à Toul, c'est déjà une réussite.

En arrivant, je salue Jules et Hugo, ils répètent leur texte à l'italienne. Ils se balancent les répliques à toute vitesse comme s'ils participaient à un tournoi de tennis de table. Soupir exaspéré quand l'un a un trou de mémoire, hantise de tous les acteurs. Ce silence-là est un puits sans fond, alors que l'autre silence, rempli d'émotions, de non-dits, est un champ de coquelicots à perte de vue. Jules et Hugo s'emportent, le stress monte. Je m'éclipse pour les laisser bosser. S'éclipser, c'est tout un art. En quelques secondes, je sais si ma présence est de trop. Au Pussy's, j'ai appris à m'approcher d'un client, rester, mettre de la distance, revenir, disparaître.

Je fonce aux toilettes tant qu'il n'y a personne dans les locaux, juste la femme de ménage, Fatou. Je suis la seule à connaître son prénom. Je me démaquille, frotte ma peau, retire mon rouge à lèvres irisé noir. Yeux explosés, plus jaunes que blancs, comme si les projecteurs du club s'étaient incrustés dans mon regard. Je froisse mes cheveux, redessine mes boucles. Je tente un chignon décoiffé maintenu par un crayon, comme les filles de la classe, un style naturel sophistiqué. Cela ne marche pas, sur moi ça fait négligé. Je remplace mes grands anneaux dorés par des perles achetées trois euros chez Tati Barbès.

« Seize jacinthes sèchent dans seize sachets sales / La chemise du chimiste sèche / Ton thé t'a-t-il ôté ta toux ? » Je répète des phrases de diction en boucle. Chasser mon accent de bouseuse, il est léger, mais c'est déjà trop. Parfois, j'enregistre Nora avec mon portable, la fille parfaite quand elle joue. Nora qui passe si bien à la caméra. No, moue joli cœur, Ra, lèvres entrouvertes : photos de book. Vingt-trois ans, elle incarne la fille que l'on déteste, issue de bonne famille, riche, belle, peau dorée, mince, regard velouté. Tout ce que je ne suis pas. Même sa voix claire est à l'opposé de la mienne, grave. Je suis plus proche des garçons de l'école qui cultivent un look androgyne. Ils séduisent tous azimuts : hommes, femmes, jeunes, vieux. Comme moi au Pussy's. Dans le hall d'entrée face au secrétariat où Gisela encaisse les chèques en début de mois, je regarde le tableau où sont réparties les classes dans des salles aux noms qui font rêver : Isabelle Adjani, Gad Elmaleh, Thierry Hancisse, Daniel Auteuil... Aujourd'hui, on ira en Francis Huster, la plus grande salle, c'est le parrain de l'école. La salle Francis Huster est entièrement noire avec une scène et des coulisses. La plupart d'entre nous ne connaîtront jamais la vie d'acteur. Mais on veut y croire. Quand viendra mon tour de monter sur scène dans le grésillement des néons, je prendrai possession de l'espace et je réciterai des répliques du rôle que je crève de présenter en juin pour valider la première année si la prof accepte :

Blanche : (…) *Il y avait dans ce garçon, quelque chose d'étrange… une nervosité, une douceur, une tendresse même, qui n'étaient pas celles d'un homme, quoiqu'il ne fût pas efféminé, pas du tout… et c'était cela ! Il cherchait un refuge en moi… je n'ai pas compris… Il m'a enlevée, vous savez… et ce n'est qu'une fois mariée, après notre retour, que j'ai commencé à comprendre. Mais, je savais déjà que je l'avais déçu d'une façon mystérieuse. Et j'étais capable de lui donner ce qu'il me demandait et je ne pouvais pas le faire ! Il était dans la détresse et il s'agrippait à moi, et je ne pouvais le retenir. Je glissais avec lui sur la pente, mais je ne savais pas non plus. Je ne savais rien sauf que je l'aimais, que je l'aimais de toutes mes forces…*

J'entends les applaudissements, les bruits sourds des pieds qui frappent le plancher de plus en plus fort, les sifflements, mon nom résonne dans la salle, je vois le metteur en scène avec un énorme bouquet de roses dans les bras, le public qui se lève. Je salue les spectateurs, embrasse les comédiens. Sur scène je vis, je sens battre mon âme comme quand je couche. L'autre me la fait voir dans ses yeux, je la sens aussi dans les répliques de mes personnages.

Neuf heures. Le cours va commencer. Je m'installe devant, prête à bondir sur le plateau. Je sais que je serai jugée sur mes déplacements, ma voix, mon élocution, ma posture. Tout ce qui est simple et naturel au Pussy's ne l'est plus ici. Plus de perruque pour me dédoubler, pas d'Any-Doll pour mentir, me mentir. Je suis nue. Les élèves entrent, certains ont encore la trace de l'oreiller sur la joue, et dans la bouche le goût du croissant et du jus d'orange. Moi j'ai des remontées d'alcool et de pastilles mentholées. Manuela s'assoit à ma droite. Je ne sais pas comment elle fait, elle a toujours l'air fraîche, toute pimpante avec son rouge à lèvres, son pull rose. On ne croirait pas qu'elle a dansé toute la nuit. Ici nous ne parlons jamais d'Any-Doll ni de Coco Vanille. Bruits de froissements de feuilles, de pochettes transparentes, raclements de gorge, on s'échange des costumes, des accessoires, des perruques dénichés ici et là. Il y a ceux qui s'isolent pour se concentrer, une main sur le ventre, ils inspirent par le nez, expirent par la bouche, d'autres qui se rassemblent en vue de préparer la sortie du week-end tandis que d'autres encore profitent de ce temps pour réviser des cours d'histoire, de droit ou de philo, car les partiels approchent. Ceux-là n'investissent pas la scène, ils se sont inscrits au Cours Florent juste pour afficher le logo de l'école sur leur CV à côté de celui des associations pour lesquelles ils se sont engagés. Pour obtenir la place qu'ils convoitent après leurs études, ils devront prouver qu'ils sont passionnés, généreux, charismatiques. Nora, Victoire et Louise arrivent en retard, elles puent la clope. On dirait des triplées, à croire qu'elles s'appellent le matin pour sélectionner leur tenue.

La petite blonde vêtue de noir, boots, assise tout à gauche du premier rang, c'est Sandrine Roch, la prof d'art dramatique. Sa passion pour le théâtre américain a déteint sur son attitude : une démarche de cow-girl, bassin en avant, mains posées de chaque côté de la boucle de sa ceinture, elle mâche sans arrêt des chewing-gums, tripote un paquet de Marlboro, on la croirait sortie d'un ranch texan. D'une voix rauque, elle parle le franglais couramment, elle aime nous rappeler qu'elle a suivi la formation de l'Actors Studio à New York dans les années 90. Sandrine minaude, une adolescente de quarante ans, elle a besoin de son troupeau d'admirateurs. Certains ont droit à des cours privés pour préparer le concours du Conservatoire national supérieur d'art dramatique ou celui de la classe libre du Cours Florent, un cursus de deux ans offert par la maison. Elle les met en compétition et ça fonctionne. Cela crée des tensions. Elle crie surtout sur les filles, se met dans des colères noires quand l'une d'entre nous ne comprend pas ses indications de jeu, lève les bras, claque la porte : drame. Elle appuie là où ça fait mal. Dans ces moments, la classe se partage en deux clans, les moqueurs et les chialeurs. Moi je pense à mon fric parti en fumée. Quand Sandrine pique sa crise, j'ai envie de lui coller une droite, de l'attacher à une chaise et de l'obliger à nous mettre en scène. Comme les clients, je veux en avoir pour mon argent.

Sandrine nous appelle tous sur le plateau, échauffement. Je traîne les pieds. On saute sur place, on marche dans tous les sens, on se dit bonjour sans se lâcher du regard, on se lance des ballons colorés imaginaires, on enchaîne des jeux aux noms farfelus comme la plume, défense de rire, le miroir, promenade sur la lune, photo de groupe, la machine infernale. Ça rit, ça pleure, ça se prend dans les bras, ça se repousse, ça s'aime, ça se déteste comme dans une classe de maternelle. Le « training », comme dit Sandrine, se poursuit par des diagonales, je déteste cet exercice. Un par un, nous traversons le plateau, imprégnés de l'indication qu'elle nous donne : joie, tristesse, fou rire, rêveur, larmes, surprise, colère, peur… Elle soupire, hoche la tête, s'exclame de joie quand l'interprétation est juste et lâche à tout bout de champ, lançant ses cheveux en arrière, son fameux « ok ». Il veut aussi bien dire « excellent » qu'« au suivant » ou encore « peut mieux faire ». Libre à chacun de l'interpréter.

Je ne voulais pas être dirigée par une femme, mais en première année, on ne choisit pas. Quand une femme me commande, j'ai neuf ans, je suis sa marionnette. Une main glissée à l'intérieur de moi me manipule à sa guise. Elle se contorsionne dans mon ventre, tord mes viscères. Si je me bouche les oreilles, je peux entendre les phalanges craquer. Des souvenirs s'entrechoquent dans ma tête : France et moi dans le bain, la façon dont elle vaporisait son parfum en une pluie fine, ses bijoux de pacotille et ses vernis, ses chorégraphies, ses éclats de rire, ses longs cheveux bouclés qui me couvraient comme un drap. Elle ressurgit dans chaque femme.

— Romy ? Romy ! Je te dérange ? C'est à toi. Fou rire, c'est parti, dit Sandrine en claquant des doigts.

Je l'entends, mais mon corps refuse d'avancer, mes jambes flageolent.

— On ne va pas passer toute la matinée à t'attendre !

Je pose une main contre le mur, ça tourne, je ferme les yeux.

— Ok, Manuela passe, on a une audition à bosser.

Je tombe, Laetitia derrière moi me rattrape. J'entends les battements de mon cœur, un grondement de métro, j'essaye d'ouvrir les yeux, mais les projecteurs sont trop violents, Sandrine n'est qu'une ombre.

— Ce n'est pas possible ! Combien de fois l'ai-je répété, je ne veux pas de gens malades dans mon cours. Je n'ai pas été assez claire ? Si le théâtre n'est pas ta vie, il est encore temps de changer.

Les mots se bousculent à mes lèvres mais ne sortent pas, comme lorsque, fillette, on m'accusait de mensonges et que je ne pouvais pas me défendre.

— Pause pour tout le monde. Romy se prend pour le malade imaginaire. On va la laisser répéter.

Sandrine attrape ses Marlboro, sort. Restent Manuela, Hugo et Laetitia. Manu me tend un paquet de biscuits, elle sait que je n'ai pas pris de petit-déjeuner. Laetitia hésite à appeler le Samu, heureusement Manu l'en empêche, ça va aller, Hugo m'apporte une bouteille d'eau. J'ai oublié de prendre mon Diffu-K ce matin. Pour rester fine, j'ingurgite dix cachets de laxatifs par jour, cela entraîne un déficit en potassium, un trouble du rythme cardiaque. Ce genre de crise m'arrive tous les deux mois environ, le pire c'est quand ça se passe dans le métro. J'aime la maigreur, les os saillants, cette perte de conscience, j'aime le pouvoir que j'ai sur mon corps, la restriction que je lui impose, la rigueur sportive qu'il supporte, les gifles que je lui donne, les coups à l'arrière du crâne. J'ai besoin de repousser mes limites. Je reprends mes esprits. Ce n'est pas le moment de flancher. En scène. Montre qui tu es. Sandrine revient comme si de rien n'était.

— On y va ! Tous sur scène. Choisissez un animal. Faites appel à vos émotions primaires. Que voulez-vous défendre ? Quels sont vos rapports aux autres ? Soumis ou dominateur ? En fonction de cet exercice, je vais former les binômes pour l'évaluation annuelle. Ce choix sera définitif. Go !

Le tonnerre gronde dans mon ventre. Je suis une louve. Je vis la nuit, je cours, je fuis, je vois des choses que personne ne voit, je suis une espèce rare, je chasse, je marque mon territoire, je hurle à la mort, je panse moi-même mes blessures, j'attaque, je suis carnassière. À quatre pattes, accroupis, sur une jambe, à plat ventre, les élèves se déplacent dans la salle : plateau, gradins, entrée des coulisses. On se renifle, on se cherche les puces, on écarte les cheveux, on se lèche, certains miment l'accouplement. Sandrine passe entre nous. On grogne, on miaule, on piaille, on rugit, on siffle. La tension sexuelle est palpable, l'odeur est aussi forte qu'au Pussy's.

— Victoire et Manuela, ensemble, Jules et Hugo, on garde, Louise et Maureen.

Les duos sélectionnés quittent la scène. Je rase les murs, je traque Nora la panthère, elle ne me voit pas.

— Laetitia et Théo, Eva-Linda et Ludéric.

Nous ne sommes plus que quatre sur scène. Nora s'approche de moi, me donne un coup de patte sur la gueule, je recule, elle avance, me bloque dans un coin, approche son museau du mien, je montre mes crocs, je m'apprête à lui mordre le cou, elle se dégage. Il ne reste plus qu'elle et moi. Nous allons devoir travailler une scène ensemble. Sandrine ne nous arrête pas. Je rassemble toute mon énergie pour lui sauter dessus, Nora me retourne, plaque ses pattes sur ma poitrine, son chignon se défait, ses cheveux fouettent mon visage, j'empoigne les bretelles de son top, elle ne bouge plus. Elle plonge son regard dans le mien. Je la repousse, monte sur elle, Nora attrape ma capuche, tire sur mon sweat-shirt, le retire. Tu veux jouer à ça ? En soutien-gorge, je me frotte à elle. Je la hais tellement que je pourrais lui faire l'amour.

J'oublie que je suis une louve, elle oublie qu'elle est une panthère. Je saisis sa ceinture, elle reste immobile, j'approche mes lèvres des siennes avant de me relever pour prendre de l'élan et la griffer. Sandrine arrête mon mouvement :

— Ok, merci, bien.

Nous restons quelques secondes dans cette position, elle allongée et moi sur elle, une main en l'air, figées. Bouches entrouvertes, nos poitrines se soulèvent, le sang pulse dans nos artères. Le champ de coquelicots se liquéfie en une mare de sang. Il y a des corps que l'on a envie de maltraiter juste parce qu'ils rappellent d'autres corps. Nora, j'ai envie de l'envoyer valser, de serrer son petit cou, de la cogner. Elle m'attire autant qu'elle me déplaît. Trop jolie, trop riche, trop talentueuse, ce trop m'écœure. Son regard méprisant, sa poitrine ferme, sa taille de guêpe, son joli petit cul. Les autres nous rejoignent sur le plateau. Hugo se place à côté de moi :

— Joli, me dit-il, une main sur mon épaule.

Sandrine énumère les scènes que nous travaillerons jusqu'au passage devant les jurés, des pièces d'Albee, de Miller, d'O'Neill, Shepard ou Mamet. Il y a quelques mois, tous ces noms ne me parlaient pas. Maintenant, je connais des dramaturges anglais, italiens, espagnols, russes et américains.

— Romy et Nora, vous jouerez *Un tramway nommé Désir*, acte I, scène 4. Romy dans le rôle de Blanche, et Nora dans celui de Stella. Nora, c'est un contre-emploi pour toi, tu en as les capacités, tu donneras également la réplique à Jackee dans *Fool for Love*. Le personnage de May t'ira comme un gant, dit Sandrine, avant d'ajouter : Romy, si tu pouvais nous éviter un malaise le jour J, merci !

Je fonce à ma place, attrape mon sac. Combien de fois vais-je répéter avec Nora ? Et où ? Je ne peux pas la faire venir chez Odette.

Nora et sa bande crapotent des Vogue. Son regard se pose sur moi. Elle écrase sa cigarette.

— Tu allais vraiment me griffer ? Tu es complètement givrée.

J'attrape son poignet, le serre avec fermeté. Son pouls bat dans ma main. Mes lèvres tremblent, je retiens mes larmes.

— Lâche-la, dit Manu avec une douceur maternelle, laisse tomber.

J'obéis. Je bouscule Nora, pars en courant. Avenue de Flandre, McDo, Carrefour, la cité des Orgues de Flandre, la silhouette de Mouss, il discute avec l'Indien qui vend des DVD à la sauvette. Il m'aperçoit, crie pour que je m'arrête mais je ne veux rien entendre. Je grille les feux, fais tomber un gosse devant l'école juive. Le camion de la boucherie halal recule pour décharger ses bestioles. Mouss chope ma capuche, je me retourne. Je me blottis contre son torse. Nous marchons jusqu'à Stalingrad. D'un coup je lâche :

— Je ne suis pas folle.

— Bien sûr que non. Un peu étrange, mais pas folle. Comme on dit chez nous : le plus fou est celui qui prend les autres pour des fous.

Mouss m'enlace. Je remets ma capuche puis monte les marches de la ligne 2.

Treize heures. Odette est dans la cuisine, en robe de chambre, elle a préparé un coquelet et des pommes de terre sautées. À quelle heure s'est-elle levée ? Le poste de radio allumé, elle ne m'entend pas arriver, ne me voit pas non plus, le visage penché sur sa jument en verre. Ses lèvres s'agitent en silence. Elle peine à la tenir, je n'avais pas remarqué ses doigts gonflés par l'arthrose. Le coquelet et les pommes de terre brûlent, vite, je me précipite vers la gazinière.

— Elle est arrivée ! dit-elle sur un ton joyeux.

Je retourne les patates et éteins le feu. Déjà plus de deux semaines que nous vivons ensemble, nous ne nous sommes jamais embrassées pour nous dire bonjour. C'est comme si nous vivions une longue journée sans début ni fin. Quinze jours d'observation, à analyser ses gestes, ses regards, ses déplacements. Dans son coin, entre le buffet et la table, face à la fenêtre, Odette enfile son gros gilet couleur lie-de-vin par-dessus sa robe de chambre qu'elle boutonne entièrement. Les courants d'air : sa hantise. Elle éteint la radio et entasse les mots croisés sur sa pile de prospectus et de magazines religieux. J'évite son regard, j'ai encore le visage bouffi et rouge. Elle s'aide de la table, du buffet, de la chaise pour se lever et avancer vers la gazinière. On dirait moi quand je porte mes plateformes, ivre. Odette assaisonne son plat de plusieurs herbes pour cacher la misère. Je mets la table : assiettes ébréchées, pots à moutarde qui font office de verres, les beaux en cristal sont réservés aux grandes occasions, mais je peux utiliser l'argenterie, couteaux aiguisés. Tout est dépareillé. Je plie deux feuilles de sopalin en forme de triangle que je dispose à côté des assiettes.

— Mais non, voyons, les serviettes en tissu ne servent pas seulement à faire joli.

Ce n'est pas possible, elle a des yeux derrière la tête. Je ne dis rien, j'exécute. Je suis chez elle et tout est à elle. Elle se brûle. Les queues des poêles carbonisées sont très chaudes.

Vite, je saisis un gant et un torchon. Je ne veux pas qu'elle ait des cloques, mais elle me vire. C'est SA cuisine.

— Laisse, je m'en occupe, tu ne sais pas faire.

Je dispose les dessous-de-plat. Je reste debout, j'attends qu'elle s'assoie. Odette remplit mon assiette alors qu'elle se sert une petite quantité. Je serais bien mieux dans ma chambre à bosser mon texte plutôt qu'à jouer les dames de compagnie. Pour Odette, c'est le moment le plus important de la journée. Avant d'atterrir chez elle, depuis mon arrivée à Paris je n'ai pas mangé une seule fois à table. Je pique ma fourchette dans une pomme de terre noire, la garde longtemps en bouche. Je décortique mon coquelet avec lenteur, trie la peau, le blanc, les os, mets les olives de côté. Elle me fixe, attend que je lui fasse la conversation.

— Crotte ! dit-elle la bouche pleine.

Odette s'est tachée. Elle essaye de nouer sa serviette autour du cou, mais le simple fait de lever les bras lui donne des vertiges. Je pose mes couverts, me glisse dans l'angle pour l'aider à rentrer les coins dans le col de sa robe de chambre. Mes doigts encerclent son cou, j'observe ses petits cheveux gris et rasés dans la nuque, le bouton en relief prêt à s'arracher à la moindre éraflure, les plis identiques à ceux d'une écharpe. Je répète mes phrases types, celles qui appartiennent aux rôles que je joue depuis mon emménagement :

— Mère : Vous n'avez pas fait de cauchemars cette nuit ?

— Infirmière : Êtes-vous allée à la selle ? Encore constipée ? Faut-il que je vous change les pansements des genoux ?

Les phrases sortent de ma bouche sur un ton monocorde comme celles d'une comédienne qui a perdu toute justesse après des dizaines de représentations. Lasse. Tout en lui parlant, je surveille qu'elle n'avale pas de travers comme la dernière fois. Je n'ai aucun appétit.

— Tu devrais manger, ça va être froid. Tu es si maigrichonne. On ne sait pas de quoi sera fait demain. Tu ne vas pas faire que boire, tu crois que je n'ai pas vu la bouteille de gamay ? Que je ne t'y reprenne pas. Je les connais les artistes, ils aiment bien la bibine et le pétard.

Je préfère ne pas relever.

— Je vois bien qu'il y a quelque chose qui cloche, tu es toute tendue, tu as pleuré ? Regarde-moi ça, tu n'es même pas peignée !

Comme je ne réponds pas, Odette rallume la radio. Assiette raclée, elle va chercher son Président et sa clémentine. Elle en profite pour verser dans la mienne les quelques patates qui restaient dans le plat.

— Tu ne vas pas me laisser ça.

C'est trop. D'un bond, je me lève, vide mon assiette dans la poubelle et fais la vaisselle avec l'éponge rouge, surtout pas la verte. Je ne lui laisse pas le temps de m'accabler de reproches, j'endosse les rôles suivants.

— Serveuse : Je vous sers du café ? Vous avez besoin d'autre chose ?

— Aide-ménagère : Attention, je passe un coup d'éponge. C'est mouillé. Vous ne retournez pas aux toilettes tout de suite ? Je vais mettre de la javel.

— Mais arrête donc de bouger dans tous les sens. Tu as la gigote. Tu me donnes le tournis.

Blottie au fond de sa chaise, Odette me fixe. Le mot *folle* clignote dans ses yeux comme dans ceux de Nora. Je range le fromage, remplis la cruche d'eau que je mets à ses côtés, passe un coup sur la gazinière. Fini !

— Bonne sieste, dis-je avec un sourire féroce.

J'exagère toutes mes expressions comme si je m'adressais à un bébé dans son transat. Je ferme la fenêtre, quitte la cuisine d'un pas vif. À mon passage, le poulain turquoise tombe dans la vitrine. Je jette un œil, pas de casse. Je ne le ramasse pas. Je fonce sur mon lit, hurle dans l'oreiller et frappe dedans. J'attrape un carnet, m'accroupis sur le tapis. Je dessine un plateau, des projecteurs, des demi-cercles comme des ponts qui représentent les fauteuils, une entrée de chaque côté pour les coulisses à cour et à jardin. En haut à droite, je griffonne mes costumes, deux robes. En bas à gauche, l'espace réservé aux accessoires. Sur scène, je place les initiales des personnages, des flèches pour leurs déplacements. Mon poignet n'est pas assez rapide. La mine de mon crayon transperce la page. Je l'arrache au carnet et la scotche en bas du miroir doré, au-dessus de mon lit. Puis une autre, et encore une autre. Épuisée et excitée à la fois, je tiens quelque chose. J'adore les actrices des années 60, Audrey Hepburn, Sophia Loren, Jeanne Moreau, Delphine Seyrig. Je punaise leurs portraits face à mon lit, des photocopies pliées en quatre que j'imprime dans les cybercafés. Voilà pourquoi je suis venue à Paris.

Quinze heures, j'enfile tee-shirt, legging, enfonce de la thune dans mes baskets. Détour par la cuisine, je vole trois décontracturants dans le panier à médicaments. Je n'ai mal nulle part, mais ça me détend.

Je cours avenue Trudaine, direction Anvers, Nora m'entête comme un parfum trop fort. Je crève de jalousie, j'envie sa beauté, sa richesse, son réseau, sa vie si facile. Mes poils se hérissent à son contact, mon ventre se soulève dès que je pense à elle. Je dévale vers Barbès et ses boutiques de djellabas aux couleurs chatoyantes, ses bijouteries clinquantes, ses odeurs de friture, de cumin, de viandes grillées, de safran, Tati, le centre de tri de la poste, le square des Soudanais, le jardin communautaire, la Chapelle. Les graffitis changent chaque nuit. Je passe au-dessus des lignes de chemin de fer de la gare du Nord et de la gare de l'Est. Je m'arrête cinq secondes, mes doigts s'accrochent au grillage rouillé, je regarde des trains partir, à Nancy peut-être. Que fait ma mère ? Est-ce que mon père est revenu à la maison ? Retravaille-t-elle ? Mes pieds foulent le bitume, le métro aérien passe au-dessus de moi. Je traverse à l'orange, au rouge, je joue, je défie les automobilistes, passe devant les cyclistes, dépasse les piétons. À mesure que je m'approche du canal, les camions tagués des putes asiatiques pullulent. Je préfère ce quartier à celui d'Odette. On n'y côtoie pas les mêmes morts. Dans le 9e, on meurt d'ennui, dans le 19e, on meurt de faim. Les chrysanthèmes enfermés dans nos cœurs n'ont pas la même odeur.

Au retour, détour par Montmartre vers la Halle Saint-Pierre, le quartier du textile, j'achète une couette deux places et deux oreillers avec de vraies plumes. Des années que je n'ai pas dormi dans mon odeur, celle d'un nid douillet. Adieu sac de couchage, duvet et draps. Je m'installe pour de bon. Un jour, j'aurai un grand lit dans MON appartement. Avec ce qu'il me reste, je m'arrête chez un fleuriste et choisis un bouquet de roses anciennes. J'y suis allée un peu fort tout à l'heure.

— C’est moi !

Je crie pour ne pas surprendre Odette. Elle est assise dans le fauteuil à l’accoudoir cassé. Depuis combien de temps m’attend-elle ? Je lui offre les roses, elle me prend dans ses bras et me fait la bise. C’est la première fois.

Je ne travaille pas ce soir. Le troisième samedi du mois est réservé à la Comédie-Française. Personne ne peut m'empêcher d'aller au théâtre. Une seule fois Max s'y est opposé, Miss Saïgon était malade et Lili Butterfly avait pris sa semaine pour se rendre chez ses parents en Tunisie. Quand j'ai vu l'emploi du temps dans la loge, j'ai arraché la fiche. En tee-shirt et string perlé, avec une barrette en forme de dauphin dans les cheveux et des tongs marguerites, je suis montée comme une furie. Il y avait déjà deux habitués perchés sur leur tabouret, deux perroquets qui attendent leurs cacahuètes. Max prenait leur commande. Poitrine appuyée au bar, j'ai pointé la case de samedi :

— Ça veut dire quoi ? Je ne travaille pas ce samedi.

— C'est bientôt les fêtes, les gens sont joyeux et dépensent leur fric. J'ai besoin de toi.

— Depuis quand on est heureux en fin d'année ? Il n'y a pas un chat.

— Discute pas. Samedi tu vas remuer ton joli petit cul sinon je te vire.

— Tu fais ça et je te dénonce à l'inspection du travail et au service d'hygiène.

— Sale pute.

— Je suis au courant. Merci pour mon samedi.

Depuis cet échange, nous n'avons plus eu une seule discussion concernant mon samedi. Hier, Max m'a dit :

— À demain. Ah non, c'est vrai, c'est ta soirée de petite-bourgeoise !

Oui, je veux une vie de dame place Colette, me noyer dans le beau Paris. Moi aussi je veux voir *Les Joyeuses Commères de Windsor*, *Les Trois Sœurs*, *Cyrano de Bergerac*, *Andromaque*. Parler des mises en scène, des performances des comédiens. Parfois je décroche quand la pièce est en alexandrins. Je reviens alors une deuxième fois pour mieux saisir le texte et profiter d'un autre point de vue : comme j'achète au dernier moment une place à cinq euros, je me retrouve au poulailler et ne vois qu'un bout de la scène.

Je fonce dans la salle de bains. Je suis crasseuse, j'ai passé une bonne partie de l'après-midi à faire le ménage. J'ai épousseté les meubles, passé l'aspirateur, lavé les carreaux. Des fenêtres toutes propres pour qu'Odette puisse surveiller les SDF, interpeller les fumeurs qui jettent leurs mégots, dénoncer les restaurateurs qui s'octroient la liberté d'agrandir leur terrasse. Douche, un bac surélevé, le rideau en plastique colle à ma peau. Je suis emballée comme une entrecôte sous cellophane. Un filet d'eau coule sur mes cheveux. Quand je suis pressée, je me shampooine dans une bassine à la cuisine, l'eau y est froide mais il y a plus de pression. Tout ce qui concerne le lavage chez Odette est compliqué. Tout est à peu près propre. « Lavage délicat » est le seul programme qui fonctionne sur la machine à laver. On oublie l'essorage. Le lave-vaisselle marche trente minutes, pas une de plus, je finis par relaver à la main les couverts et les casseroles. Odette, ça ne la gêne pas, elle ne voit rien avec ses yeux de taupe.

Je me ruine pour l'entretien de mes cheveux : shampooings, soins, gélules fortifiantes. Ça paye, ils sont beaux et mes clients adorent enrouler leurs doigts dans mes boucles. Une fois par mois, je me rends chez le coiffeur, chez le gynécologue aussi pour ma traditionnelle échographie vaginale, un pèlerinage comme un autre. Des mains palpent mon crâne, une sonde, les parois de mon vagin. Tout est à sa place : je suis une femme même si je n'ai toujours pas mes règles. Costume noir un peu grand, je l'ai trouvé dans une friperie, ça fera l'affaire : talons aiguilles cloutés, faux collier de perles, cheveux relevés, sac en bandoulière, il me faut une pochette, je suis prête.

— Tu ne manges pas avec moi ce soir ? demande Odette.

— Non, je vous l'ai déjà dit. Je vais au théâtre. Je vous rapporterai le programme.

— Pour quoi faire ? Je ne risque pas d'y aller.

Odette jubile dans son rôle de victime. Elle est capable de me faire sortir de mes gonds en deux secondes. Heureusement, je suis de bonne humeur, elle ne gâchera pas ma soirée.

Dix-huit heures. Palais Royal - Musée du Louvre. J'arrive deux heures avant le spectacle pour obtenir ma place à cinq euros. Le guichet ouvre à dix-neuf heures, mais déjà une dizaine de personnes attendent, des retraités et des étudiants. Il y a plus de monde que d'habitude, tout le monde veut voir *Un tramway nommé Désir*. C'est la pièce de l'année. J'ai hâte. Je me place en bout de file. Nous portons tous le même pantalon de costume élimé. Comme les autres, je sors mon livre pour tromper l'attente. Le vent froid me décoiffe. Enfin, le guichet ouvre. Je piétine. Regard par-dessus les épaules. Il reste de la place ? La septième personne se retourne, nous regarde : c'est mort. Soupir collectif des laissés-pour-compte. Ils se volatilisent sans bruit. Hors de question pour moi de poireauter jusqu'au mois prochain. J'emprunte un stylo à l'hôtesse et écris à l'intérieur de mon livre que j'utilise comme une pancarte : *Cherche place pour ce soir.* Je fais les cent pas sur la place. Je chancelle sur mes talons, moins stables que mes plateformes. Je souris pour ne pas avoir un air de Cosette affamée.

Comme un serpent je me faufile parmi les groupes. Des conversations s'interrompent, on jette un œil à mon écriteau. Je croise des filles de mon âge vêtues de baskets à la mode et de jeans qui leur ont coûté un bras. Elles ont ce je-ne-sais-quoi, cette attitude décontractée, des moues blasées. Des bribes de conversations me parviennent : *Encore un spectacle de trois heures, vivement l'entracte / La semaine dernière à Broadway, je me suis endormie pendant la comédie musicale / Dernièrement j'ai vu* Roméo et Juliette, *Juliette était jouée par une Chinoise. Je n'y ai pas cru une seule seconde.*

L'heure approche, je change de tactique, je me poste à l'entrée avec les comédiens des autres théâtres qui distribuent leurs flyers. Aucun désistement, aucune place en trop. Le hall résonne d'une joyeuse cacophonie, excitation d'avant-spectacle. Un groupe en costume, robe de cocktail, s'avance au pas de course. En retrait, deux jeunes femmes se tiennent par le bras et rient à gorge déployée, pompettes. Impossible de détacher mon regard de leurs silhouettes, on ne voit qu'elles, elles le savent et elles en jouent. Elles feignent l'indifférence. Celle en noir écrase son mégot sous un talon aiguille. Ses longues jambes fines sont dévoilées par cette robe au-dessus des genoux, une veste d'homme posée sur ses épaules, des lèvres rouges, des cheveux épais savamment ébouriffés et ces yeux noirs à vous faire tomber par terre. Nora ! Elle est méconnaissable dans cette tenue. Vite, je ferme mon livre. Je tourne la tête, comme si j'attendais quelqu'un.

Un homme me tend ses billets.

— Désolée, je ne suis pas hôtesse d'accueil.

Il s'excuse. À pas feutrés, Nora s'approche, déhanché ondoyant.

— Romy, qu'est-ce que tu fais là ? Tu vas voir la pièce ?

Nous échangeons quelques mots. Nora me dévisage de la tête aux pieds, sourire forcé. Tandis qu'elle me parle, sa main caresse son décolleté. Avec délicatesse, elle froisse sa peau qui rougit.

— Je travaille mon personnage tous les jours, tu sais, me dit-elle. J'ai déjà hâte de changer de rôle.

Puis elle se tourne vers ses compagnons :

— Pardonnez-moi, j'ai oublié de faire les présentations. Voici Romy, je vous en ai déjà parlé, nous passons l'audition de juin ensemble. Romy, je te présente mes parents, ma sœur Inès et son mari Vincent, Paul mon fiancé.

Je les salue. Nora retire ses boucles d'oreilles emmêlées dans ses cheveux, remet un coup de rouge à lèvres. La cloche retentit.

— Allons-y, on va être en retard, dit la mère de Nora. Bonne soirée, mademoiselle.

— À lundi, Romy. Bon spectacle.

Nora balaye la place du regard avant de revenir vers moi avec un sourire victorieux. Elle s'engouffre dans le théâtre, laissant derrière elle un parfum fleuri de désir et de haine. La place Colette est vide. Sur la grande affiche du spectacle, les deux cercles rouges concentriques du logo de la Comédie-Française, une cible hors d'atteinte ce soir. J'ai encore le temps de foncer au Pussy's, peut-être que je pourrai négocier avec Max, prendre le samedi suivant. Un bruit de scooter m'arrache à mes pensées. Un homme, grand, cheveux noirs aux reflets argent, la soixantaine, gare en hâte son engin et se dirige vers l'entrée. Il me demande :

— La pièce a commencé ?

— La cloche vient de sonner.

— Vous n'y allez pas ?

— C'est complet.

Ma moue de colère et de déception l'amuse.

— Vous avez de la chance, ce soir ! Suivez-moi.

Il me tend un billet au nom de Sauval. Mon regard se noie dans ses grands yeux clairs. Il se dirige vers l'escalier côté numéros pairs. Je le suis. Mes talons me font mal. Je ne quitte pas des yeux ses épaules qui se balancent à chaque marche, sa veste en velours kaki, son jean noir. Une ouvreuse munie de sa loupiote nous guide vers nos sièges au quatrième rang. Les spectateurs se lèvent, nous laissent passer. Assise face à la scène, j'embrasse le côté cour et le côté jardin en un coup d'œil. L'homme me donne ma place et le livret de présentation. En rentrant je le rangerai avec les autres dans ma boîte à souvenirs. Le rideau s'ouvre sur La Nouvelle-Orléans. Je lève les yeux pour voir la scène, nous sommes si près. D'habitude, je baisse le regard. Un coup d'œil à gauche, puis à droite, c'est bon, je peux retirer mes chaussures. J'ai déjà des ampoules. Je sens l'épaule de l'inconnu frôler la mienne. Parfum aux notes d'agrumes et de poivre. Fesses au bord du siège, je m'avance comme pour rejoindre les comédiens sur scène, les accompagner, les soutenir, les diriger. J'absorbe les répliques de Stella, Blanche, Stanley, Mitch. Je suis à l'affût des entrées et des sorties, des déplacements, des jeux de regards.

Blanche : *Je n'ai peut-être pas été très sage pendant ces deux dernières années. Quand Belle Rêve a commencé à me filer entre les doigts, tu sais, quand on est seule, quand on n'a rien, il faut être séduisante, miroiter, briller, savoir mettre une lanterne japonaise sur la lumière, simplement pour payer une nuit à l'abri.*

Je ne veux pas que cette soirée se termine. Je pourrais passer ma vie ici. Le rideau tombe, entracte. L'homme se lève, des connaissances le saluent, quelques mots sur l'actualité, la politique, et sur une certaine Diane. Est-ce que ma place lui était destinée ? Qui est-elle ? Je reste en retrait. Je consulte mes messages sur mon portable, un sms de Manu, un autre d'Adrien qui me demande si je suis disponible et un de Mathieu, tiens donc, il veut me revoir. Je m'appuie contre le dossier pour regarder la salle comme si j'étais sur scène. Les spectateurs restés assis me déshabillent des yeux, le mot *pute* clignote. Une sueur glaciale coule dans mon dos. J'ai envie de fuir.

— Vous venez ?

Sauval est déjà au bout de l'allée, je rapplique. Nous passons devant Nora qui me fixe. Enfin dehors. Nuit noire. D'une main, je réunis les pans de mon manteau. Je grelotte.

— Allons prendre un verre.

Sauval m'entraîne vers le Nemours. Nous sommes assis l'un en face de l'autre, il ne parle pas, perdu dans ses pensées. Ses longs doigts s'étendent, se recroquevillent puis se déploient d'un coup sec comme si une gerbe d'idées venait de se déployer dans son crâne. Ma parole, je suis en train de tomber amoureuse. Je ne sais pas quoi dire. Je n'aime pas l'Americano qu'il a commandé. En revanche, j'engloutis la moitié d'un mini-sandwich en une bouchée. Je n'arrive pas à me détacher de son regard. Il semble ailleurs. Soudain, son portable vibre, le nom de Diane s'affiche. Il ne répond pas, le retourne en se raclant la gorge. Je brise le silence :

— Je vous remercie pour la place. Je mourais d'envie de voir cette pièce.

Enfin il se décide à me répondre :

—Vous aimez la mise en scène ?

— C'est une pièce merveilleuse !

Il me dit que c'est long, que ça me manque de rythme, qu'on s'endort.

— Je ne trouve pas.

J'engloutis l'autre moitié du mini-sandwich. Sauval fronce les sourcils. Il ne touche pas au sien. Mon ventre gargouille. Il termine son verre cul sec. Il sort une carte de visite de son portefeuille, note au dos son adresse.

— Si vous voulez qu'on se revoie…

Il laisse l'argent sur la table et s'en va d'un pas rapide. Derrière la baie vitrée, je le vois s'éloigner, le téléphone collé à l'oreille. J'examine sa carte : Jean Sauval, avocat spécialisé en droit international. Je le vois enfourcher son scooter et disparaître. Je jette un œil dans le café avant d'emballer le sandwich de Sauval dans une serviette que je fourre dans mon sac à main.

J'ai mal aux pieds. Mâchoires et fesses serrées, je retourne au spectacle à toute allure. Le deuxième acte n'a pas encore commencé. Je dépasse le rang de Nora et sa famille sans tourner la tête. Je sens son regard dans mon dos. Le noir, enfin, je peux me déchausser. Stanley et Stella sont sur scène. C'est l'anniversaire de Blanche. Elle est dans la salle de bains, on l'entend chanter au loin. Stanley révèle à Stella tous les mensonges de sa sœur. Blanche est loin d'être une sainte-nitouche, tout le monde lui passe dessus au point qu'on la connaît sous le surnom de « terrain libre ».

Je comprends Blanche. Nous sommes pareilles. La vie nous pousse à mentir. Un mensonge en entraîne un autre, puis encore un autre, si bien qu'on ne sait plus où est la vérité. Nous vivons dans une réalité qui nous appartient, on l'arrange, on l'agrémente avec des paillettes, du gloss et des froufrous. Un semblant de grande vie. On passe d'hôtel en hôtel parce qu'on ne sait pas faire autrement. Personne ne veut de filles comme nous. Nous nous berçons d'illusions, nous nous enfermons dans nos rêves. Ce qui était au début de la fantaisie se transforme en maladie. Un jour, c'est trop tard. Notre folie est démasquée. On passe de l'autre côté du miroir.

J'ai la gorge nouée. On emmène Blanche à l'asile. Rideau. La salle retient sa respiration. Silence. Une première personne frappe dans ses mains, le public suit. Tonnerre d'applaudissements. Au poulailler, on tape même des pieds. Ça siffle. Rappel des comédiens quatre fois. Clouée à mon siège, je laisse la salle se vider.

Rentrée chez moi, je balance mes chaussures dans le vestibule et fonce aux toilettes. Odette a encore laissé ses bas de contention sur les barres d'appui. Ce soir, même sa vaisselle traîne sur la table, sa soupe *vas-y-fous-tout* sans couvercle sur la gazinière, la moitié d'un steak haché carbonisé dans son assiette. Je siffle le verre de gamay qu'elle a oublié de boire et range la cuisine.

Une fois au lit, je repasse le *Tramway* dans ma tête, les répliques fusent. Je feuillette le livret, observe les portraits de chaque acteur. J'attrape mon portable et envoie un message au numéro que Sauval m'a laissé : « *Encore merci pour cette belle soirée, Romy, la fille du siège E14.* » Il ne m'a pas demandé mon prénom. La réponse ne se fait pas attendre : « *Ravi que le spectacle vous ait plu.* » Jean, je répète son prénom. Je me remémore le contact de sa main qui effleure la mienne, son parfum aux notes d'agrumes et de poivre, ses sourcils touffus qui lui donnent un air sévère et charmant. Je tombe de sommeil, je range le livret dans ma boîte à souvenirs *Don't cry* et m'apprête à éteindre la lampe de chevet quand soudain, sans réfléchir, j'attrape mon téléphone et tape : « *Jean, quand nous revoyons-nous ?* »

Neuf heures, l'alarme du portable retentit en même temps que le réveil d'Odette. Mon corps enfoncé dans le vieux matelas refuse de se lever, mes cervicales craquent. Pas encore debout, déjà envie de me recoucher. Mes yeux fixent la perruque fuchsia de l'autre côté de la chambre, posée sur la chaise Lorraine. J'attrape mon téléphone, pas de réponse de Jean Sauval. Je rabats la couette sur mon visage.

Le réveil d'Odette sonne encore. D'un coup de pied, je dégage la couette, bondis hors du lit. J'ouvre les fenêtres, chope mon portable et allume une cigarette. Je fais défiler mes contacts, relis les derniers messages de clients. Je déteste les dimanches. C'est le seul jour où je ne lutte pas avec le type quand il négocie le tarif. Pour un peu je sucerais gratis. Si je le connais, je squatte son lit après la baise, je grappille quelques minutes, tranquille. Je le pousse à m'offrir un verre, deux, trois. Je ne suis bien qu'une fois ivre. L'après-midi passe plus vite. Pas de chance aujourd'hui, personne n'est disponible. Punaisées au mur, Audrey Hepburn, Sophia Loren, Jeanne Moreau et Delphine Seyrig me regardent. J'attrape le pull de ma mère roulé en boule et l'enfile avant de me diriger vers la cuisine. Casque sur les oreilles, j'écoute en boucle le texte de Blanche que j'ai enregistré au dictaphone. Je chuchote mes répliques, c'est drôle d'entendre ma voix si grave, ma respiration, mes silences. Je visualise mes déplacements tandis que je prépare le petit-déjeuner. J'ouvre le placard à conserves et gâteaux et, d'un coup, laisse échapper un cri et recule. Il y a une souris prise dans la tapette. Je déteste ces bestioles. J'attrape les biscottes, referme aussitôt la porte. Je n'y toucherai pas. Radio, téléphone, agenda et jument en verre dans les bras, Odette arrive, pas encore réveillée, la marque de l'oreiller sur la joue, ses yeux de taupe, un dépôt blanc aux commissures des lèvres comme un bébé après la tétée, le dimanche boutonné avec le lundi. Son pyjama rose poupon dépasse de sa robe de chambre. Les cheveux côté gauche sont aplatis. Ses lèvres prononcent un bonjour muet avant de rejoindre sa place, dans son coin, entre le buffet et la table. Je retire mon casque, me tourne vers Odette :

— Il y a une souris morte dans le placard.

— Encore ? Tu ne l'as pas jetée à la poubelle ?

Je fais non de la tête. Elle rit.

— Les petites bêtes ne mangent pas les grosses.

Elle regarde l'horloge.

— Dépêchons-nous, nous allons être en retard pour la messe des Rameaux.

Ça y est, elle recommence avec sa messe. J'abdique, après tout je n'ai que ça à faire aujourd'hui.

Assise dans le vestibule sur le fauteuil cassé, fascicule *Prions en Église* à la main, Odette m'attend. Chemisier violine, pantalon blanc, médaillon, une raie sur le côté, elle est digne d'une Mamie Nova. Rue des Martyrs, elle marque un temps avant de me présenter : *Zoline, ma nièce*. C'est notre première sortie commune. Odette est troublée, comme moi. J'adapte mes pas aux siens, pause tous les vingt mètres. Nous nous arrêtons, Odette s'assoit sur une chaise de café, elle reprend son souffle. Les mains dans les poches, je regarde ailleurs. *C'est bon*, Odette reprend mon bras, le serre pour se relever. Je plie sous son poids. J'ai peur de m'affaler sur elle, de lui briser une côte. Les clients nous dévisagent. Je demande de l'eau à la serveuse. Odette boit son verre à petites gorgées tandis que j'avale le mien d'une traite.

— On repart doucement ?

Je fais un signe à la serveuse, la remercie. Nous poursuivons notre chemin vers la maison du Seigneur. J'ai l'impression de tirer un âne paresseux.

Église Notre-Dame-de-Lorette. Eau bénite. Signe de croix. J'aime le silence des églises. J'y répète mes textes au calme. Je connais aussi les plans de tous les hôpitaux. L'été dernier, j'étais avec un junky sous le pavillon Georges-Heuyer à la Pitié-Salpêtrière. La vie souterraine est régie par les femmes de ménage, les jardiniers et les manutentionnaires. Les SDF y viennent sans être chassés. Les squats sont aménagés avec des canapés, des brancards. J'y ai vécu un temps juste avant le Cours Florent. Je pouvais me laver tous les jours. J'avais repéré un service qui n'était jamais fermé, une unité de jour pour enfants autistes. Aucun soignant à partir de dix-sept heures, plus de femmes de ménage à dix-neuf heures. Comme des rats, nous remontions à la surface la nuit tombée. Je prenais une douche dans un local réservé au personnel, puis nous mangions le goûter du jour dans la salle de motricité. Dans l'obscurité constante, je perdais la notion du temps. Mon corps s'effaçait, mon esprit s'envolait en fumée. Quand la date de la rentrée est arrivée, j'ai fait mon baluchon, quitté le squat. Au port de la Bastille, j'ai forcé la porte d'un bateau. L'officier de port m'a repérée et virée au bout de trois nuits.

Doucement, Odette se ranime. Elle m'indique son banc, le troisième. D'anciennes copines de la chorale viennent à sa rencontre. Elle reprend des couleurs. Elle me glisse un billet dans la main pour acheter du buis, six brins, un pour chaque pièce. J'ai bien compris que ma présence la dérange. Elle a honte de Zoline et de son jean troué. Je déambule dans les allées. Je regarde les pauvres pécheurs, ils ont tous une tête de client. C'est drôle de me retrouver ici avec Odette à prier le Dieu de ma mère. Dans mon porte-monnaie, j'ai la petite croix en or qu'elle portait à son cou. Je la lui ai volée la veille de mon départ, avec son pull préféré. Quand je range les billets de mes passes, je la fixe. La messe commence. Odette tourne la tête comme une chouette, elle me cherche. Du bout de la nef, je lui fais signe tout en secouant les branches de buis en l'air, puis regagne ma place auprès d'elle. Elle me tend un polycopié avec les prières de ce dimanche 17 avril. La chorale et les enfants de chœur s'installent. Le père Dominique tape sur le micro. Je soupire, ça va être long. Mon portable sonne : un message de Jean ! Odette me fait les gros yeux, je le range sans prendre le temps de le lire. Je me retourne, j'aime regarder les gens, capturer leurs visages comme au club. Il y en a un que je possède déjà ! Deux rangs plus loin, Mathieu, mon client du Pussy's, est là, dans son costume. Nos regards se croisent. Ses joues se gonflent puis se dégonflent comme un ballon de baudruche. Vite, il se plonge dans la Bible.

Odette chante, Odette se met debout, Odette s'assoit, Odette connaît les textes par cœur, Odette tient la main de ses voisins, les prend dans ses bras. Je ne peux pas dire que ce soit la grosse ambiance comme à un concert, mais pour son âge, je respecte. Elle a le rythme pontifical dans la peau. Elle me chuchote à l'oreille quand je dois me lever, tire sur la manche de ma veste en jean quand je ne réagis pas. *Prenez et mangez, ceci est mon corps*. Le père Dominique articule de façon exagérée. J'ai l'impression qu'il fait un exercice de diction. À ce jeu, je suis imbattable. *Papa boit dans les pins. Papa peint dans les bois. Dans les bois, papa boit et peint*. Midi. Mon ventre gargouille, j'ai faim. Je demande au Seigneur de décrocher un casting, d'avoir un chez-moi, de revoir Jean. D'habitude, pour ce genre de souhait, j'appelle ma voyante, Yo. Tous les trois mois, je lui téléphone, elle habite Saint-Étienne. Quand je l'ai contactée un jour où je voulais passer sous le métro, je n'ai pas regardé son adresse sur l'encart des Pages Jaunes *Yolande Voyance* entouré d'étoiles. Chaque fois, je l'entends crapoter, faire sa vaisselle, tandis qu'elle me prédit l'avenir. Nous sommes sans cesse coupées par le bip-bip des autres appels, mais je m'accroche à ses mots comme le trapéziste à son trapèze. Yolande m'aide à tenir quelques jours encore. Elle connaît toute ma vie, je lui parle comme si elle était ma psy, le tarif est identique. Adrien me prend en levrette pour échapper à son quotidien en échange d'un bifton que j'envoie à Yolande pour fuir le réel à mon tour.

La communion. La fin approche. Odette me pousse hors du banc. Nous nous retrouvons dans l'allée centrale parmi les fidèles. J'ai une tête de poisson mort au milieu des carpes qui suivent le courant. Le curé me tend l'hostie. Je détourne la tête et, d'un pas rapide, je gagne la sortie, laissant Odette en plan. Le soleil m'éblouit. Adossée contre le mur, j'ouvre le message de Jean. Il me propose un verre cette semaine. Les clochent sonnent. Les gens sortent de l'église. Des fillettes dessinent à la craie des marelles, sautent à cloche-pied. Quand je me maquille, essaye une tenue, bave devant une boulangerie, m'observe dans un rétroviseur ou une flaque, je vois la petite fille emmurée dans mon corps d'adulte. Parfois, elle hurle à l'intérieur de moi à m'en exploser les tympans. Odette me rejoint, elle longe l'église en se cramponnant aux murs.

J'expédie le déjeuner. Pendant qu'Odette mange son yaourt, je fais la vaisselle, donne un coup sur la table. Quatorze heures, c'est l'heure de la sieste. Tandis qu'elle boit son café, j'attrape sa radio, son téléphone, son agenda et sa jument que j'apporte dans sa chambre. J'ai hâte de me retrouver seule. Elle n'a pas eu le temps de faire son lit ce matin, la couverture et les draps sont sens dessus dessous, des serviettes de toilette, des magazines religieux, des photos, des noyaux de pruneaux, des biscuits sont éparpillés. On dirait la chambre d'une adolescente. Les pyjamas aux couleurs pastel sèchent, suspendus aux portes des placards. Je ferme les persiennes et les rideaux. Odette arrive, une tache de chocolat sur son chemisier. Elle ferme la porte, j'écoute ses pas autour du lit, puis les ressorts du matelas qui grincent, enfin le bruit de fond de la radio. Je savoure le moment de la sieste. Je liste mes numéros de ce soir au Pussy's, échange avec Jean sur mon travail de comédienne. Il s'intéresse à ma vie mais ne répond pas à mes questions sur la sienne. Je me fais les ongles, m'installe à la table de bridge pour relire la partition de Blanche et prendre des notes. Dix-huit heures, je prépare mon sac de sport, coiffe ma perruque, épile mon sexe, badigeonne mon corps de crème aux odeurs de fleur de tiaré et de monoï, une odeur de vacances, une peau soleil. En piste. Il y a de la fumée dans la salle à manger et le vestibule. Odette a encore oublié d'éteindre le feu. Je fonce dans la cuisine. Je crie :

— Ça sent le cramé !

Odette se tient debout contre l'évier, elle ne m'a pas entendue, je tousse pour ne pas lui faire peur. Aucune casserole sur la gazinière. Elle observe le buis de l'année passée brûler entre ses mains.

— Tu m'apportes ta branche ? me chuchote-t-elle.

D'un air entendu, elle me fixe avec ses yeux de taupe. S'est-elle aperçue de la disparition du crucifix ? Est-elle entrée dans ma chambre ? J'y garde mes photocopies de textes préférés, ma boîte *Don't cry* avec mes souvenirs, les carnets où je note les informations sur mes clients et les détails que j'invente pour leur offrir à chacun une personnalité différente.

Adrien : je viens de La Rochelle, j'ai deux sœurs, je rêve d'être comédienne, vérité, cadeau de la sixième passe. Il vient d'être papa.

Yves : je fais du strip-tease pour payer une école de commerce, j'aime le nougat, les bonbons à la violette, les fragrances aux notes de vétiver.

T. adore parler cuisine. N'est plus mon client depuis le 23/01. J'ai pris une cuite chez lui.

Stéphane : je suis née à Bordeaux, j'ai un petit ami qui accepte ce que je fais, ça le fait bander, parfois je couche avec ma sœur jumelle.

P. préfère les fantasmes aux rapports.

Thomas : j'ai quitté la Pologne quand j'avais trois ans avec ma mère. J'ai raté mes études d'ingénieur, mon mec m'a foutue à la porte, plus d'appartement.

C. bosse à la mairie de Paris. Lui demander s'il a un plan pour un logement social.

Mathieu : je n'ai rien dit sur moi. Il aime les films porno et Dieu.

Je mets du temps à trouver la branche de buis parmi mes sous-vêtements. Je suis pressée, je ne veux pas arriver en retard au club. Adossée au chambranle de la cuisine, j'attends qu'elle termine. Je n'ai pas envie qu'elle provoque un incendie. C'est décidé, je lui parle demain. Je ne veux pas qu'elle franchisse le seuil de ma chambre. C'est MON espace, je le paye. Je dévale l'escalier, slalome au milieu des terrasses, gagne la place Pigalle. Mouss m'ouvre la porte. Les filles sont déjà en salle, vautrées dans les fauteuils ou accoudées au bar. Miss Saïgon se contorsionne sur *In Your Eyes* de Kylie Minogue. Je fonce dans la loge. Dans mon casier, il y a un sac en plastique avec un mot signé de Manuela : *Pour toi ma chérie, tu seras trop belle*. Un tissu roulé en boule, on dirait des collants résille fuchsia, identiques à la couleur de ma perruque. Je déplie. C'est une tenue complète filet de pêche, je la tourne dans tous les sens, j'essaye de comprendre comment la passer. Je m'énerve, je transpire. Il y a des trous plus gros au niveau de la poitrine et des fesses. Je galère à enfiler les manches longues, mes ongles s'accrochent aux fils. Je réajuste au niveau des seins, attrape mon cul pour le rehausser. Je me regarde dans le miroir. Un vrai rôti de porc, ficelé comme il faut. Je glisse une minijupe en cuir par-dessus, applique mon rouge à lèvres irisé noir. Plateformes à la main, je me précipite en salle. Pas d'Adrien ni de Mathieu à l'horizon. Juste une bande de mecs boutonneux sûrement encore puceaux. Je rejoins Manu à côté de la scène, je fais un tour sur moi-même.

— C'est à ta taille. *Perfeito !* me dit-elle.

Je l'embrasse sur la joue, pose la tête sur son épaule, Manu m'attrape par les hanches, me serre fort contre elle. Je comprends pourquoi les clients la choisissent, pourquoi elle a déjà eu des demandes en mariage. Elle a une façon de faire exister l'autre. Je reluque le numéro de Zora Swing. Pas mal. Je chope la paille du mojito de Manu, le siffle en deux secondes. Mes muscles se relâchent, mon visage se décrispe. À moi la lumière. Je me positionne au centre, une main en l'air, je claque des doigts, douche rouge sur moi, je penche la tête, les cheveux synthétiques se nichent au creux de mes reins, pointent la naissance de mes fesses. La musique démarre, *Personal Jesus*, la version hard-rock de Marilyn Manson. Frémissements dans la salle. Je mets le feu. Le club n'est pas habitué à ce genre de musique. Je me défoule, des perles de sueur giclent sur les jeunes. Je m'amuse. La soirée passe, j'enchaîne les numéros, les verres et les clins d'œil. Je danse plus que d'habitude. Je me crève. Mes pas deviennent lourds, je me frotte à la barre de pole dance. Manu m'apporte de grands verres d'eau que je bois d'une traite. J'ai la gorge sèche, la bouche pâteuse, mon ventre gargouille. Je rêve d'un McDo.

Cinq heures, Max annonce la fermeture, les jeunes ne consomment plus depuis un moment. Certaines filles sont déjà parties. Manu m'accompagne dans la loge. Elle fourre mes affaires dans le sac tandis que je me rhabille. Mon fard à paupières tombé sous mes yeux accentue mes cernes.

— Bonne nuit, petite Chinoise blonde, me dit Mouss en glissant mon joint dodo dans ma poche.

Je n'ai pas envie de rentrer chez Odette, de retrouver la chambre bleue, le petit lit, l'ange en bronze du lustre qui pend comme un nourrisson à son cordon ombilical, ses animaux en verre et cette odeur de décomposition. Toutes ces fleurs fanées qui macèrent dans l'eau usée libèrent un dernier souffle avant de s'éteindre complètement.

Je lambine, m'éternise devant les boutiques, je me place face aux mannequins, me hisse sur la pointe des pieds ou recule pour voir dans le reflet si les costumes conviennent à ma morphologie. Je fais une halte au kebab, le seul ouvert vingt-quatre heures sur vingt-quatre, je commande des frites. Je sens une présence derrière moi, guette la silhouette dans la vitrine du comptoir. Ils sont trois, je les reconnais, ils font partie de la bande de jeunes.

— La perruque fuchsia, c'est bien toi ? demande le petit gros.

Je chope ma barquette, poursuis mon chemin. Ils me suivent. Soudain, je m'arrête net devant le Folies Pigalle.

— Qu'est-ce que vous me voulez ?

— C'est pour lui.

Je regarde le type en question. Grand, maigre, une expression douloureuse, un brin féminin, une ossature délicate, il est jeune, je dirais seize ans. J'acquiesce. Le petit gros me donne un billet de cinquante, je ne négocie pas, je prends. Tout de suite, je ne suis pas capable d'être seule. La petite voix n'est pas loin, je pourrais faire une bêtise.

— Profite Léon !

Ils s'en vont. Je l'emmène chez Odette. Vestibule. Un doigt sur la bouche, je lui fais signe de se taire, je tends l'oreille. La voie est libre, Odette dort. J'entraîne le petit dans la cuisine. Hors de question d'aller dans ma chambre. Il ne moufte pas. Dans la pénombre, je me déshabille, balaye mes fringues d'un coup de pied. La lumière de la cour nous éclaire faiblement. Je m'assois sur le bord de l'évier, mains de chaque côté du robinet, j'écarte les cuisses, en équilibre, sexe tendu et disponible pour cinquante euros. Il ne bouge pas, fixe ma chatte. D'un bond je me lève, défais la boucle de sa ceinture, le branle, lui enfile le préservatif, le fais glisser au sol. À ce tarif, je ne vais pas faire semblant d'éprouver du plaisir. Mes omoplates frottent le carrelage froid. Je sens son bassin cogner contre le mien. Il est au bord de la jouissance, je colle une main sur sa bouche. Il tressaille. Je donne un dernier coup de reins. Il jouit. Soudain, un bruit sec comme une gifle, une ampoule qui claque. Je le pousse sur le côté, il remonte son pantalon. Nous restons immobiles quelques secondes, la respiration coupée. Fausse alerte. Je passe devant en éclaireur. Aucun rai de lumière sous la porte d'Odette. Je me retourne vers lui et lui fais signe de dégager. Il décampe à toute vitesse. J'enfile le vieux gilet couleur lie-de-vin d'Odette accroché à une patère, la laine me gratte. Toujours faim. J'ouvre le placard à conserves et gâteaux. Encore une souris prise dans la tapette ! Je reste un moment à plonger mon regard dans ses yeux morts.

46 rue Milton. Huit minutes à pied pour me rendre chez Nora, nous sommes presque voisines. Une plaque dorée indique le cabinet de la psychanalyste, Mme Taïeb, la mère de Nora. Je pénètre dans une grande cour pavée qui dessert plusieurs maisonnettes et ateliers d'artistes, des plantes vertes, des rosiers, de grands pots colorés avec des citronniers, aucun bruit extérieur. Habillée en rose de la tête aux pieds, une femme taille les arbustes pendant que l'arrosoir se remplit à la fontaine. Au fond de la cour, une grille camouflée par une clôture de canisses, un interphone avec caméra, chacun des membres de la famille Taïeb a le sien. J'appuie sur celui de Nora.

Grand pull fin, legging, baskets blanches, Nora m'ouvre. Nous traversons le jardin, entrons dans une vaste pièce qui fait office de salon, salle à manger, cuisine. Les espaces sont séparés par des poutres. La maison est un véritable labyrinthe, un escalier ancien en pierre mène vers une porte en bois indienne, trois marches conduisent à un long couloir, trois autres encore, transparentes, renfermant un aquarium, vers un billard sous une verrière. Des objets chinés aux quatre coins du monde, des coins bibliothèques dissimulés dans des niches ici et là, deux grands portraits en noir et blanc de Nora et de sa sœur aînée Inès. En fond sonore, Radio Classique. Nora me propose un jus citron-gingembre. C'est la première fois que j'en bois. Téléphone à l'oreille, Mme Taïeb traverse le salon sans faire attention à nous. Vêtue d'un pantalon en lin, d'une chemise bleu ciel et de sandalettes, elle se déplace avec élégance. Elle doit avoir le même âge que ma mère, mais en paraît dix de moins. Nauséeuse, j'imagine Nora dans notre appartement à Toul. Une couleur appliquée sur ses racines, ma mère lui proposerait un thé en sachet dans sa théière Lunéville. Elle sortirait les langues de chat sur une assiette au contour en dentelle. Elle essayerait de faire bonne impression. Je lui en voudrais d'être cette petite chose qui m'a transmis le gène de l'asservissement. Il est inscrit profondément dans mon caryotype, une anomalie greffée à je ne sais quel chromosome. Le chromosome de l'esclavage, de la débâcle, de la gêne, de la honte qui oblige mes lèvres à articuler le mot *merci* à tout-va, avec le sourire et une légère inclination de la tête. Je bois mon jus en retenant une grimace, me dirige vers l'évier.

— Laisse, l'homme de ménage s'en occupera, dit Nora.

Pièce de théâtre en main, elle se dirige vers un escalier en colimaçon caché derrière un palmier. Nous descendons au sous-sol aménagé en salon marocain. Plafond incurvé, des rosaces bleu et blanc sur les murs, des banquettes éparses, au fond un sauna. La lumière du jour transperce le plafond à divers endroits par des puits, ici même la poussière prend des allures de paillettes. Nora retire ses chaussures, je l'imite.

— Échauffement ?

Sans attendre ma réponse, elle s'étire en marchant sur la pointe des pieds, inspire par le nez, expire par la bouche. Elle se prépare à monter sur le ring.

— Pute, putasser, putassier, putasserie, putride, putréfaction…, articule-t-elle en me dévisageant.

Nora mastique un chewing-gum imaginaire, fait vibrer ses lèvres, se force à bâiller, reproduit le bruit d'une moto, coasse. Je n'arrive pas à me concentrer. Elle ne me pardonne pas ma violence de louve au cours de Sandrine, encore moins ma présence à la Comédie-Française avec Jean. Elle se transforme en panthère. Elle veut sa revanche. Ici, elle joue à domicile, elle a l'avantage. Je convoque la louve. Silencieuses, nous prenons possession de l'espace. Nos pensées se mélangent, bruissent comme des roseaux dans le vent, piaillent d'un son cristallin comme une nuée d'oiseaux avant l'orage.

— Italienne ? dis-je.

Face à face, les répliques fusent. Nous nous les crachons au visage comme des insultes, sans prendre le temps de déglutir. Nora guette ma chute, un blanc, une hésitation, un bégaiement. Elle connaît son texte sur le bout des doigts, moi aussi. Nous déplaçons les tables basses et les coussins pour la mise en scène comme deux fillettes qui délimitent leur terrain de jeu. *Et si on disait que le public se situe côté sauna /Cette rangée de coussins sépare le salon de la chambre /Côté cour, il y a la fenêtre /Ce pouf représente le sac de voyage /La coiffeuse est située par là, les verres et la bouteille par ici.* Impossible de tricher. Nous basculons dans notre monde imaginaire en un claquement de doigts. Romy et Nora font place à Blanche et Stella. Nous pinaillons sur chaque détail pour nous démarquer le jour de l'audition.

— Comment vas-tu t'habiller ? demande Nora.

— Je vais trouver une robe d'été, plutôt tape-à-l'œil. J'irai faire un tour chez Guerrisol.

— Chez qui ?

— Guerrisol, une enseigne de fripes. Ils auront des tenues style années 50.

— Je vais t'en prêter une. C'est plus sûr.

Elle ne veut pas que je fasse tache dans sa scène. Je jubile. Je veux lui ressembler. Qui sait si sa robe me portera chance le jour de l'audition. Je suis sûre que son dressing est truffé de pièces de grands couturiers.

Nous fermons les yeux. Nous sommes en Louisiane, La Nouvelle-Orléans, au bord du Mississippi, Stella a emménagé avec Stanley, elle est enceinte. Blanche, après avoir perdu la demeure familiale Belle Rêve et écumé les hôtels, a posé ses valises chez sa sœur. L'appartement donne sur une rue, au loin, une voie ferrée.

Sur ma liste, j'écris :

— Trouver une bande-son d'un passage de train ;
— Chercher un morceau de jazz pour le début et la fin de la scène. Pour le fondu sonore, demander à Hugo. Caler une date de répétition ;
— Emprunter à Odette une vieille valise ;
— Trouver un mouchoir en tissu ;
— Atmosphère chaude et humide, adapter notre jeu : front humide à éponger, décoller les vêtements de sa peau, se ventiler…

Nora lit les didascalies :

— *Stella est affalée dans le fauteuil de la chambre à coucher. (…) Blanche (…) Ouvre la porte et se précipite dans l'appartement.*

Nora s'installe sur un des canapés, je sors de la pièce pour faire mon entrée. Je soigne mes apparitions. Au Pussy's, il me suffit d'enfiler ma perruque fuchsia pour être Any-Doll. En cours, je stresse. À peine ai-je fait un pas sur scène que je retourne en coulisses, j'oublie une réplique, je mâche mes mots. Quand je suis fatiguée, ils coulent comme un filet de bave sur ma joue. J'entends les soupirs dans les gradins, je les ignore, je me ressaisis, je ne lâche pas la scène tant que je ne réussis pas mon entrée. À trois cent cinquante euros par mois, je veux du résultat. Sandrine le sait. Cela nous a valu une dispute que nous ne sommes pas près d'oublier. Elle hurlait parce que je ne comprenais pas ses indications, elle voulait que je laisse la place à *un vrai comédien*. Je n'ai pas cédé. Je ne décollais pas du plateau, j'étais comme enracinée. Un ouragan aurait pu passer que je n'aurais pas bougé. De guerre lasse, Sandrine est partie fumer. Je la pousse à bout, mais je n'ai pas le choix. La semaine dernière, j'ai répété « *Stella ! Ma chérie ! Ma petite sœur !* » jusqu'à ce que je sente Blanche en moi. Vingt-six fois exactement.

Un personnage me pénètre comme une queue. C'est violent, les premières fois sont douloureuses, la mise en condition est longue avant qu'il ne prenne possession de mon corps. Pour chacun de mes rôles, je me raconte une histoire, certains sont sauvages, d'autres plus charnels, d'autres encore me traitent avec mépris. Nous nous apprivoisons, créons une chorégraphie. Je ne retrouve jamais les mêmes émotions d'un personnage à un autre. J'ai connu Ondine l'éprise, Lucrèce Borgia la cruelle, Silvia la rusée, Titania la joueuse, Électre la rebelle, Andromaque la boxeuse. Toutes ces femmes se coulent en moi, je suis leur jouet, une poupée qu'elles malmènent, délaissent, jettent, cassent. Pour les unes comme pour les autres, je cultive la peur d'être quittée, cette tension rend mon jeu plus profond, plus juste. Je reste sur mes gardes, à tout moment je sais que le personnage peut s'échapper et ne jamais revenir. Je lui prouve qu'il a raison de cohabiter avec moi, que je suis digne de l'interpréter. Je le laisse jouir de mon corps, s'exprimer à travers ma voix, me posséder. Tous laissent une empreinte indélébile en moi. D'eux je garde une réplique en mémoire, ma préférée. Un souvenir de notre histoire. Je joue comme je fais l'amour, avec la même intensité, la même urgence. J'épouse un texte à la façon d'un corps pour ne faire plus qu'un. Si j'y arrive, mon visage recouvre alors toute sa pureté, toute l'innocence d'une fillette. Les vagues dans mon ventre se soulèvent, je jouis. Là, je sais que j'ai tout donné.

Nora et moi recommençons le début une dizaine de fois, nous cherchons l'énergie, le rythme, le bon ton. Comment dois-je m'approcher de Stella ? En douceur ? Avec rapidité ? Dans quel état sommes-nous ? Quel est l'objectif de cette scène ? D'où venons-nous, où voulons-nous aller ? Quelle est l'intention de mon personnage ? Du sien ? Que s'est-il passé avant ce moment entre les deux sœurs ? Spontanée, Nora saisit très vite les enjeux de la scène, dans sa bouche les mots sonnent juste du premier coup. Elle est sensible à la musique des phrases, fait vivre les mots, se les approprie. Elle a une vision précise de son personnage, l'incarne sans chercher à imiter la tête d'affiche de la Comédie-Française. Son interprétation est naturelle, ses gestes minimalistes. Nora est Stella. Elle agit à l'instinct. Tout le contraire de moi. Je relis le texte plusieurs fois, je m'arrête sur chaque mot, je m'assure d'avoir compris le sens, j'analyse la ponctuation. Je cherche les respirations, les pauses. J'explore les silences, leur couleur et leur tintement agissent différemment dans mon corps, provoquent des réactions inattendues. Le silence s'empare de mon être tout entier, il circule dans mes veines, mes organes, il contracte certains muscles, en relâche d'autres. Il joue avec les mots qui ne se prononcent pas, les fait patienter au bord des lèvres, les change de place dans la phrase prête à sortir. Le silence est roi depuis la nuit des temps, il domine le langage par sa profondeur. Un silence ça s'écoute, ça ne se prend pas à la légère, ça se brise en une fraction de seconde. Un silence entre deux mots est comme une perle dans son écrin. Je donne des noms et des définitions aux silences, je leur consacre un carnet où je note mes trouvailles.

Silence poudré : il enveloppe son partenaire de douceur, il berce les non-dits, les incompréhensions.

Silence flottant : il questionne, il sonde, il cherche à comprendre, il tord les boyaux, à la limite du supportable.

Silence miroir : il reflète les âmes, les pensées, tout devient clair. Il joue le rôle du révélateur.

Silence bascule : il permet la transformation, la prise de décision, apporte un changement radical.

Silence amer : il laisse un goût âpre sur la langue, celui des mots expulsés qui ne se digèrent pas.

Silence d'adieu : il tombe comme les pétales d'une rose sans faire de bruit, il est cette boule dans la gorge.

D'aussi loin que je me souvienne, le silence fait partie de ma vie. Mes parents m'ont appris à parler le silence. Celui de mon père était empli de violence et de colère, celui de ma mère transpirait les regrets et la tristesse. Au milieu, j'ai trouvé le mien, sauvage et frontal. Il s'impose de lui-même.

Dix-sept heures. Déjà trois heures que nous expérimentons. Nous changeons de direction, osons le décalage, puis revenons à une situation plus classique. La fatigue se fait sentir. La tension est palpable, les reproches fusent. Je mélange les répliques, je ne sais plus où j'en suis. Nora soupire :

— On ne va pas passer une heure sur cette réplique ! « *Il agit comme une bête !* », tu commences par une affirmation claire, c'est un constat, puis ta nervosité doit monter crescendo. Il y a une progression. Tout se joue sur ce monologue. Tu comprends ce que tu dis ? Tu as lu la pièce ? À ce moment, on doit voir que Blanche déraille. On reprend. Blanche est une pute, ça te parle ? Elle vient vivre chez sa sœur car elle n'a plus de toit. L'enjeu est vital.

— *Il agit comme une bête ! Il a les manières d'une bête ! Il mange comme une bête ! Il rôde comme une bête ! Il parle comme une bête…*

— Ce n'est pas possible, tu le fais exprès ! Tu vas endormir le jury avec ce ton monocorde.

— Nora ? Veux-tu venir s'il te plaît ?

Mme Taïeb appelle sa fille du haut de l'escalier. Elle ferme les yeux, secoue la tête.

— Révise ton texte, je reviens dans deux minutes.

Nora s'éclipse. Pause, enfin. J'attrape mon portable et m'écroule dans un canapé. Message de Jean. Nous n'avons pas encore réussi à nous voir. Il m'a posé plusieurs lapins.

« 16 h 12 : *Romy, voulez-vous m'accompagner à Blois pour le week-end ? Départ à 19 h 30 de Boulogne en voiture.* »

Et s'il se trompait de destinataire ? Diane ? Non, il a écrit mon prénom. Mon pouce effleure les touches. Oui ? Non ? Un verre à votre retour ? Il faut que je me décide, vite. Personne ne m'a jamais emmenée en week-end, je ne peux pas manquer cette occasion. Son prénom s'affiche sur mon écran, je décroche.

— Enfin ! Vous êtes-vous décidée ? Je dois m'organiser.

— Oui, je viens, à tout à l'heure.

Je n'ai pas réfléchi. Sa voix chaude et autoritaire ne m'a pas laissé le choix. Je reprends le texte. Les mots tourbillonnent, ils dansent un rock endiablé. Je suis bien loin de La Nouvelle-Orléans. Je n'ai plus la tête à travailler, je dois trouver une tenue. Si seulement Nora me prêtait une de ses robes maintenant.

— On y va. On reprend ton monologue, puis on revoit le début, lance Nora.

Je me remets en place.

— *Il agit comme une bête ! Il a les manières d'une bête ! Il mange comme une bête ! Il rôde comme une bête ! Il parle comme une bête…*

Je ne suis plus dedans, Blanche a filé entre mes doigts.

— Faut que ce soit plus tendu, plus nerveux. On ne ressent rien. Tu vas rester les bras ballants ? Tu critiques le mari de ta sœur, tu ne comprends pas ses choix de vie. Tu crois vraiment qu'elle lui raconte ça comme si elle énumérait sa liste de courses ?

Son comportement m'agace, ras le bol d'être maltraitée, je coupe court :

— On arrête. De toute façon, je n'ai plus le temps.

Sur le chemin du retour, je m'arrête devant chaque boutique. Il me faut une robe de soirée pour ce week-end. J'ajuste mon reflet dans les vitrines face aux mannequins munis de volants, de dentelles, de nœuds. J'ai l'air d'un chou à la crème, bien loin de mon filet de pêche fuchsia et de mes cache-tétons. J'arpente la rue des Martyrs, repère les pièces susceptibles de m'intéresser, fais demi-tour. Pénétrer dans un sex-shop me pose moins problème. Soudain je la vois : une robe longue en dentelle bleu marine, transparente à partir des genoux, un ruban noir style Empire souligne la poitrine, elle sera parfaite. Sans réfléchir, je demande ma taille à la vendeuse.

— Voulez-vous l'essayer ? me propose-t-elle tandis qu'elle fixe mon gilet bouloché.

— Non, ce n'est pas pour moi.

C'est Manu qui m'a refilé cette combine. *Escort* à ses heures perdues, elle passe la journée à se trouver une robe de princesse rue Saint-Honoré quand elle accompagne un client richissime à un dîner. Elle l'achète, l'enfile juste avant la soirée, prend soin de dissimuler l'étiquette et se tient loin des amuse-bouches. Elle évite parfum et déodorant. Le lendemain, elle rapporte la robe dans sa pochette en papier de soie et se fait rembourser. Tout en sortant mes coupures de vingt, je demande un emballage cadeau.

Doucement, j'ouvre la porte d'entrée. Je ne veux pas croiser Odette qui se réjouissait de passer le week-end de Pâques avec moi. Elle a tout programmé. La messe en blanc, comme demandé par le chef de chœur. Toute la semaine, Odette a mis ses placards sens dessus dessous telle une adolescente pour un rencard. Allongée sur mon petit lit, à moitié endormie, j'ai assisté à ses essayages. Elle avait vingt ans et moi quatre-vingt-neuf. D'un coup, elle a posé les yeux sur mes vêtements au sol – je n'ai toujours pas acheté de portant, je vis comme si j'étais en camping – puis s'est dirigée vers le foutoir. Elle m'a priée de la rejoindre pour l'aider à dégager un berceau, des mosaïques et un fauteuil roulant qui bloquaient une armoire. Elle m'a mis dans les bras une jambe de bois qui appartenait à feu son frère aîné. Elle a sorti une pile de vieux linges qu'elle a déposés sur un des fauteuils de mon boudoir. Elle a déplié de nombreux draps avant de dénicher la robe de demoiselle d'honneur qu'elle portait au mariage de sa meilleure amie. On aurait dit la chemise de nuit de la petite Jehanne de France. Odette m'a intimé l'ordre de l'essayer. Je lui ai tourné le dos pour me déshabiller. Elle me regardait avec fierté comme si je m'apprêtais à entrer dans les ordres.

Nous dégusterons l'agneau pascal avec des flageolets. Tout est déjà prêt : conserve à côté de la gazinière, verres en cristal de Baccarat et assiettes Lunéville sur la table, panier en osier avec son napperon pour le pain, vin rouge bon marché, deux nouvelles serviettes en tissu. Pour un peu elle sortirait dès maintenant son nougat glacé du congélateur. Elle m'a donné pour mission de faire une salade de betteraves et d'aller chez le boucher acheter un gigot. J'ai intérêt à trouver une excuse solide pour me faire pardonner mon absence. Odette est dans sa chambre, je l'entends rire à gorge déployée. Elle parle sans doute avec Alex qui l'appelle depuis l'Inde.

Debout dans l'encadrement de la porte de la salle à manger, je visualise mon parcours. Je sais avec exactitude où je dois poser les pieds pour ne pas faire de bruit. Latte qui grince, écharde, clou : je connais chaque emplacement. Je joue à cache-cache avec Odette, elle est très forte à ce jeu. Son ouïe est mauvaise, mais j'ai compris comment elle fonctionne. Elle se fie aux vibrations, une porte qui claque, l'eau qui oscille dans le vase, la ménagerie qui tremble. Elle détecte chacun de mes mouvements, un vrai radar. Je coupe ma respiration. J'y vais. Un grand pas puis, sur un pied, pointe et pose, pas de côté. Couloir, quatre pas chassés, chambre. Je remplis mon baluchon comme si je partais pour une semaine. Je pose la robe emballée dans son papier de soie au-dessus de la pile de vêtements, j'ajoute mes produits de beauté grand format : shampooing, masque, crème. Je prends aussi mon sèche-cheveux. J'ai empaqueté la totalité de mes affaires. Je me change en vitesse : legging, pull fin, baskets. Le look de Nora, en plus cheap. Assise à ma table de bridge, j'écris un mot à Odette : *Obligée de m'absenter deux jours. En résidence pour répéter. Bises. Zoline.*

Baluchon sur l'épaule, je transporte ma maison. Soudain je perds l'équilibre, je trébuche contre la vitrine, me rattrape de justesse à une chaise. Tintement de verre cassé. Je retiens ma respiration. Le poulain turquoise a la tête tranchée. Je guette la porte d'Odette. Par chance, elle n'a rien entendu. Je cache la bestiole au fond de la vitrine. Je m'en occuperai à mon retour. Je dépose le mot sur la table de la cuisine, à la place d'Odette.

En sueur, j'arpente les couloirs du métro. Je m'éponge le visage, mon fond de teint dégouline. Je dois ressembler à une vieille perruche qui perd ses plumes. On me bouscule. Je gêne le passage avec mon sac. Vite de l'air. J'entre dans la première parfumerie. Le vigile ne me quitte pas des yeux. Je m'en fous, je me remaquille et m'asperge de parfum. Il me reste trente minutes à attendre. J'erre dans le quartier, mon baluchon me fait mal, mais je ne veux pas m'asseoir. Quand je marche, personne ne m'accoste, alors que dès que je me pose dans un coin, on vient toujours me chercher des noises. Mon téléphone vibre. C'est Jean. Il me demande de le rejoindre au rond-point de l'avenue Jean-Baptiste-Clément, à l'entrée du bois.

Je m'approche. J'hésite à lui faire la bise ou à lui serrer la main. Finalement je me dirige vers le coffre et me débarrasse de mon baluchon. Je n'attends pas qu'il m'ouvre la portière, je la claque d'un geste sec. Jean ne me parle pas. Où m'emmène-t-il ? Combien de kilomètres encore ? La petite voix m'insulte.

> *Tu es folle. Tu ne maîtrises rien. Il t'éloigne de Paris, et tu lui fais confiance. Réveille-toi. Arrête-le. Rentre en vitesse.*

Je l'ignore. Je m'enfonce dans mon siège. Ma tête penche sur le côté, mes paupières sont lourdes. Je me réveille alors que la voiture s'engage entre deux chênes au panneau

« Domaine du Grand Cerf Bleu ». Le portail en fer s'ouvre sur une large allée bordée de rhododendrons. La maîtresse de maison nous attend sur le perron. Elle me dévisage de la tête aux pieds avant de m'adresser un sourire de courtoisie. Elle nous conduit jusqu'au grand escalier en bois. Elle remet la clef à Jean en précisant :

— Suite Aliénor d'Aquitaine, deuxième étage, à gauche au fond du couloir. Je vous souhaite un agréable séjour, monsieur Sauval.

Sac de sport sur l'épaule, Jean monte. Je le suis. Le couloir est décoré de têtes de cerf éclairées par des appliques en forme de bougies. Je vois mon reflet dans chaque regard vide, de grosses billes noires. Nous entrons dans un salon rose et beige. Je retire mes baskets et m'assois sur le rebord de la fenêtre. Que veut Jean ? C'est plus clair avec mes clients. Il m'ignore, envoie des messages. Je n'ose pas bouger. Je m'attarde sur chaque détail de la pièce : la cheminée en marbre, le bouquet de lys, une enveloppe au pied du vase, la toile de Jouy, la gravure de château. Je suis pressée de voir la chambre. J'enverrai des photos à Manuela. Je suis sûre qu'elle n'a pas fréquenté ce genre d'endroit même avec ses gros clients. Mon ventre gargouille. Enfin, Jean se retourne, me sourit. Je baisse les yeux, je tripote mes cheveux.

— Fatiguée ?

Je fais non de la tête alors que je rêve de me coucher. Je ne tiens plus debout. Il débouche une bouteille de champagne. L'alcool se diffuse dans mon sang, je me détends, laisse échapper un petit rire. Tandis qu'il déboutonne sa chemise, je déblatère sur le mobilier et la décoration. Jean s'enferme dans la salle de bains. Je liquide la bouteille au goulot. Comme chaque fois que j'arrive quelque part, je fouille. J'ouvre l'enveloppe. Une réservation dans un restaurant gastronomique demain soir aux noms de Diane et Jean Sauval et un mot de la réception leur souhaitant un bon anniversaire de mariage. Mon euphorie tombe d'un coup. Le lit est immense. Je me jette sur le chocolat posé sur l'oreiller. J'ai des crampes d'estomac tant j'ai faim. Je dévore aussi celui de Jean.

Enveloppé dans un peignoir, Jean retourne au bureau. Je me faufile dans la salle de bains. Des produits de beauté dans un panier enrubanné à l'intention de Diane. J'essaye la douche italienne, j'appuie sur tous les boutons. J'enduis mon corps d'huile en écoutant du rap : Dr. Dre et 50 Cent. C'est mon moment. Je me déhanche. J'enfile le peignoir en coton par-dessus mon tee-shirt. Il est si épais que je ressemble à un loukoum. J'ai envie de tout tester. Je sors de leur emballage les chaussons assortis.

Le nez dans ses affaires, Jean travaille. Je l'examine. Quarante ans d'écart. Je dénoue la ceinture de mon peignoir, m'approche de lui, pose les mains sur ses épaules. Il se raidit.

— Excusez-moi, ce n'est pas le moment. J'ai un imprévu à régler.

Je tourne en rond comme une femme de ménage qui attend les consignes. Plongé dans ses dossiers, il lève de temps à autre un regard exaspéré et plein de désir. Je pose à nouveau une main sur sa nuque. Il la repousse. Humiliée, j'avale deux Stilnox, me glisse sous la couette et éteins la lumière. La taie d'oreiller sent bon la lessive. J'en ai pourtant écumé des hôtels, mais jamais je n'ai respiré une telle odeur. En pleine nuit, je sens le corps de Jean s'approcher, sa main sur ma hanche. Impossible de bouger, je suis trop assommée pour répondre à ses avances. Je l'entends soupirer, il se colle contre moi et m'enlace. Pour la première fois, je me laisse aller dans les bras d'un homme.

On frappe à la porte. Encore endormie, je sors du lit désorientée. Jean n'est pas là. Je ne sais pas si je dois ouvrir. Qui suis-je ? Une amie, une fille, une maîtresse ? Une pute ? On insiste :

— Room service. Petit-déjeuner.

Le serveur me demande où mettre le plateau. J'indique la table proche de la fenêtre. Il dépose les couverts, les viennoiseries, deux assiettes sous cloche, jus d'orange, café, et les journaux du jour. Je dévore une tranche de pain. Par la fenêtre, je vois Jean courir au fond du parc, à la lisière de la forêt. Le personnel installe les transats autour de la piscine. J'erre dans la chambre. J'arrache une page du bloc-notes de l'hôtel. Un souvenir pour ma boîte *Don't cry*. Tout ce que je possède, c'est ma mémoire. Elle est mon territoire. Ma liberté. Chaque objet réactive une sensation. Le peintre a sa palette de couleurs, moi, j'ai ma palette d'émotions. Sur scène, je choisis une nuance pour nourrir mon personnage.

Tee-shirt trempé, Jean se dirige vers la table. Je reste sur mes gardes. J'attends qu'il dise quelque chose. Il pose sa serviette sur ses genoux, boit une gorgée de café, je l'imite. Je salive devant les pots de confiture. Jean se racle la gorge, épluche les journaux. Je m'empresse de tartiner mon pain, je me trompe de beurre, je grimace. Je m'en mets partout. Jean m'observe comme un animal de foire. Son téléphone sonne. J'entends une voix féminine.

— D'accord, Diane, d'accord. Mais non, je ne t'en veux pas. On fait comme ça, à tout à l'heure. Mais oui.

Plus moyen d'avaler quoi que ce soit.

Jean se lève :

— Vous ne pouvez pas rester, je suis désolé. J'ai un imprévu. Je vous dépose à la gare.

Sans un mot, je récupère une à une mes affaires et les jette dans mon sac. Je prends tout, confitures, chaussons et shampooings offerts. Je me paye à ma façon. Dans la précipitation, je renverse mon huile pour le corps sur la robe à quatre cents euros. J'ai envie de me frapper. Je m'habille en vitesse, me dirige vers la porte. Jean m'attrape le poignet, me bloque le passage.

— Évitons le scandale.

— Laissez-moi passer.

Quelques instants plus tard, Jean se gare au dépose-minute. Je lui arrache mon sac des mains.

— Je ne suis pas une pute !

Abandonnée comme un animal de compagnie sur la route des vacances, je pleure. Bien sûr que oui, je suis une pute. Combien de parquets, de carrelages, de moquettes mon dos a-t-il frottés ? Combien de moulures, de fissures, de lustres, de poutres ai-je détaillés pendant qu'on me baisait ?

Je paye mon billet. Front contre la vitre du train, je pense à tous les bobards à inventer. Max va me détester. Odette cherchera une autre locataire. Je me sens vidée. Hors de question d'avoir fait tout ce chemin pour repartir en Lorraine. Onze heures et demie, j'arrive à Paris.

— Odette ! C'est moi, je suis revenue pour fêter Pâques !

Je pose mes affaires et file chez le boucher.

Pas de radio allumée. Pas d'Odette assise dans son coin. Juste des restes et de la vaisselle dans l'évier. Les animaux de la ménagerie sont disposés sur la grande table de la salle à manger. Je fonce dans sa chambre, son lit est défait, les persiennes fermées. L'appartement est vide. Peut-être est-elle à Notre-Dame-de-Lorette. Parfois, le samedi après-midi, elle se rend à des concerts de musique classique. Elle a tout laissé en plan. Séparateur d'orteils, bas de contention, mots fléchés, *Le Pèlerin*, des piles traînent ici et là. Dans ma chambre, un paquet de friture en chocolat déposé sur la table de bridge, un mot l'accompagne : *Pour Zoline*. La porte du foutoir est ouverte. Sur le tapis, je trouve le téléphone d'Odette et le poulain turquoise cassé. Je ramasse les débris quand la sonnette retentit. Peut-être qu'Odette a oublié ses clefs. Ce n'est pas Odette mais Mme Abramovitch, alias Mme Guette-au-Trou, la voisine du troisième. Ses géraniums ne sont qu'un prétexte pour se mettre à la fenêtre et espionner ses voisins. Elle attendait mon retour, me questionne sur ma vie. Je coupe court :

— Que s'est-il passé ? Où est Odette ?

Abramovitch déglutit et me lâche :

— Mme Steiner est tombée. Heureusement qu'elle avait son téléphone pour appeler les secours. Ils l'ont emmenée à Lariboisière. À quatre-vingt-neuf ans, on ne se remet pas facilement d'une chute. Il serait plus raisonnable d'aller en maison de retraite.

Je congédie la voisine. Tout se bouscule dans ma tête. Je rumine, j'imagine le pire. Si Odette ne revenait pas ? Si on l'envoyait en maison de retraite ? Est-ce que je recommencerais la tournée des canapés ? Quitter Paris ? Non, Odette n'ira pas en maison de retraite. Je vais la garder ici jusqu'à mon diplôme.

Je fonce dans la cuisine, j'avale trois anxiolytiques avec de la mirabelle. Vite, chasser les idées noires avant de me rendre au Pussy's. Ça arrache le gosier. Le tic-tac de l'horloge m'insupporte. J'erre dans l'appartement comme un fantôme. Dans la chambre d'Odette, je fouille. Des tas de prières planquées sous les oreillers, des cartes postales, des éloges funèbres, des livrets de messe. Chaque nuit, Odette s'endort avec ses morts. Ils en savent bien plus sur Odette que moi. J'ouvre les placards, des mites s'échappent, je touche ses vêtements, respire son eau de Cologne. Je m'imprègne d'Odette. Dans son miroir entouré de portraits de papes, je perçois de fines ridules se dessiner sur mon visage, une légère mousse blanche aux commissures de mes lèvres. Au loin, j'entends la pendule sonner vingt heures. Je suis en retard.

Plateformes aux pieds, perruque à la main, direction le Pussy's. Mouss vient à ma rencontre, me retient par les épaules.

— Rom, tu es virée. Tu as encore mis Max dans la merde hier. Manu a essayé de te trouver mille excuses. Tu déconnes.

— J'ai eu une urgence, ça va mieux. Je vais me rattraper.

— C'est fini. Max a été patient. Il a fermé les yeux sur tes passes à l'extérieur, tes retards, tes caprices d'emploi du temps.

— Mais j'ai *besoin* de ce job !

— Fallait réfléchir. Tu pues l'alcool à plein nez, tu tiens à peine debout. Rentre chez toi. Prends ça.

Mouss me tend une enveloppe, salaire d'avril.

— Max a été réglo, j'ai vérifié. On se capte plus tard, petite Chinoise blonde.

Je me faufile dans le club. Je rejoins Max derrière son bar. Je pose ma perruque sur le comptoir, plonge mon regard dans le sien. Il me fait signe de me pousser, je suis devant la tireuse. Il se sert une bière que j'attrape.

— Dégage, je ne veux plus te voir, grogne-t-il.

Je m'approche de lui, je lui souffle :

— Une dernière chance, Max, juste une.

Max reste de marbre. Je pousse millimètre par millimètre la pinte vers le bord du comptoir. Aucune réaction de sa part. D'un coup, je fais tomber le verre. Max le récupère dans sa chute. La bière éclabousse sa chemise. Il serre mon cou, me reconduit vers la sortie sur l'air de Pony, le numéro de Miss Saïgon. Les paroles résonnent : *Monte, mon poney / Ma selle attend / Viens sauter dessus / Si tu es excité, faisons-le.* Je soigne ma sortie, aussi digne qu'Iphigénie. Max ordonne à Mouss :

— Raccompagne-la chez elle.

Nous marchons côte à côte. Les lumières des néons et des réverbères se reflètent sur son crâne rasé. Je l'épie, j'attends qu'il m'engueule. Mouss me laisse dans le hall, m'ordonne d'aller me coucher. J'ouvre la porte en grand, elle cogne contre le fauteuil cassé. Je m'assois dans la cuisine, à la place d'Odette. Je siffle la bouteille de vin prévue pour le repas de Pâques. Le pas lourd, je me dirige dans sa chambre. Je retire mes plateformes qui pèsent une tonne, m'allonge au milieu de ses souvenirs. Minuit. La perruque fuchsia tombe au pied du lit.

Fenêtre du salon ouverte. Recroquevillée sur le fauteuil à six heures du matin, emmitouflée dans la robe de chambre turquoise à fleurs d'Odette, je fixe la place vide. C'est mon cœur qui m'a réveillée, il frappe fort. Je bois mon troisième bol d'eau chaude. L'appartement est vide sans elle. Le bruit de la radio comme l'odeur de sa soupe *vas-y-fous-tout* me manqueraient presque. Onze heures, toujours pas lavée. Je ressasse les mêmes questions. Elles tournent dans ma tête comme des satellites. La petite voix s'est mise en marche.

> *Tu es foutue, regarde la vérité en face, tu n'as plus qu'à te trouver un job qui paye. Oublie la restauration, tu cassais la moitié du service. Mission locale ? Madame Ndiaye s'est moquée de toi quand tu lui as dit que tu voulais devenir comédienne. « Dans ce milieu on peut vite tomber dans la prostitution, vous êtes jolie, vous vous feriez enrôler très vite. » Si elle savait. Elle t'a proposé une formation d'agent de propreté, tu as claqué la porte. Tu t'en souviens ? Tu aurais pu faire ouvreuse dans un théâtre, mais plutôt crever que de voir les autres réussir.*

D'un bond je me lève, appelle ma voyante. Yolande est mieux qu'un toubib, je peux la contacter le dimanche sans passer par la case urgences psy. Nos échanges ressemblent plus à une conversation entre copines qu'à un rendez-vous avec mon avenir. Yolande sait me tirer les vers du nez.

— Romy, Romy, Romy. (Elle répète souvent trois fois ses phrases.) Quel temps fait-il ?

Yolande ne peut pas lire l'avenir s'il y a de l'orage, le tonnerre brouille les connexions avec l'univers. Sauvée. Grand soleil. Je l'entends battre les cartes. Elle enchaîne :

— Comment on se sent aujourd'hui ?

Je tombe dans le panneau à tous les coups, c'est le jeu. Je ne laisse pas trois secondes de silence. Je déballe toute ma vie, lui coupe la parole quand elle essaye d'en placer une. Je débite mon lot de déboires en apnée. Je n'ai plus de salive. Je vide mon sac : mon emménagement chez Odette, ma rencontre avec Jean, ma jalousie envers Nora, mes cours de théâtre. Avec Yolande, pas de filtre. Mes paroles n'arrivent pas à suivre mes pensées, j'ampute certains mots, en enterre d'autres. Yolande finit par m'interrompre :

— Décrivez-moi votre appartement.

Je regarde autour de moi.

— Je suis au milieu de bougies consumées, de bouteilles vides, de fleurs fanées, de buis, de mosaïques.

— C'est sombre chez vous.

— Non, c'est plutôt lumineux.

Bruit du clapet de son briquet, elle allume une énième cigarette. Elle bat les cartes à toute vitesse, si ça se trouve elle se tape une réussite. Je la gonfle. Je m'en fiche. Je ne raccrocherai pas tant qu'elle ne m'aura pas dit ce que je veux entendre. Plus que dix minutes.

— Le quartier est vivant, dites donc. Je vois des arbres, des tables.

— Oui, c'est une place. Ce que je veux savoir c'est si Odette va rentrer ou si je vais être obligée de continuer à faire la pute.

D'une voix ferme et tonique, Yolande reprend la main. Elle me donne des ordres :

— Sortez, profitez du soleil au lieu de rester cloîtrée comme la Dame blanche derrière sa fenêtre. Allez, on nettoie l'appartement. Que dirait votre vieille si elle voyait ça. Elle finira par rentrer, ne vous inquiétez pas. On arrête de larmoyer, on y croit, on arrête le pole dance et ce qui va avec, d'accord ? On cherche du boulot pour continuer son théâtre, et en voiture Simone.

Yolande, c'est comme un biscuit chinois. J'ai l'impression qu'elle ouvre son livre de citations au hasard et en balance une sur un ton inspiré. C'est efficace. Plus que deux minutes, c'est le moment de la prescription :

— Je vous conseille de vous procurer une amazonite pour éveiller la joie de vivre et un jaspe rouge pour développer le sentiment de sécurité.

Grâce à Yolande ou plutôt à cause d'elle, je me ruine en pierres dans les boutiques spécialisées. Je possède l'agate, la célestine, l'hématite, l'œil-de-faucon, la pierre de lune, le quartz rose, la topaze, la fluorite jaune, la magnésite citron. Je ne me rappelle même plus quels sont leurs effets. J'aurais préféré qu'elle termine en tirant une carte sur le féminin sacré. J'ai déjà eu droit à la Chasseresse, l'Innocence, la Guérisseuse et l'Arbre Lune.

Sur une quinte de toux, Yolande conclut :

— Haut les cœurs. On procède comme d'habitude.

Sous-entendu : cinquante euros en liquide cachés dans une carte, envoi à la même adresse. Ce coup de fil m'a requinquée. Je m'active. En musique, je descends les poubelles et jette les bouteilles dans le container. Le bruit du verre résonne sur la place bondée de familles-vitrines. Toutes ces familles composées du père et de la mère aux chemises assorties, de leurs deux enfants trilingues avant quatre ans en trottinette, leur panier en osier rempli de légumes, deux lys à la main. Le tintamarre du verre me fait honte. Je n'ai pas une tête à jeter des pots de confiture ou de yaourts bio. Je tape avec violence le cul de chaque bouteille. Le bruit résonne en moi comme une comptine d'enfance. Combien de fois sommes-nous descendues avec ma mère jeter les cadavres de mon père ? Elle transformait la corvée en jeu : envoyer les fusées dans la galaxie. Je nous revois, elle si frêle, me hissant au niveau du container. Elle me récompensait d'un tour de balançoire.

Je prends mon temps sous la douche, pour une fois qu'Odette ne râle pas sur l'eau que je tire. Je me récure à fond, ma peau rougit. Je vide les flacons du Domaine du Grand Cerf Bleu. Le pommeau sur ma chatte, je me masturbe. Chez moi c'est aussi important que la respiration. Au bord de l'orgasme, je prolonge le plaisir. J'entends au loin mon portable sonner, ça attendra. Ça vient. Je tremble. Dos contre le carrelage, je glisse. Cul dans le bac, jambes recroquevillées contre poitrine, tête sur genoux, des spasmes parcourent mon corps, des décharges électriques. L'eau froide me réveille. J'ai pompé toute l'eau chaude. Mon portable sonne constamment. J'attrape la première serviette, la jaune pâle avec le prénom d'Odette brodé, et l'enroule autour de ma poitrine. Sans doute un opérateur téléphonique, ils vont encore me proposer la super méga giga box à un prix qui fait rire. Dans mes bons jours, je leur signale que je suis à la rue. J'adore écouter le silence du type. Soudain, j'entends la voix d'Odette. Elle est soulagée de me savoir de retour, elle me prie de la rejoindre à l'hôpital. Ni une ni deux, j'enfile sweat et jean, fonce à Lariboisière.

Sur le seuil des urgences, je cherche Odette du regard. Je la trouve dans l'angle, coincée entre un mur et une grosse femme qui prend deux sièges à elle seule. Odette ressemble à un grand prématuré, toute fripée. Elle porte encore le bracelet de son hospitalisation. La blancheur de sa peau fait ressortir ses veines et ses hématomes. Ses mains tremblent, elle trifouille son paquet d'ordonnances. Je me tiens devant elle. Elle lève la tête, l'air hagard. Je lui donne mon bras, elle le harponne, le griffe, se lève de quelques centimètres, puis retombe. Elle murmure *Vertige*. Je cherche une solution pour la ramener à la maison. Les urgences sont saturées et il n'y a pas de lit pour Odette. J'ai l'impression de me retrouver avec un vase Ming que le transporteur refuse de me livrer. Mon vase Ming et moi sommes coincés à l'entrepôt. Je laisse Odette se ressaisir. J'attrape son tas de papiers, déchiffre ses résultats d'analyses, les lettres adressées aux spécialistes, le compte-rendu. Je ne comprends pas tout, si ce n'est qu'elle a deux côtes cassées, des hématomes, une bosse à l'arrière du crâne et une légère confusion sans doute liée à une déshydratation, pas de signes de traumatisme crânien. Odette a perdu l'équilibre alors qu'elle déplaçait des mosaïques pour accéder à un placard. Elle a trébuché, sa tête a tapé, elle est tombée. On lui a juste prescrit du paracétamol. À quatre-vingt-neuf ans, on ne soigne plus, on colmate.

Je n'ai aucune notion de l'heure. La montre d'Odette est arrêtée. Encore une pile à changer. Il en faut toujours pour ses appareils : téléphone, radio, prothèse auditive, télécommandes. Odette possède un pot de fleurs de piles usagées. Elle s'anime enfin, retrouve un peu d'énergie. J'en profite pour la relever. Ho ! hisse ! Elle grimace. Sa prothèse de hanche grince, j'ai peur de la déboîter comme un Lego. Une infirmière vient à la rescousse, m'aide à l'installer dans un fauteuil roulant. Marche arrière, je prends soin de ne pas écrabouiller les guibolles de la grosse femme.

À la sortie, un agent de sécurité nous arrête, je dois rendre le fauteuil. Je fais comment maintenant ? Je porte Odette sur mon dos ? Je lève les yeux au ciel. Dieu, que tu ne fasses rien pour moi, j'admets, mais que tu ne te bouges pas le cul pour ta plus fervente fidèle, c'est moche. Je reprends Odette sous le bras. Nous slalomons au milieu des caddies de maïs, des vendeurs à la sauvette. Elle se cramponne à son sac. Je fais signe à un taxi. Jambes arquées, elle presse le pas vers la voiture. Je vois bien qu'elle y met du sien pour me faciliter la tâche. Sur la banquette arrière, elle gesticule, surveille la route. Il y a de la circulation. Je m'inquiète. Est-ce que nous arriverons à temps ? J'aurais dû lui proposer un passage aux toilettes.

Ouf. Arrivées. J'attrape le sac d'Odette, prends son portefeuille pour payer le taxi. Je me précipite de son côté, l'aide à sortir. Passer de la position assise à la position debout lui donne le tournis. Personne sur la place pour m'aider à part Antoine le SDF vêtu d'un peignoir de coiffeur, d'une cape en plastique et avec un filet dans les cheveux. Le roi de la récup. Ivre mort sur son canapé, il me fait un coucou. Je vais me débrouiller. Je mets Odette dans l'ascenseur, moi je prends l'escalier. Je monte les marches deux à deux, la récupère et l'accompagne immédiatement aux toilettes. J'ouvre les persiennes de sa chambre, dépose radio, magazines, livrets de prières, sudokus, et la jument en verre sur son lit. Odette m'appelle, malgré les barres d'appui, elle n'arrive pas à se relever. Culotte au niveau des genoux, pantalon sur les chevilles. Mes gestes sont brusques. Odette râle, ses côtes lui font mal. Je l'installe dans sa chambre. Nous testons différentes positions pour trouver celle qui la soulagera. Elle s'empresse d'allumer la radio, la pose sur l'oreiller, à la place de l'amant qu'elle n'a jamais eu. Nous relisons les conclusions de l'hôpital, Odette est persuadée qu'ils sont passés à côté de quelque chose. Il faut contacter son généraliste. Le docteur Rivet la connaît. Il ne la laissera pas *crever*.

— Et si j'avais un problème d'oreille interne ? Ils ont fait le minimum. À mon âge, on est bon à foutre en boîte, ronchonne Odette.

Je fais le point sur les ordonnances à renouveler en plus du paracétamol. Sur ses ordres, je prépare dans une pochette sa carte Vitale et deux billets de vingt.

— Achète du Synthol aussi. Et tant que tu es dehors, prends des pruneaux et des piles. Passe-moi mon sac.

Odette le glisse sous les draps. Son lit est une cabane où elle planque ce qui lui est cher. Tous ses souvenirs forment des bosses, une chaîne de montagnes sous les couvertures. Je dis amen à tout. Je me ronge de l'intérieur, je préférerais répéter *Un tramway nommé Désir*. Je cours à la pharmacie, la préparatrice me tend deux énormes sacs remplis de boîtes pour la dépression, l'ostéoporose, l'arthrose, l'hypertension, et des vitamines. Je craque pour un décontracturant musculaire que je paye avec l'argent d'Odette, une sorte de commission pour service rendu. Je connais par cœur les médicaments vendus sans ordonnance. Avec celui-ci, pris en grande quantité et mélangé à de l'alcool, je plane. J'adore les pharmacies, j'y vais comme chez Monoprix. J'ai toujours envie d'acheter une crème, un démaquillant, un gel douche. Je dévalise le rayon piles de l'Arabe de la rue de Navarin : AA, boutons, alcalines… Il ne me reste plus assez pour les pruneaux, Odette boira de l'Hépar.

À pas feutrés, j'entre dans le vestibule. La radio est allumée, Odette écoute le journal de dix-huit heures de Radio Vatican. J'ai une heure de répit avant le dîner. Enfermée dans la cuisine, je m'allume une clope à la fenêtre. Casque sur les oreilles, j'écoute du rock, saute, secoue la tête, me déhanche. Talon sur l'évier, je m'étire, fais craquer mes os. Je me crève, je transpire, me vide de mes pensées pour laisser Blanche DuBois me pénétrer. Pour la énième fois, j'écris la partition de mon personnage. Je décortique les mots, je tape dans l'os de chaque phrase, j'écoute leur résonance, j'indique les silences par des traits verticaux. Je m'approprie le texte, j'oublie la voix de Tennessee Williams. Je dois trouver ma Blanche, ma voix. J'associe une intention à chaque réplique. Quand je suis juste, mon corps vibre. Mon ventre sait toujours avant ma tête. Sur une autre feuille, je rédige le portrait de Blanche, lui attribue des qualificatifs : élégante, aérienne, fantaisiste, touchante, sensible. J'imagine ses habitudes, ses goûts, elle aime le bleu nuit, adore voyager, porter de longues nuisettes en soie, ne se lève pas avant midi, flâne des heures, une tasse de thé à la main, qu'elle échangera en fin d'après-midi contre un verre de cognac, se change plusieurs fois dans la journée. Je construis son arbre généalogique, reconstitue son histoire avec ses drames. J'analyse son passé pour mieux déterminer son comportement. Je ne dois pas oublier son tragique amour de jeunesse, cette blessure invisible tatouée sur son cœur et tous les morts de sa famille qu'elle a accompagnés. Seule. En quelques mots, je décris les relations familiales de Blanche : les conflits, les jalousies, les coups bas, les attentes, les espoirs. Je procède de même avec l'environnement amical.

Stella (sœur) : REPROCHE. Je ne comprends pas ce qu'elle fait avec ce type qui la déclasse. Elle mérite mieux. VÉRITÉ. Je dois lui dire que j'ai perdu la demeure familiale de Belle Rêve. AMOUR. Je veux son bien.

Stanley (beau-frère) : MINAUDERIE. Je ne l'aime pas, mais je fais des efforts pour ma sœur. J'aime plaire, attirer les regards. FUITE. Je sais qu'il voit clair dans mon jeu. Ce n'est qu'une histoire de temps avant qu'il ne découvre le pot aux roses.

Mitch (flirt) : MENSONGE. Je lui montre une image de femme pure, je ne dis pas tout sur mon passé. SÉDUCTION. J'ai envie de me sentir désirée et aimée. J'ai besoin de légèreté.

J'apprends à connaître Blanche dans les moindres détails, ces détails qui feront toute la différence dans mon jeu. Un personnage se découvre dans les nuances. Je détecte les failles et les contradictions. Je me pose mille questions à son sujet comme un amant avec sa maîtresse. Comment montrer la déchéance de cette femme sans tomber dans le pathos ? Comment pointer une santé mentale fragile sans jouer une folle hystérique ? Blanche m'obsède. Je m'énerve. J'ai la sensation de passer à côté d'un élément capital, celui qui débloquera mon jeu et le rendra puissant. Sa personnalité ressemble à un terrain miné. Elle me fait peur. Blanche me ressemble. Je bute. Quelque chose me retient de plonger dans son âme. Je balance le stylo à l'autre bout de la cuisine. Je bondis de ma chaise, je tourne en rond. Je sens que je m'approche de notre vérité commune. Je ne ressortirai pas indemne de notre rencontre. Ou Blanche me sauvera, peut-être. Je bois un grand verre d'eau, une main sur le ventre, j'inspire par le nez, expire par la bouche, puis ferme les yeux. Je cherche Blanche dans mes entrailles. Je sais qu'elle s'y cache. Je refuse de la voir, je me voile la face. Je vois mes mains s'enfoncer dans mes viscères, les malaxer jusqu'à saisir la gêne qui m'empêche d'avancer. Mes doigts trifouillent mes boyaux, ils finissent toujours par retirer un caillot de sang, une quantité de mousse au fond de mon vagin. Il y a ce fil barbelé aussi, il ligature mes trompes et remonte jusqu'à mon cœur. Du goudron recouvre mes ovaires. RESPIRE. Je manque d'oxygène, brouillard dans ma tête, je descends d'un cran dans les profondeurs. Une sueur glaciale perle dans mon dos, je frissonne. Je suffoque. Je me sens mourir à petit feu. C'est bon signe. Je suis à deux doigts de percer le secret de Blanche. Mon secret. Je lui tends les mains. La transformation s'opère. Des larmes perlent sur mes joues. Mon pouls ralentit. Ma gorge se serre. Mon corps devient lourd. Ma tête bascule en avant.

La lumière s'allume. Je sursaute. Radio à la main, Odette se tient debout dans l'encadrement de la porte. Comment a-t-elle fait pour se lever ?

Vingt heures. Je n'ai pas vu le temps passer. Elle me demande :

— Tu as mangé ? Moi j'ai faim.

Je suis perdue au fond de mon être, mais pas au point de ne pas pouvoir remonter à la surface. Blanche s'éloigne, nimbée de son mystère. J'enrage, j'étais si près. Combien de fois devrai-je recommencer avant de la retrouver ? Je ne sais déjà plus quel chemin j'ai emprunté.

Odette se dirige vers le placard sous l'évier, je la devance pour sortir une poêle et une casserole. D'un mouvement de tête, elle m'indique la casserole. Elle essaye d'ouvrir la conserve de flageolets, ses mains tremblent. Odette les fixe d'un regard noir, comme une menace de les couper si elles continuent de trembler de la sorte. Elle refuse mon aide. Les allumettes se cassent les unes après les autres, Odette persévère. Avant de s'asseoir dans son coin, elle attrape le coussin de ma chaise, le pose sur le sien. Je vire mes feuilles de la table, dresse le couvert, sors camembert, biscottes, remplis la cruche. Je limite ses déplacements. Si je pouvais, j'enroulerais mon vase Ming dans du papier bulle.

— Joyeuses Pâques, Odette ! raille-t-elle.

Trois mots pour me signifier qu'il manque le vin, le gigot d'agneau et la salade de betteraves. J'arbore un sourire clownesque, je ressemble à une poupée qui parle. Je n'ai que trois phrases que je répète en boucle sur un ton neutre :

1) Tout va bien ?
2) Ce n'est pas trop chaud ?
3) Fatiguée ?

Je suis si fausse avec Odette, si vraie avec Blanche. Je débarrasse, mets l'eau à chauffer dans la casserole pour sa tisane Bonne Nuit. Odette écoute de la musique classique tandis que je prépare son pilulier pour la semaine. J'étale les médicaments sur le plan de travail, surtout ne pas en oublier. Je relis l'ordonnance trois fois, recompte les gélules et comprimés. Odette fredonne, me déconcentre. Je me perds. Je verse l'eau dans sa tasse ébréchée. Loin d'elle. J'ai bien retenu la leçon. Je retourne à ma tâche, puis enchaîne avec la vaisselle. Je jette un œil dans la cour, le serveur fait des allées et venues dans la réserve de bouteilles, ça me donne soif. Dehors, la vie. Ici, l'ennui. Je trempe les assiettes, les astique comme jamais. Je gagne du temps pour me concentrer, réactiver les émotions de Blanche. Je cherche la bascule, le moment où je ne serai plus que le réceptacle d'une altérité, l'instant où je ne joue plus, mais où je suis jouée. Quand Blanche va-t-elle surgir ? Me surprendre ? J'entends Odette se brûler, je ne me retourne pas. Surtout rester concentrée. En boucle, je me répète la vie de Blanche jusqu'à oublier qui je suis.

— Tu sais comment il s'appelait le poulain turquoise ?

Grande inspiration. J'ai perdu le fil de mes pensées. Buée sur les lunettes, Odette regarde ma chaise, vide.

— Non. Quel est son prénom ?

— Gladiateur. Nous devons recoller Gladiateur. Je n'ai pas trouvé la colle dans le foutoir.

— Il est tard, nous le réparerons demain. Vous devez être épuisée.

Odette hoche la tête en direction de ma place vide.

— Gladiateur et moi, nous étions très amis. Nous avons fait les quatre cents coups. Un jour, il m'a fait tomber dans le fumier. J'étais noire. Quel fou rire !

Odette sourit, perdue dans ses souvenirs. Elle me tend les bras, je l'accompagne aux toilettes puis dans sa chambre. Je lui donne son somnifère et du paracétamol, l'aide à se déshabiller tandis qu'elle continue de parler de Gladiateur à voix basse. Parfois, un « tu » s'échappe de sa bouche comme si elle s'adressait à lui. Qui est ce Gladiateur ? Est-il vivant ? A-t-il existé ?

Mes gestes sont lents, je dévoile ce corps de quatre-vingt-dix ans. Une peau fripée, presque brûlée, un ventre rond, des jambes fines, des taches couleur caramel, des hématomes semblables à des fleurs d'hortensia, des grains de beauté en relief comme des coquillages semi-enterrés, une pigmentation irrégulière, à certains endroits, on dirait que le soleil s'y est enfermé, à d'autres, j'ai l'impression de voir les profondeurs d'un océan tant sa peau est transparente. Odette sent l'hôpital, un mélange d'antiseptique et d'éther. Elle se met à glousser, puis explose de rire :

— Tu te souviens de la fois où nous avons lancé des pommes au visage de la grosse Suzanne ?

J'ai le souffle court. Ce corps de femme, nu, à ma merci, ce Gladiateur invisible dans la pièce, cette lumière jaune moutarde, ces croix, le buis, les portraits de papes. J'ai le tournis. Est-ce que je ne serais pas mieux dans un squat ? Libre.

Je ramène Odette parmi les vivants, je pose la main sur son avant-bras, capte son regard. Elle met quelques minutes à revenir. Si seulement j'arrivais à retrouver Blanche avec autant de facilité. Je demande à Odette où sont rangés ses sous-vêtements. Je lui enfile une culotte fleurie en coton.

— C'est beau, un enterrement comparé à la mort. C'est calme, un enterrement… Mais la mort, pas toujours… Quelquefois, leur souffle est rauque… Quelquefois, ils se mettent à râler… D'autres fois, ils vous appellent, ils s'agrippent à vous : « Sauve-moi ! Ne me laisse pas ! »… Comme si on y pouvait quelque chose !

Je fige l'émotion de cet instant pour ma scène. Violence intérieure, colère étouffée, comment cela se traduit-il dans mon corps ? Visage fermé, regard sombre, membres raides, tremblements incontrôlés au niveau du plexus solaire. Je me pince la paume gauche pour ancrer ce sentiment, le convoquer en une fraction de seconde chaque fois que j'en aurai besoin pour un rôle. Odette me demande de retirer son bandage, l'infirmière l'a trop serré, elle a du mal à respirer. Elle croise les bras sur sa petite poitrine. J'évite son regard. Son dos ressemble à un parterre de roses noires. Le choc a été violent. Je l'habille de son pyjama bleu ciel et de sa robe de chambre. Elle a froid. Je la recouvre, sa tête me paraît minuscule. Je lui apporte sa radio, remplis un verre d'eau sur sa table de chevet, dépose un baiser sur son front. Bonne nuit. Je trempe son pantalon dans une bassine, récupère mes feuilles, enfile mes baskets. Capuche sur la tête.

Sur le toit du garage de la rue Clauzel, je suis bien. La vue sur Paris est à couper le souffle. Vingt-deux heures trente, tout est calme. Je pose mon texte au sol, le portable dessus. Je tourne en rond, me frotte les mains, sautille, fais des pas chassés comme sur un ring. D'un coup, je me fige, retire mon sweat, le lance à l'autre bout. Tignasse en pagaille, débardeur noir, je pousse un cri animal, un « Ha » féroce que j'expulse dans la ville. Le visage tourné vers les étoiles, je hurle sans m'arrêter. Une main sur le ventre, je répète en boucle et à voix haute : *As-tu vu le tutu de tulle de Lili d'Honolulu ?* Puis de plus en plus vite, j'enchaîne avec des syllabes. Toujours dans le même ordre :

Bam dam gam vam zam
Bèm dèm gèm vèm zèm
Bom dom gom vom zom
Pam tam kam fam sam
Pèm tèm kèm fèm sèm
Pom tom kom fom som

Parfois, je casse le rythme, net, comme si je cherchais à déstabiliser un adversaire. Debout, jambes écartées, je fixe la Dame de fer qui scintille, la provoque en duel. Je déchire mes feuilles, les envoie valser. La pluie de mots retombe sur moi. Je m'allonge sur un parterre de neige.

Depuis un mois, il n'y en a plus que pour Odette. Je n'ai pas le temps d'aller à la Comédie-Française. Coupée du monde. J'aperçois Manu en cours, l'aide à comprendre son texte et à gommer son accent solaire, rien d'autre. Nous bossons comme des malades pour l'échéance de juin. Quant à Mouss, on s'est captés une fois. Il m'a apporté un sac-poubelle d'affaires qui traînaient au Pussy's : palette de maquillage cassée, vernis, tablier de soubrette, filet de pêche fuchsia. Il m'a refilé cinq joints que je n'ai pas fumés. Je déploie toute mon énergie pour maintenir Odette en vie. À plusieurs reprises, elle m'a fait savoir qu'elle voulait rejoindre le Seigneur et ses proches au paradis. Pas question, tu restes avec moi. C'est comme si le bon Dieu la tirait par une manche et moi par l'autre. Quelle couture va craquer ? Odette déprime. Elle ne supporte plus cet enfermement et ces trajets : du lit à la méridienne, du fauteuil près de la fenêtre à son coin dans la cuisine. Odette est un tournesol, elle suit le soleil. Sentir les rayons sur sa peau est son unique plaisir. Elle a perdu l'envie de cuisiner sa soupe *vas-y-fous-tout* et son coquelet, ne lit plus un seul magazine religieux, ne fait pas de mots fléchés ou de sudokus, ignore les blagues des animateurs à la radio, se moque du courrier qu'elle reçoit, ne rédige aucune plainte à la mairie concernant le bruit sur la place, laisse le téléphone sonner. Quand elle ne dort pas, elle regarde les messes sur la chaîne KTO, *Hercule Poirot* et *Questions pour un champion*. Le docteur Rivet ne veut pas augmenter sa dose d'antidépresseurs, à son âge, son cœur ne tiendrait pas. Il a proposé les services d'une infirmière et lui a conseillé des associations d'aide à la personne. Odette a refusé, elle a dit : « Zoline me suffit ! »

La seule personne qu'elle tolère est la kiné, une fois par semaine. Tous les soirs, je la badigeonne de Synthol et lui chauffe le dos avec un sèche-cheveux, la chaleur l'apaise. Pour la mettre sur le ventre, j'adopte une position de rugbyman. Mes muscles se contractent, je finis par me bloquer le dos moi aussi.

Les journées défilent et se ressemblent toutes. Je participe à une course contre le temps. Odette refuse de s'alimenter. J'ai droit à un mur de dents dès que je porte la fourchette à ses lèvres. Comme elle m'agace quand elle adopte sa tête de hyène enragée ! Je finis toujours par perdre patience, attrape sa mâchoire, enfourne les aliments dans sa bouche en forme de cul de poule. Pas le temps de jouer au petit train qui entre dans le tunnel. Par chance, Odette ne recrache pas. Elle me signale juste que ma cuisine est *dégueulasse*, ce reproche est accompagné d'un demi-sourire, une victoire. C'est vrai, je crame toutes ses poêles, le poisson congelé reste froid à l'intérieur, je carbonise les steaks hachés, je ne maîtrise pas la cuisson des pâtes. C'est la première fois que je me décarcasse à varier les menus, je ne peux quand même pas nourrir Odette au jambon-beurre.

Après le déjeuner, vers treize heures trente, je la pousse dans la salle de bains, elle ne se douche plus, elle a peur de glisser. Une fois assise sur la chaise, elle se laisse faire. Je la lave au gant de toilette. Je frotte chaque partie de son corps avec énergie, Odette prononce un *tu me fais mal* d'une voix fluette quand je passe sur ses côtes. J'ignore sa douleur. Je poursuis la toilette. Je me dépêche, je ne veux pas qu'elle attrape froid. Il ne manquerait plus qu'elle chope un rhume ou la grippe, à son âge, elle pourrait y passer. Je désinfecte les plaies, vérifie les bosses cachées sous ses cheveux, décèle la moindre trace suspecte sur sa peau. Je deviens de plus en plus efficace, la toilette dure quinze minutes habillage compris contre trente au début. Je me suis habituée à la voir nue, lui enfiler sa culotte avec un protège-slip ne me dérange plus. Je préférerais qu'elle mette des couches. Ras-le-bol de nettoyer le fond de ses pyjamas. Quand je lui propose d'en acheter, Odette me répond que c'est bon pour les vieux. Inutile de batailler. Je l'emmaillote : tee-shirt, bas de contention, ça, j'ai encore du mal, ils ne glissent pas tout seuls, pyjama, robe de chambre, châle, bonnet en laine. Un vrai bonhomme Michelin.

— Et les séparateurs d'orteils ? me dit Odette une fois habillée.

Là, j'ai envie de la claquer. Pourquoi n'y a-t-elle pas pensé avant ? Je prends une grande inspiration, puis retire son pantalon de pyjama et ses bas, glisse les séparateurs entre ses orteils. Si Odette possède une bonne assise, nous éliminons un facteur chute et le scénario catastrophe : pompiers, hospitalisation, maison de retraite d'un côté ; hôtels, passes entre deux poubelles ou dans des caves de l'autre. Ce qui me met le plus en rogne, c'est la recherche de ses appareils auditifs. Elle les paume chaque fois qu'elle les retire. Quand je les retrouve, je ne les lui donne pas tout de suite. Sans ses prothèses, elle n'entend pas si je suis à la maison. Au fond de son lit, elle m'appelle :

— Zoline ?

Odette a toujours quelque chose à me demander, souvent une prière à lire. Je ne réponds pas, elle finit par s'endormir. Dès que je le peux, je monte sur le toit du garage pour répéter. De là, je surplombe sa chambre côté cour. Je jette un œil de temps en temps, je suis toujours en alerte, j'appréhende la prochaine chute. Le réajustement de son traitement pour la tension ne produit aucune amélioration et les vertiges sont constants. Je guette le moment où elle ouvre ses persiennes. J'ai alors exactement sept minutes chrono pour descendre de ma scène et préparer le goûter. Ici, je retrouve Blanche avec facilité, je me mets très vite dans sa peau. Même si j'ai du mal à prendre du temps pour un tête-à-tête avec elle, mon personnage ne quitte pas mes pensées. Je suis avec Blanche du matin au soir et du soir au matin. Je me brosse les dents, bois mon café, cuisine, arrose les plantes, fais le ménage avec elle. Blanche prend plus de place qu'Odette. Son attitude légère avec sa sœur, son comportement de cachottière avec son beau-frère, son double jeu avec son prétendant me questionnent. Elle frôle les limites. Je sens bien qu'elle est arrivée au bout. Au bout de la folie, de la rupture, de l'épuisement, du désir, de l'agonie, des caresses, des râles, de la jouissance, des soupirs, des draps de soie, de l'ivresse, de l'amour, de la vie. Morte plusieurs fois elle aussi, Blanche cherche un point de chute. Elle m'envahit, me fait découvrir des univers inconnus. Je pars sur ses traces, mène mon enquête, reconstitue des pans de sa vie. Blanche m'élève.

Qu'importent les soucis au 2 place Gustave-Toudouze, je ne perds pas mon objectif de vue : l'obtention de mon diplôme du Cours Florent. Première étape : l'échéance de juin, passage en deuxième année. Tous les jours, je fonce chez Nora après le massage d'Odette. Nous répétons de vingt et une heures à vingt-trois heures trente. La tension est électrique, mais nous ne lâchons rien, nous dénichons une trouvaille pour chaque réplique : une attitude, une intonation, un silence, un rythme en décalage avec les propos. Nora me surprend et je la surprends. Elle m'aide à trouver Blanche, je l'aide à trouver Stella. La date butoir approche, nous réglons les derniers détails, accessoires, coiffures, musique, réglages techniques avec Hugo. Nora m'a déniché une robe rose poudré, décolletée et cintrée, et un jupon bouffant. Je ne me suis pas reconnue. Même Nora était bluffée. Elle m'a appris à réaliser un maquillage discret et m'a donné un rouge à lèvres bois de rose, ça me change de l'irisé noir. Elle a demandé à un photographe d'assister à une répétition pour photographier notre scène. Elle complète son book de comédienne. De mon côté, je m'impose une discipline digne d'un grand sportif. Deux clopes par jour, pas une goutte d'alcool, pas de drogue. Ce n'est pas l'envie qui manque, mais je dois être en forme pour l'audition. Je cours tous les jours à six heures et demie. Du boulevard de Clichy, je fonce au canal Saint-Martin. La nuit se retire comme un peignoir de soie glisse le long des hanches. J'adore voir le lever du soleil, les rames à l'arrêt, des fenêtres éclairées tels des lampions épars. Je fais le vide, j'attrape les idées de mise en scène avec mon épuisette. Sous le métro aérien, je hurle : « je suis Blanche ».

À mesure qu'Odette retrouve de l'énergie, elle se montre de plus en plus accaparante. À J -10 de mon examen, ma présence lui est devenue indispensable. Je suis à la fois sa dame de compagnie et sa bonne à tout faire. Elle a toujours une mission pour moi : achat de piles, réglage de la télévision ou de la radio, aide pour qu'elle se tienne assise ou debout quand le curé de KTO lui en intime l'ordre. J'ai l'impression de l'accompagner à un cours de gym : plié, tendu, plié, tendu, pousse, relâche, respire, amen. Si je foire mon année, ce sera sa faute. Odette m'appelle pour tout et n'importe quoi. Elle veut me montrer un papillon de nuit coincé entre les persiennes et la fenêtre, des crottes de souris sur la gazinière, Antoine le SDF en jupe dansant sur la bouche d'aération, un ciel gris, un chiot qui jappe. Elle aboie alors encore plus fort que lui. Elle m'appelle avec cette urgence dans la voix, j'accours, observe la scène, repars dans ma chambre. Si je ne suis pas assez rapide, Odette me sonne sur mon portable. Hier, après quatre appels en absence, j'ai décroché. Odette m'attendait dans la salle à manger. Elle avait sorti sa ménagerie sur la table.

— Ah, te voilà enfin. Apporte-moi une bassine d'eau et du savon.

Elle me met l'hippopotame dans les mains, me montre comment le nettoyer pour qu'il brille. Je trempe la bête sans conviction. Elle m'oblige à m'appliquer, prend plaisir à me décrire les nuances, les reflets. Doucement, elle glisse, inaccessible. Ses yeux luisent comme le soir où elle m'a parlé de Gladiateur. Je ne la reconnais pas, son visage s'illumine. Elle paraît si jeune. Elle s'anime, me raconte les histoires d'Henri le dragon, Jacques le buffle, André le poisson, Gisemonde l'oursonne, Pierrot le héron… Des anecdotes, des époques, des liens de parenté. Tout ce temps perdu à ne pas répéter. Au loin, j'entends la petite aiguille marteler les secondes. L'assassinat de mon personnage. Mes jambes tremblent, je ne contrôle plus mes nerfs, mon cerveau est inondé de brouillard.

Le regard perdu dans un autre monde, Odette poursuit ses aventures :

— La guenon, c'est Colette. Nous faisions la paire, toujours fourrées ensemble. Si on cherchait Odette, fallait se rendre chez Colette. Et inversement. On se coiffait d'une tresse sur le côté, elle à gauche, moi à droite. On nous confondait. On les faisait tourner en bourrique, surtout le moniteur d'équitation. Un jour, nous avons croisé Étienne, le poivrot du village, saoul comme un cochon. Il se rinçait à la fontaine. Nous lui avons donné chacune un coup de pied, il est tombé la tête la première. Pas de chance, il était sobre. C'était bien la première fois. Il nous a attrapées par le col et ramenées à la ferme des parents de Colette. On s'est pris une rouste !

Odette plonge la guenon dans la bassine avant de s'emparer du caméléon. D'un coup, j'attrape son poignet, le serre jusqu'à ce qu'elle lâche la bestiole. Je tiens son pouls prisonnier dans ma paume. Impossible de se défaire de mon étreinte. Je n'aurais pas supporté une autre histoire. Odette tente de se relever, je l'en empêche, je déplace ma main pour la plaquer sur sa cuisse. Je lui dis :

— Restez là. J'arrive.

Je reviens avec un marqueur et, sans un mot, je retire les gravures et les peintures qui laissent place à des rectangles et des carrés plus clairs que le papier peint. Malgré les protestations d'Odette, je tire six traits verticaux sur le mur, inscris les jours de la semaine et les heures de six heures trente à vingt-trois heures trente. Je sépare chaque colonne en deux parties. D'un côté : Odette. De l'autre : Zoline. Je note nos emplois du temps respectifs.

Odette :	Zoline :
9 h : réveil	6 h 30 - 7 h 30 : footing
9 h 15 : petit-déjeuner	8 h 15 : préparation petit-déjeuner
10 h - 12 h 20 : sudokus, mots fléchés	9 h - 12 h : Cours Florent
12 h 45 : déjeuner	12 h 30 : préparation déjeuner
13 h 40 : douche	13 h 40 : aide à la toilette
14 h - 16 h 30 : sieste	14 h - 16 h 30 : répétitions
16 h 40 : goûter	16 h 37 : préparation goûter
Temps libre	Temps libre
18 h 05 : Questions pour un champion	19 h 20 : préparation souper
19 h 30 : souper	20 h : massage Synthol
20 h : au lit, massage	21 h - 23 h 30 : répétitions

Je promets de l'accompagner à la messe si ses vertiges diminuent, le samedi à dix-huit heures ou le dimanche à onze heures au choix, mais à préciser en début de semaine. Le vendredi à dix-sept heures, elle doit me donner sa liste de courses. Je m'en occuperai en fonction de mes répétitions. Je ne prendrai pas mes repas avec elle, je les préparerai, c'est tout. Les règles établies, je la laisse. C'est l'heure du temps libre.

Sept heures quarante-cinq. Je n'ai pas entendu mon alarme, je me suis endormie au petit matin, le trac de l'audition m'a empêchée de trouver le sommeil. Je fonce dans la salle de bains, branche le fer à boucler, me douche à l'eau froide pour me secouer. Je prononce des virelangues à toute vitesse, tapote mon visage, réveille le masque. Je suis en retard, j'enfile mon costume et tous les bijoux clinquants, bracelets, colliers de perles, je dessine mes boucles. Le fer est trop chaud, il crame mes cheveux. On dirait de la paille. Je cache la misère par un chignon bas. J'attrape mes accessoires : talons, capeline, valise d'époque trouvée dans le foutoir. Le stress monte. Inspire par le nez, expire par la bouche. Je suis Blanche. Pieds nus, je suis stoppée net dans ma course. Cri étouffé, je me mords les lèvres. Un dauphin en verre gît au sol, son aileron m'a entaillé le pied. Je saigne. Depuis plusieurs nuits, Odette se lève à minuit, sort ses animaux. Elle en choisit un, le serre dans sa paume de main, l'approche de son visage et lui parle. À l'entrée du couloir, je l'observe dans l'obscurité, je n'entends pas ses mots. Elle laisse des silences comme si l'animal lui répondait. Quand elle reprend la parole, son ton est agacé, triste, amusé, cela dépend. Quelquefois, elle ne peut contenir un rire de gamine. Au petit matin, tout est rangé, la ménagerie dans la vitrine, les animaux ont repris leur place, Odette, dans son lit, ronfle.

Je mets des couches de Sopalin dans ma basket et fonce au métro Pigalle. Je déroule ma scène en mode accéléré, me remémore le passé de Blanche, ses blessures. Les stations défilent, Anvers, Barbès, La Chapelle. Je me maquille, je réajuste ma capeline décorée de deux grosses roses et d'un voile en tulle. Je gêne la montée des passants avec ce chapeau et ma valise. Ils me dévisagent. Je m'engouffre dans les profondeurs de Stalingrad pour rejoindre la ligne 7. Bientôt neuf heures. Les portes de l'école vont fermer. La sueur perle dans mon dos, des auréoles se dessinent sous mes bras. Sortie station Crimée, je cours malgré la douleur. J'arrive à huit heures cinquante-huit. Je passe par les coulisses de la salle Francis-Huster. Tous les élèves sont répartis entre le côté cour et le côté jardin. Nora, côté jardin, jette un regard noir dans la direction où je suis censée me trouver. Je lui fais un signe de la main. Elle secoue la tête, retourne s'asseoir sur un cube, se coupe des autres. Par chance, Manu est avec moi. Elle fouille dans son sac de Mary Poppins, me tend du désinfectant et un pansement. Sandrine passe de jardin à cour, vérifie qu'il n'y a pas de vert et nous dit *merde*. De chaque côté, en cercle, nous nous tenons par la main, passons l'énergie d'une pression des doigts dans la paume du partenaire à notre droite, puis dans le sens inverse. Les deux tours effectués, nous rétrécissons le cercle tandis que nous chuchotons aussi *merde*, de plus en plus vite, puis crescendo, avant de nous lâcher les mains et d'exploser comme une bombe. Des clins d'œil, des sourires, des tapes dans le dos, des accolades. Les dés sont jetés. Je regarde une dernière fois l'ordre de passage, sixième position. Je m'isole, ferme les yeux, une main posée sur le ventre. Seul le grésillement des projecteurs vient troubler le silence et nous ramène au présent. Le jury entre, s'installe. Nous buvons les propos de Sandrine qui explique le travail effectué cette année, son approche du théâtre américain, sa pédagogie. Elle aussi joue sa place. Des acteurs en manque de cachets prêts à enseigner, il y en a autant que d'apprentis comédiens.

C'est parti. Les binômes se succèdent, les jurés prennent des notes, ne prononcent qu'un seul mot : *merci*. Un merci qui ne dévoile rien, ni la réussite ni l'échec. Vêtus de noir, ceux qui ne passent pas sur scène changent les décors. Le ballet des accessoires constitue à lui seul un spectacle. Certains relisent leurs antisèches, une erreur de placement pourrait déstabiliser un comédien. Neuf mois de cours ne sont pas suffisants pour improviser avec habileté. *Placer vase et fleurs avant-jardin pour George et Martha, retirer fleurs et disposer vase sur table arrière-cour pour James et Mary, suspendre manteau centre-cour pour May et Eddie*… Nos identités sont gommées, seuls nos personnages comptent.

Stormy Weather de Lena Horne résonne doucement. J'ouvre les yeux, m'approche de la scène, Nora est assise dans son fauteuil. Quelle présence, l'incarnation parfaite de Stella. Une beauté fanée, lèvres entrouvertes, paupières lourdes, corps affalé. On dirait vraiment qu'elle est sous l'effet d'un narcotique. Je compte dix secondes. J'entre. Un pied sur le plateau, mains moites, mes yeux ne s'habituent pas aux projecteurs, que dois-je faire ? Que dois-je dire ? Je ne me souviens plus de mon texte. Je tremble. Je prends une grande inspiration, ça me revient, je dois courir vers Stella, lui faire part de mon inquiétude. Pourtant, je reste tétanisée. Nora accroche mon regard, prend les choses en main, joue avec mon état. Elle coupe mes deux premières répliques, passe à la sienne comme si la scène commençait là :

— *Blanche… mais qu'est-ce qui te prend ?*

Nora s'avance vers moi, attrape mes avant-bras, les serre fort, m'amène au centre du plateau. Mon texte revient en bouche, les vagues de mon ventre le remontent comme si je le vomissais. Mais Blanche n'est pas là. Je parle sur un ton neutre comme lors d'une italienne. Nora lâche mes bras avec violence, hausse la voix, me tourne le dos, vaque à des occupations qu'elle invente. Pour provoquer une réaction de ma part, elle ajoute une réplique qui passe inaperçue tant elle semble faire partie intégrante du texte :

— Si mon comportement te dérange, tu n'as qu'à partir. Moi, ma place est ici, avec Stanley.

Ça marche. Je retrouve mes déplacements, mon énergie, Blanche est en moi. J'oublie le jury, l'examen, ma douleur. Mon corps s'exprime, il possède son langage, chaque geste traduit une tension, une émotion. Je vibre. Pour la première fois, j'atteins Blanche en son cœur, comprends ses peurs. Oh, Blanche, je ne les connais que trop bien ta solitude, ton envie de la combler par des corps, des corps qui se remplacent, des corps qui te rassurent, de la calfeutrer par des passions incendiaires, de la broyer au contact des mains sur ta poitrine. Je frissonne, sueur glaciale. J'ai percé ton secret. Je suis parvenue à ton endroit. Nous ne sommes qu'une.

Nora fait des propositions. Je rebondis, je lui donne matière à répondre, j'éprouve du plaisir comme jamais je n'en ai eu. Notre échange est fluide. Nous manipulons les accessoires comme s'ils nous appartenaient depuis toujours.

La scène se déroule, je savoure chaque seconde. Face au public, je dis ma dernière réplique :

— *Ne traîne pas, ne traîne pas avec les brutes !*

Hugo envoie la bande-son d'un train qui passe, puis Lena Horne.

NOIR.

Nora et moi sommes à quelques centimètres l'une de l'autre. Souffles coupés. Nous restons figées trois secondes avant de fuir vers les coulisses enfiler nos tenues de régisseuses.

Le jury quitte la salle. Sandrine nous réunit sur scène pour les résultats. Elle commence par ceux qui iront au rattrapage en septembre. Manu en fait partie. Malgré nos séances de travail, son accent était encore trop présent, les jurés n'ont pas tout compris. J'attrape sa main, lui promets de l'aider à travailler sa diction cet été. Sandrine poursuit avec les noms des futurs deuxième année. Je suis dans la liste, Nora aussi. Les autres quittent le plateau en pleurs. Moi, je reste assise, je ne réalise pas. Blanche, nous avons réussi.

Nous vidons les coulisses, balançons costumes, maquillage, accessoires dans nos sacs. Nous nous repassons le film de cette année ponctuée de castings ratés, de figurations pour des jeux télévisés, de mensonges auprès de nos familles. Nous avons couru le marathon sur le boulevard des illusions. Nous nous sommes réjouis d'obtenir le rôle de la didascalie lors de lectures auprès de grands comédiens, de recevoir un conseil du vieux de la vieille, d'assister à une répétition générale dans un grand théâtre, d'avoir réussi un casting pour une serviette hygiénique anti-odeur ou des croquettes pour chats : l'impression de faire partie du milieu. Nous avons claqué deux fois trois cents euros contre un book, les filles sont passées du brun au blond, du 40 au 36.

Mes pas me conduisent gare de l'Est. Les yeux rivés sur le panneau d'affichage, je guette le train en direction de Nancy. Je veux voir ma mère, lui dire pour le Cours Florent, l'enlacer, enfin. Est-ce que la maladie de Crohn lui a laissé un répit ? A-t-elle repris son poste de caissière ? Mon père, est-il revenu à la maison ou picole-t-il toujours dans le garage de son pater sur un matelas pneumatique ? Peut-être qu'il est en mission en Libye. J'ai entendu sur Radio Vatican que ça pétait. Le pape nous invitait à prier pour le peuple. Depuis que je suis née, mon père va dans les coins qui craignent tous les quatre mois. Pas là à ma naissance, pas là à mes anniversaires, pas là à mes spectacles de danse. Le contrôleur invite les personnes qui accompagnent les voyageurs à descendre. Mon sang ne fait qu'un tour. Flashs de mon enfance : moi en train de me cogner la tête contre un mur, moi à l'hôpital après ma première tentative de suicide, moi, étouffée par le corps de France dans son lit, moi, le cou tenu par mon père qui rince mon maquillage de putain le jour de mes dix ans. J'ai peur de voir ma mère emmitouflée dans une couverture sur le canapé, malade, de croiser mon père ivre mort qui me reproche son malheur, qui revient sur le passé trouble de mes neuf ans, me questionne sur son collègue Éric et son épouse France, la gentille voisine. Tout cela sur un fond de croassements et d'odeurs de friture. Face à l'immeuble, les corbeaux déchirent les poubelles du McDo tandis que les enfants hurlent sur le toboggan. Impossible. Je ne peux pas retourner là-bas. Précipitamment, je fais demi-tour et me fraye un chemin à contre-courant, me hâte vers la sortie.

J'erre dans Paname, ça sent l'été, les vacances, l'insouciance, les voyages, les corps salés, les baisers volés, les jambes entremêlées, les premières fois, les glaces, les gaufres, les mojitos. Les riches partent pour Ibiza, Nosy Be, Le Cap et les banlieusards pour Paris Plages avec ses attractions au bassin de la Villette ou en bord de Seine. Vingt heures. J'entre au Point Éphémère, croise des têtes que je connais, me fais offrir des verres. Je m'incruste dans les groupes, virevolte de l'un à l'autre, les quitte dès que c'est à mon tour de payer une tournée. Je me débrouille pour tirer sur les joints qui circulent, je ne suis plus habituée. Je plane direct. Je flirte, je passe de bras en bras, un corps se substitue à un autre, je m'ennuie vite. Enfin, ils ouvrent la boîte de nuit, je me glisse au milieu de la piste, une bière à la main que j'ai fauchée à un type au passage. Je saute, hurle, secoue mes cheveux cramés dans tous les sens, renverse mon gobelet. Je bondis, je me fous du rythme, des autres, je pleure, je danse en fermant les yeux.

Je peine à ouvrir la porte, je joue avec la serrure. Odette a encore laissé ses clefs de l'autre côté, elle les a trop enfoncées. Une lumière faible provient de la salle à manger, les chandeliers sont allumés. À la lueur des flammes qui oscillent, les ombres de la ménagerie sur la table valsent sur les murs. Éléphant, girafe, ours, pingouin avancent et reculent. Je me penche sur le règne animal aux reflets turquoise, jaune, rouge. Je déplace les bêtes, les positionne les unes devant les autres pour découvrir d'autres nuances comme lorsque je mélangeais, enfant, les couleurs primaires. Qu'est-ce qu'Odette peut bien leur raconter ?

— Elle vous a dit des choses sur moi ? Elle vous a dit que je buvais ses liqueurs, que j'avais planqué Jésus et son buis avec mes sous-vêtements, que derrière le prétexte des répétitions se cachait la vie d'une putain ? Combien de secrets vous a-t-elle révélés ? Il y a beaucoup de choses qu'elle ne sait pas. Vous voulez que je vous les raconte ? Parfois, je me branle sur sa méridienne, je vole les piles de sa radio pour mon gode, je rêve de l'étouffer quand ses ronflements m'empêchent de dormir, qu'elle glisse sur le tapis de douche ou tombe dans l'escalier, qu'elle avale de travers, qu'elle fasse une crise cardiaque. Elle vous a dit…

Mon monologue est interrompu par un râle. Je me retourne, aperçois une masse sombre à côté du radiateur. J'attrape un chandelier, éclaire la chose. Allongée par terre, Odette, à moitié endormie. Je m'accroupis, inspecte son corps à la lueur des bougies. Il y a du sang dans ses cheveux. Je touche la plaie encore humide. Odette ouvre les yeux, emprisonne mon reflet dans son regard, dans sa vitrine. Elle prend ma main, la glisse le long de son visage, puis la presse contre sa joue, chuchote comme elle le fait avec sa ménagerie :

— Pas l'hôpital.

Pas l'hôpital, d'accord, mais passer la nuit avec elle, hors de question. Je me lève. Ça tangue. Direction l'armoire à pharmacie. J'applique des compresses sur sa tête, les scotche avec du sparadrap. On dirait une sculpture d'art moderne. Je lui apporte un oreiller et la couvre de son édredon. Je la relèverai demain, pour l'instant je suis trop fatiguée. Je souffle les bougies une à une. Odette me supplie de ne pas la laisser seule. Elle me gonfle. Je vais dans ma chambre, me faufile sous la couette tout habillée, avec mon haleine de poney et mes odeurs de tabac. Odette m'appelle :

— Zo-liiiine, Zo-liiiine !

Je craque, c'est comme si j'entendais un moustique voler au-dessus de moi. J'enfonce mes boules Quies, je suis bien. J'ai réussi mon audition, pour la première fois je m'endors joyeuse.

ENTRACTE

2 place Gustave-Toudouze. Premier été.

Comme chaque année, Manuela est à Rio et Mouss à Dakar. Nora et Paul sont partis en voyage de noces à l'île de Pâques. Jean potasse ses dossiers dans sa maison du Pays basque. Odette et Romy n'ont pas quitté Paris. L'une a passé une partie de son temps à écouter sa radio, à parler à sa ménagerie et à collectionner les éloges funèbres, l'autre, le casque sur les oreilles, à converser avec de nouveaux personnages. Quand Romy ne bossait pas au Parc Disneyland, son activité principale a consisté à s'occuper de la plante verte dans la cuisine, seule survivante des fortes chaleurs, et d'Odette. Elle arrosait la première trois fois par jour, déposait du linge humide sur la seconde pendant sa sieste, lui a fait manger des glaces au goûter. Romy a accepté de revoir Jean et s'est peu à peu laissé apprivoiser. Fin août, elle a empiété sur le territoire d'Odette, a investi la première étagère du frigo, déposé sa brosse à dents à côté de celle de sa logeuse dans un ancien pot à moutarde sur le lavabo. Encore deux ans à tenir.

Tout est en place. Demain, c'est la rentrée.

DEUXIÈME ANNÉE

MIRANDOLINE

(La Locandiera)

« Tout ce qui est dans l'amour, dans le crime, dans la guerre, ou dans la folie, il faut que le théâtre nous le rende (…). Nous voulons faire du théâtre une réalité à laquelle on puisse croire, et qui contienne pour le cœur et les sens cette espèce de morsure concrète que comporte toute sensation vraie. »

ANTONIN ARTAUD
Le Théâtre et son double

Sans crier gare, l'automne a balayé l'été indien et toutes mes économies. Disney n'a pas renouvelé mon contrat estival, d'après la famille Mickey, je ne suis pas assez dans l'esprit *magie, féerie*, je n'ai pas un sourire de princesse, je ne chante pas à tout bout de champ, je ne fais pas assez de sauts de cabri, je n'applaudis pas assez souvent. Il me manque le chromosome *comédie musicale*, je suis l'intruse au pays merveilleux où même les femmes de ménage poussent la chansonnette en récurant les toilettes. Impossible de payer le mois de septembre du Cours Florent, je regarde mes pieds quand je passe devant le secrétariat, mais Gisela cacarde dès qu'elle me voit, sort tête en avant, gros cul en arrière, se dandine comme une oie, me réclame l'enveloppe du patron, me menace d'expulsion. Je la laisse parler, je ne fais aucune promesse. Je ne les tiens jamais. Je dis toujours *oui, oui* pour qu'on me foute la paix.

Cette année, j'assiste au cours de Rebecca Barretta, 491ᵉ sociétaire de la Comédie-Française, mais aussi doublure française de deux célébrités américaines, dont Scarlett Wilson. La première fois qu'elle nous a adressé la parole, nous nous sommes tous regardés, cette voix dramatique nous était familière. Son enseignement est différent de celui de Sandrine. Rebecca ne s'énerve jamais, ne nous humilie pas, ne juge pas nos performances nullissimes, bien qu'elle n'en pense pas moins. Son regard s'assombrit dès que nous massacrons de grands textes classiques. Elle a mis la barre haut. En une semaine, nous devions avoir lu *Macbeth*, *Ruy Blas*, *Œdipe roi*, *La vie est un songe* et *L'Opéra de quat'sous*. Rebecca s'est donné la mission de nous rendre moins sots avant celle de nous préparer aux auditions des conservatoires. Elle se laisse le premier trimestre pour évaluer notre niveau et choisir ses poulains. Inutile de perdre son temps avec ceux qui n'en valent pas la peine. Chaque lundi, elle nous bombarde de pièces, nous invite à connaître pour chacune l'historique de sa création et la biographie de son auteur. Je n'ai jamais appris autant de nouveaux mots en un mois, répertorié autant de silences. J'y consacre chaque seconde, je n'ai pas le choix si je veux rester à bord. Dans notre classe, l'effectif a déjà diminué. L'appel n'est jamais très agréable, le silence suivant un prénom le fait sonner comme celui d'un soldat mort au combat. La tristesse de cette perte ne dure jamais bien longtemps, l'étau se resserre, nous sommes encore dans la course. Rebecca nous impose un rythme soutenu, nous donne de nombreuses scènes à apprendre. Je teste différentes techniques pour mémoriser les textes, je les lis à voix haute et m'enregistre pour les écouter le soir avant de m'endormir. Devant le miroir, je les récite stylo à la bouche, travaille ma diction et mon élocution pour gommer mon accent qui revient souvent au galop. Je répète sur le toit du garage des nuits entières, le gardien ne me supporte plus, je l'empêche de jouer sur son portable. Les yeux rivés sur ses écrans, il me maudit :

— Qu'elle saute une bonne fois pour toutes !

Heureusement que Manu a arrêté, elle aurait été complètement larguée. J'ai eu de ses nouvelles la semaine dernière, elle joue un petit rôle dans une *telenovela*, une baby-sitter qui tombe amoureuse du père. Elle n'a pas voulu me donner le nom de la série. Elle s'imagine que je ne comprends pas de quel genre de film il s'agit. Nora est dans ma classe. Comme moi, elle a dû harceler le secrétariat tout l'été pour avoir Rebecca Barretta. En première année, nous entendions beaucoup parler d'elle dans les couloirs. Elle est réputée pour son exigence, son implacabilité, son ambition. Elle a interprété les plus grands rôles féminins du répertoire classique : Célimène, Hedda Gabler, Médée, Winnie, Angustias et tant d'autres. Je note tout ce qu'elle dit, que ce soit pour mes scènes ou celles des autres, même les directions des rôles masculins. Parfois, à la fin du cours, je lui pose des questions sur une pièce, je déteste ne pas saisir le sens de certains passages. Aujourd'hui, *Mademoiselle Julie* attendra, je suis pressée, j'ai un casting pour une publicité de shampooing, j'ai passé la première sélection sur photo et CV. Ce n'est pas le rôle du siècle, mais six cents euros la prestation et mille euros de droits de l'image.

Place de la Bastille, les feuilles rougeoyantes tourbillonnent, les spectacles de la rentrée décorent les colonnes Morris. Je file rue de la Roquette, passage du Cheval-Blanc, au fond, la boîte de production Fabrique au clair de lune. Ça sent la noix de coco, la papaye, la fraise, le monoï. Cinq filles attendent, la feuille de renseignements en main. Nous nous regardons en chiens de faïence. Je me concentre sur la fiche à remplir : nom, prénom, âge, poids, cheveux, couleur et longueur, yeux, taille veste, pantalon, tour de tête, tour de cou, tour de poitrine, tour de hanche, signes particuliers, tatouage, piercing. Pour celles qui ne connaissent pas leurs mensurations, un mètre est à leur disposition. Seules les débutantes l'utilisent, les autres, comme moi, connaissent leur corps par cœur, notre outil de travail. J'ai l'impression de me retrouver au Salon de l'agriculture, les blondes de Galice en compétition ruminent leur texte. La fille devant moi se vaporise les cheveux toutes les deux minutes. J'ai oublié qu'il fallait venir chevelure mouillée. Quelle idiote, c'était inscrit en gros et en gras sur la convocation. Je détaille le cheptel, elles ont tout bon : tignasses humides, épaules dénudées, hauts colorés, peau pailletée. J'en repère une qui a joué le jeu à fond, elle porte une serviette enroulée autour de sa poitrine, ambiance salle de bains. Moi, j'ai juste fait mes ongles pour montrer de belles mains quand je devrai tenir la bouteille de shampooing. Je file aux toilettes. Le robinet est trop petit pour me passer la tête sous l'eau, j'attrape le rouleau d'essuie-mains, forme une boule humide que je presse sur mon crâne, ça dégouline dans mon dos et sur mon visage. Je reprends ma place, lis le polycopié que les comédiennes se refilent :

Intérieur/jour, salle de bains :

— Oh non non non, c'est une catastrophe mes cheveux ! Que faire ? (mine boudeuse)

Soudain, remarquer le shampooing, le prendre dans ses mains, regard pétillant, sourire face caméra ; secouer les cheveux, effet waouh !

— C'est génial, mes cheveux sont super brillants ! (grand sourire)

S'emparer du produit, l'approcher de son visage, le regarder avec amour avant de déposer un baiser sur la bouteille.

C'est à mon tour. Une pièce blanche et vide, il fait froid. Derrière une table, le directeur de casting, chauve, barbe de trois jours, et son assistante, petite brune. Je leur donne la fiche de renseignements. Je me place sur la croix au sol.

— Une clef USB avec votre bande démo ? Un site internet ? me demande l'homme tandis qu'il fixe mes cheveux.

Je n'ai rien de tout cela. Je passe à la présentation rapide, toujours la même : nom, âge, parcours, je me tourne, montre mon profil droit, puis le gauche et gros plan sur mes mains. Mes gestes sont automatiques. Je récite le texte, adopte une expression désespérée, ébahie et joyeuse à la fois. Toutes les émotions se mélangent, la tristesse de mon regard se noie dans ma bouche qui forme un O stupéfait tandis que mes genoux fléchissent pour bondir de joie. Mon visage ressemble à un portrait de Picasso dont les couleurs, pas encore sèches, dégoulineraient. Je n'ai jamais vu une fille embrasser ses produits de beauté sous la douche. Cheveux plaqués sur les tempes, sourire crispé, je frissonne, l'eau perle dans mon dos. J'attends que le directeur de casting prenne la parole, ça dure des plombes. Enfin, après un raclement de gorge, il se décide :

— C'est une publicité pour un shampooing. Vous avez vu l'état de vos cheveux ? Vous ne ressemblez pas du tout aux photos envoyées. On ne sait même pas de quelle couleur ils sont ! Sans parler de ces tatouages sur vos doigts, vous sortez de prison ?

C'est toujours la même rengaine. Je ne l'écoute pas, je me tire. De toute façon, j'en ai ma claque de participer à des reconstitutions d'enquêtes criminelles, à des clips, à des jeux télévisés. Je veux respirer sur scène, entendre les trois coups chaque soir, incarner des personnages dont la puissance emporte tout sur son passage, me laisser envahir par des sentiments profonds, violents, extrêmes, commettre des crimes, des infanticides, des adultères, aimer éperdument, haïr follement, voyager à travers les époques, changer de sexe, m'empoisonner, mourir, renaître.

Debout sur le quai, bras ballants, je laisse les rames passer. Comment vais-je payer mes cours ? Je n'arrive plus à réfléchir. Je contemple le bout de mes pieds qui jouent au-dessus du vide. Je soulève mes talons, bascule le corps, le regard droit devant. Sur le quai d'en face, un pigeon me fixe. Hypnotisée par le volatile, suspendue dans l'empire de mes silences, je me dédouble, je tombe sur les rails, tandis qu'un autre moi, plus brumeux, recule. De quel côté suis-je ?

— Oh fais gaffe, regarde où tu mets les pieds ! me lance un gosse de treize piges.

Il tire ma capuche, me ramène sur terre.

Odette est dans le vestibule, elle raccompagne trois femmes et un homme. Depuis la rentrée, elle organise une réunion hebdomadaire avec des anciens de la chorale de Notre-Dame-de-Lorette. Paulette, qui recevait ce petit monde avant l'été, est morte déshydratée. Il fallait trouver un autre lieu, Odette a proposé de se rassembler chez elle. Ils viennent à l'heure du café pour un verre d'eau sans petits gâteaux, et repartent pour la sieste. Moyenne d'âge : quatre-vingts ans. Odette est la doyenne. Ils ne chantent plus une heure d'affilée comme au bon vieux temps, entre les appareils auditifs défaillants et les voix éraillées, ils préfèrent lire des prières, mais terminent tout de même la séance par *Qu'il est formidable d'aimer* ou *Trouver dans ma vie ta présence*. Depuis quelque temps, je ne reconnais plus ma logeuse. Elle a recouvré sa vitalité, passe des coups de fil qui durent des plombes aux toilettes, sa nouvelle cabine téléphonique. Elle ne s'adresse plus à la mairie pour se plaindre, mais menace directement les restaurateurs d'appeler les services d'hygiène. Je file dans ma chambre, pas envie de faire causette aujourd'hui. Chaque fois qu'ils viennent, Odette les emmène au bout du couloir pour qu'ils me fassent la bise et que l'on échange quelques mots, je suis l'attraction des lieux. Elle m'invite à leur parler des pièces que j'étudie. Je récite toujours les mêmes sornettes en attendant que le club des cinq se sépare.

Gorge nouée, je regarde ce décor que je vais devoir quitter. Comment dire à Odette que je ne peux plus payer le loyer ? Je commençais à m'habituer à tous ces portraits qui me reluquent quand je répète ou quand je danse. Ça fait des années que je ne suis pas restée aussi longtemps au même endroit. Six mois déjà. J'empaquette mes affaires. La même scène qui se répète. J'étale mes vêtements sur le lit, organise des tas, il y a ceux qui se plient, ceux qui se roulent et le reste qui trouvera sa place dans les espaces vides du baluchon. Je dois faire des choix, abandonner des accessoires, une ou deux paires de chaussures, cette fois, ce sont les plateformes qui virent et tout l'attirail d'Any-Doll. Je récupère mon linge sale dans la machine, ma brosse à dents. Je contemple mes piles de livres. Dramaturges américains, russes, espagnols, italiens, suédois, classés par époque. J'éclate en sanglots sans arriver à reprendre ma respiration. À travers mes larmes, je distingue l'ombre d'Odette sur le seuil. Elle traîne les pieds, se cramponne au lit puis à la commode Sarah Bernhardt avant de s'asseoir dans un fauteuil. Elle me pose des questions. Entre deux spasmes, je lui parle du casting raté, de mes cheveux, de mes problèmes de fric, de mon envie d'interpréter une foule de personnages et, pour terminer, de l'impossibilité de lui payer le prochain loyer. Qu'elle ne s'inquiète pas, je débarrasse le plancher. Elle trouvera quelqu'un d'autre. Odette prononce un non catégorique, puis grommelle quelques mots couverts par mes reniflements. Elle sort en maugréant, revient avec deux barrettes de Lexomil et un shot de liqueur.

— Un coup de pouce, allez. Ça ne te fera pas de mal, Zoline.

J'avale cul sec, je ne reconnais pas le goût. Odette récupère son verre, puis me laisse en plan au beau milieu de mes tas et de mes piles. C'est le bordel au boudoir. Je bâille, hoquette, sèche mes larmes, cette journée m'a épuisée, je peine à garder les yeux ouverts. J'essaye de me relever, mes muscles ne répondent plus, tête lourde, gorge sèche, je somnole. Le contact du tapis contre ma joue est rugueux. Je n'ai même pas la force d'aller m'allonger sur mon lit. Chaque fois que j'ouvre les paupières, j'aperçois un dégradé du jour, il se fait la malle lui aussi : gris-rose, gris perle, gris-bleu, gris bitume. Je finis par me mettre debout, je procède en plusieurs étapes, d'abord sur le ventre, puis à quatre pattes, mes os craquent. Je fourre ce que je peux dans le baluchon, des affaires tombent à côté, pas le courage de les ramasser. Je titube, défonce la pile des dramaturges russes. Je suis dans le coaltar, ça fait des années que je n'avais pas touché au Lexo, la pire des drogues pour moi. Quand j'en prenais, j'avais des trous noirs, des hallucinations, je déraillais. Je balaye la chambre du regard. Je n'ai rien oublié ? Je n'ai ni la force ni la place d'emballer le reste. Paumes contre les murs du couloir, j'avance pas à pas comme sur une liane d'accrobranche. Je marque un temps d'arrêt devant la ménagerie, puis, d'un pas lourd, me dirige vers le vestibule. Odette se tient debout devant la porte d'entrée. Elle reste froide face à mes embrassades, me repousse. Je tente de sortir. Elle bloque le passage, nous enferme à double tour, et range la clef dans la poche de son gilet. Mes yeux se braquent sur une longue tresse brune qui descend jusqu'en bas de son dos, un flot vert en velours maintient les trois mèches, pas un seul cheveu ne dépasse. La natte est accrochée au milieu de son crâne par une barrette argentée, rouillée. Je fronce les sourcils. À quoi joue-t-elle ? À qui appartient cette torsade de cheveux ? Est-ce une vraie ? J'en ai froid dans le dos. Odette la ramène devant, la fait passer entre ses seins, la tripote et l'entortille.

— Elle est belle, n'est-ce pas, dit-elle avec fierté.

Elle m'entraîne dans la salle à manger à reculons, enlève les lanières de mon baluchon qui tombe au sol. Elle tire la chaise en bout de table et m'invite à m'asseoir. Je reste immobile. Odette prend les devants, me dirige, une main dans le dos, puis d'une pression fait plier mes articulations. Elle attrape ma nuque, redresse ma tête face à l'emploi du temps géant écrit début juin. Elle s'éclipse dans la cuisine. Je contemple les animaux dans la vitrine, ils brillent de mille feux, diffusent des rayons aux couleurs chatoyantes, cet éclat me fascine comme un feu de cheminée. Tout à coup, je remarque qu'ils sont moins espacés que d'habitude, il y en a d'autres, cette image de bestiaux entassés me dérange. Je ne sais comment, peut-être par un effet de réverbération, je perçois mon image en plusieurs exemplaires, de nombreuses Romy sont assises autour de la table comme par un effet kaléidoscopique. J'ai envie de fuir, mais une force surnaturelle me maintient clouée au dossier de la chaise, pieds chevillés au sol. Odette revient avec un plateau en argent où elle a disposé le service à thé réservé aux belles occasions. Elle nous sert. Le couvercle de la théière sonnaille. Elle remplit ma tasse à ras bord, alors qu'elle ne verse qu'un fond dans la sienne. Étrange, il n'y a pas de vapeur et le liquide est transparent. Je flaire le contenu tandis qu'Odette boit sa tasse d'une traite, se lèche les babines :

— Rien de tel qu'un petit coup de gnôle pour avoir les idées claires.

Où va-t-elle chercher toutes ces liqueurs ? Quand il n'y en a plus, il y en a encore. Odette m'incite à goûter. Je lape. Elle me regarde boire pendant qu'elle caresse sa natte, se chatouille les narines avec la pointe, rit. Elle me raconte de nouvelles histoires avec son amie d'enfance, Colette, son double, la fille qui portait sa tresse de l'autre côté. Parfois, Odette la surnomme la guenon avant de se reprendre. Je hoche la tête, n'écoute pas vraiment, mon ventre gargouille, je n'ai rien mangé depuis hier. Quelle heure est-il ? Je suis lessivée, je bâille, glisse sur ma chaise, jambes écartées, je me concentre pour ne pas m'endormir. Mon sang frappe comme si j'avais plusieurs cœurs qui battaient à l'unisson, un concert de tam-tams tandis que l'appareil auditif d'Odette siffle comme une fusée de feu d'artifice et me perce les tympans. Dès que ma tasse est vide, Odette me ressert. Je fixe ses lèvres qui gesticulent, comme elle est joyeuse ! Elle fait de grands gestes, ses yeux s'écarquillent, elle frappe dans ses mains, secoue la tête juste pour le plaisir de sentir sa tresse danser. Elle semble avoir un plan, pointe l'emploi du temps, m'indique le bout du couloir, fait galoper l'index et le majeur sur la table dans un sens, puis dans l'autre. De quoi s'agit-il ? Courir ? Faire des courses ? Non, marcher, aller au marché ? Subitement, Odette stoppe son mouvement et me regarde. Son sourire est dur. Elle avance sa caboche vers moi, son cou s'allonge comme celui d'une poule. Elle cligne des yeux. Je vois bien qu'elle attend une réponse de ma part. Un oui ou un non. Tic-tac, faites vos jeux, rien ne va plus. Au petit bonheur la chance, j'opte pour le oui. Bingo, elle sourit, nous ressert de sa gnôle avant de se lever sans tituber. Elle chope un gros marqueur rouge, puis raye la quasi-totalité de notre emploi du temps, garde seulement les temps libres qui correspondent à l'heure de sa sieste. J'ai l'impression d'être à l'école. Elle me demande quelles sont les matinées où j'ai cours, mes horaires. Je balbutie :

— Lundi, mercredi, jeudi de neuf heures à midi.

Odette prend note. Avec énergie, elle ajoute des tirets, des cases, des astérisques. Sa tresse se balance à la façon d'un pendule, elle m'hypnotise. Elle écrit beaucoup, il y a des exceptions partout, des règles pour les jours pairs et les jours impairs, des activités différentes selon les semaines A et les semaines B. Le tableau est illisible. Je plisse les yeux pour déchiffrer. Ici et là, des rendez-vous chez sa kiné, des sorties au marché, des virées chez le bon Dieu, des pèlerinages sur les tombes, un déjeuner à la crêperie bretonne le premier dimanche du mois, une participation obligatoire au club prières et chants du vendredi. J'ai la sensation d'assister à une pièce de Ionesco dont je serais l'héroïne. Le mur ne suffit plus à Odette, elle retire les tableaux de l'autre pan, à côté de la ménagerie. La pièce se métamorphose en un immense calendrier annuel. Moi, au milieu, je suis dévorée par tous ces événements, engloutie par des fêtes, des célébrations religieuses, des anniversaires de vivants et de morts. Odette insiste sur SA date de naissance à ne pas oublier : le 19 novembre, un Scorpion. Cette année, elle compte sur moi pour le fêter. Je me ressers une tasse. Me tournant toujours le dos, Odette m'informe que j'ai une soirée libre par semaine, variable en fonction du programme à la télévision. Souvent le mercredi en automne car elle ne manque pas un épisode des paysans qui cherchent l'amour, puis le samedi en été pour regarder le concours national des petits chanteurs. Voilà, elle fait claquer le point final sur le mur. Je sursaute. La pendule sonne dix heures. Coudes sur la table, je tiens ma tête entre mes mains, mes paupières se ferment. À peine assoupie, j'entends un grelot aigu. Odette pose devant moi une clochette en fonte, qui lui permettra de m'appeler quand bon lui semble sans gaspiller son forfait téléphonique. Mains sur les hanches, elle examine son œuvre :

— Je crois n'avoir rien oublié. Elle soulève le couvercle de la théière. On ne va pas laisser ça !

Elle me sert les dernières gouttes de liqueur et débarrasse le plateau. Je ferme les yeux, longtemps. Un bruit sec me sort de ma torpeur. C'est Odette qui aligne une série d'objets sur la table : ciseaux, peigne, brosse, vaporisateur. Lumières éteintes, bougies allumées. Odette touche mes cheveux, les caresse. Quand ma mère jouait avec mes boucles pour m'endormir, j'attrapais sa main, je ne voulais pas que ça se termine. Avachie, le crâne posé sur le dossier de la chaise, je laisse faire Odette. Je sens le passage du peigne à queue sur le haut de mon cuir chevelu, je frissonne. Odette réitère ce geste plusieurs fois, appuie un peu plus la pointe en fer à chaque passage. Elle démêle ma tignasse, la brosse, l'empoigne, l'attache en queue de cheval, puis la sépare en trois mèches, la tresse. Odette me donne des ordres, me demande de me tenir droite, elle manie ma chevelure rebelle comme elle tirerait les ficelles d'un cerf-volant emporté dans une bourrasque. Par moments, elle a des gestes brutaux, je gémis.

Nos ombres projetées sur l'emploi du temps s'agrandissent, oscillent, se rétrécissent. Odette s'agite tel un chef d'orchestre. Les animaux de la vitrine nous rejoignent, entrent dans la danse. La salle à manger prend les allures d'un manège qui tourne de plus en plus vite avant de libérer les fauves qui s'élancent sur les meubles, les reptiles qui se faufilent entre les chaises, les rapaces qui virevoltent au plafond. Au milieu de ce bestiaire, une souris s'invite, longe les plinthes, s'immobilise en milieu de parcours avant de poursuivre son chemin. Dans l'angle en haut à droite apparaît un pélican dont le bec s'ouvre et se referme tandis qu'il s'approche du sommet de mon crâne, plonge dessus comme s'il pêchait un poisson. J'entends le clac de son bec. Il remonte de l'autre côté.

Odette pose les ciseaux puis balaye mes épaules. Je connais cet exercice, on le fait en cours de théâtre pour dynamiser le corps, retirer les tensions et renouveler son énergie. Sa main gelée passe dans ma nuque, un courant d'air. Ça pique dans le cou, dans le dos aussi. Elle souffle sur moi comme sur une fleur de pissenlit. Je vois les aigrettes s'envoler, recouvrir le tapis et le parquet de jaune or, de blanc neige, de brun terre humide. Je suis défoncée. Tous mes sens sont décuplés : bruits accentués, odeurs fortes, images en relief. Dans mon corps, les cellules se divisent, provoquent un boum aussi puissant qu'un avion de chasse qui traverserait le mur du son, les molécules ne sont plus attirées comme des aimants, elles valsent telle la bille d'un flipper, les électrons dévient de leur trajectoire, se propulsent dans le trou noir, des étoiles filantes perdues à jamais. Mes pupilles se dilatent, mes veines gonflent, mes ongles blanchissent. Mon corps oscille d'avant en arrière, je me berce, seule. J'entends qu'elle ouvre un tiroir avec force, le bruit d'un papier froissé, je sens les odeurs mêlées de cire, de soupe *vas-y-fous-tout* et celles de ma propre transpiration. Odette me prend par la main, m'entraîne au boudoir. Je chancelle. Je ne me fais pas prier pour me mettre au lit, toujours une nuit de gagnée, un toit pour quelques heures. Elle me donne une tape sur les fesses, je me dépêche de me coucher, elle baise mon front, croise mes bras en chantant : *Je cherche un millionnaire, / Un type qui voudrait bien d'moi, / Au moins une fois par mois…* Les yeux mi-clos, je la vois se trémousser comme une adolescente. *Je cherche un millionnaire, / C'est pour ça que je fais le boulevard…*

Onze heures. Je suis réveillée par un bruit de cloche continu. Vaseuse, je m'assois doucement, pas envie de sortir de sous la couette, le contraste avec la température de la pièce est saisissant. Partout dans le lit, des feuilles de buis répandues, des confettis. Face à moi, le crucifix a retrouvé sa place d'origine et la plume de paon a disparu. Je secoue la tête, des mèches fuchsia fouettent mon visage, je touche les pointes roses, me tourne vers le miroir, je porte la perruque. Que s'est-il passé cette nuit ? Je la retire, pousse un cri. Je ne me reconnais pas. De grosses boucles blond vénitien couvrent mon crâne, s'arrêtent au-dessus des oreilles, je ressemble à une vieille qui vient de se faire une mise en plis. Je passe la main dans ma chevelure, descends sur ma nuque, je cherche ce qui manque. Mes lèvres tremblent, j'essaye de rassembler les pièces du puzzle de ces dernières heures. Ne me reste en mémoire qu'une chanson, une vague image d'Odette et de sa tresse. Pieds nus, je me rends dans la cuisine. Clochette en main, Odette écoute la radio, relève la tête, me dit tout sourire :

— Te voilà enfin ! Bien dormi ?

Elle ne me laisse pas le temps de répondre, elle me tend un emballage confectionné avec de vieux journaux. Fébrile, j'ouvre, découvre mes cheveux tressés. Je pâlis, je m'assois, bois un grand verre d'eau, impossible de décrocher mon regard de cette relique. Du plat de la main, Odette pousse deux chèques vers moi : les règlements de septembre et octobre du Cours Florent. Des bribes me reviennent. J'ai accepté son pacte.

Déjà sept mois que je loge chez Odette. Elle a presque quatre-vingt-dix ans, moi vingt et un. Je ressemble à une vieille depuis que je m'habille comme elle. Ici, je m'appelle Zoline, la gosse, la grande cocotte. Odette avec sa clochette m'impose un cadre avec son rythme et ses contraintes. Le vide et le manque ne me rendent plus folle. Je ne bâillonne plus la fillette enfermée dans mon corps. Maintenant, elle joue avec sa copine prisonnière dans le corps d'Odette. Sous ce toit, l'âge ne compte plus. Odette et moi avons le même : neuf ans depuis la nuit de notre pacte, le 30 septembre.

Depuis un mois nous jouons. Le jour, la nuit, quand elle le décide. Nous nous coiffons, nous déguisons, jouons à la classe, à nous tenir par la barbichette, à nous renvoyer à la case Terre de la marelle ou au départ de 1, 2, 3, Soleil. Nous faisons des siestes, dessinons sur les murs, ne cessons de nous ravitailler en craies, feutres, blocs-notes illustrés, racontons des blagues, chantons, jouons à la dînette avec les restes, tirons à la courte paille pour savoir laquelle de nous deux ira chercher le pain ou fera la cuisine, inventons des excuses improbables auprès des démarcheurs téléphoniques.

Un de nos jeux peut durer des heures, c'est Minuit Ménagerie. Pour commencer, chacune attache sa tresse à l'aide d'une barrette. Je mets la mienne côté gauche, Odette, côté droit. Ensuite, nous sortons les animaux en verre de la vitrine et les disposons à des places aussi précises que sur un échiquier. Assises face à face, nous nous répartissons les bêtes, c'est Odette qui choisit la première. Elle invente un scénario. Interdiction de rire. Quand j'ai cours le lendemain, je ruse pour écourter la saga dans laquelle Odette s'est lancée, ça la rend folle de rage. Nous nous chamaillons beaucoup, je finis par me taire, lui laisse le dernier mot. Je suis prête à faire n'importe quoi pour assister aux ateliers de Rebecca Barretta. Je me plie à ses règles et me soumets à ses volontés. Chaque fois que je dépasse les limites ou que je fais un pas de côté, Odette me met au coin, me rappelle la conduite à tenir si je veux mon chèque le premier du mois. Odette paye seulement les cours obligatoires avec Rebecca, soit neuf heures par semaine, mais pas les options : danse, chant, cinéma, impro. Pour répéter avec mes partenaires, je dois lui demander la permission. Quand j'obtiens gain de cause, j'écris sur un post-it l'heure à laquelle je sors et celle de mon retour. Dans son agenda, Odette collectionne mes autorisations de sortie, note mes retards. Elle tient les comptes des minutes de crédit. Si je ne suis pas pile à l'heure, Odette me bipe pour que je la rappelle. À mon retour, je trouve des mots partout dans ma chambre : des listes, des anecdotes, des pense-bêtes. Tout ce qu'elle n'a pas pu me dire sur le moment car je n'étais pas là. J'entends la clochette dans mes oreilles même quand je suis à Florent, dehors, dans mon sommeil, comme des acouphènes. Souvent, j'accours pour rien, Odette ne m'a pas sonnée.

Aujourd'hui, 1er novembre, bientôt neuf heures, son réveil va sonner. Le fil de mon casque m'étrangle, je le dénoue, me redresse et écoute les bruits : le parquet grince, le youpala d'un bébé roule au deuxième, Odette ronfle. J'enfile un col roulé et mon bas de pyjama par-dessus mes collants, je gèle, il fait froid et humide. Odette a décidé de ne pas allumer le chauffage avant décembre. Un bonnet, une écharpe, des mitaines, je secoue ma couette, frappe les oreillers. D'un coup, un papier s'envole, je le rattrape, c'est le chèque du Cours Florent, Odette l'a glissé sous l'oreiller dans mon sommeil. Je le range dans la première pochette de mon classeur, celle qui contient la tirade de Perdican dans *On ne badine pas avec l'amour* et le monologue de la reine dans *Ruy Blas*. Je passe sur scène demain. Rebecca nous a demandé d'endosser le rôle d'un homme puis d'une femme pour voir l'enchaînement, notre capacité à nous adapter à un personnage en quelques secondes. Je connais mes textes sur le bout des doigts, Odette m'oblige à les lui réciter tous les jours et me demande de les interpréter de différentes manières. Je suis devenue sa télévision. Bien installée dans son fauteuil, une télécommande imaginaire en main qu'elle dirige vers moi, Odette zappe comme elle changerait de chaîne jusqu'à ce que je joue la scène qui lui plaise. Elle adore quand j'incarne la reine folle qui rit aux éclats avant de pleurer. Encore quelques minutes pour moi avant de démarrer la journée. Je me place face au miroir, cherche dans mon regard celui de doña Maria de Neubourg, déclame les premiers alexandrins pour la faire venir :

À ses dévotions ? Dis donc à sa pensée !
Où la fuir maintenant ? seule ! Ils m'ont tous laissée.
Pauvre esprit sans flambeau dans un chemin obscur !
Oh ! Cette main sanglante empreinte sur le mur !

La cloche sonne. Je rejoins Odette dans le vestibule, elle aussi porte un bonnet et une doudoune par-dessus sa robe de chambre. Jamais elle n'admettra qu'elle a froid chez elle. Je m'apprête à gagner la cuisine, mais Odette me retient par la manche :

— Pile ou face ?

Elle me montre une pièce de cinq francs. Je choisis pile. Odette me place côté chambranle gauche, me demande de bien plaquer mon dos et mes pieds. C'est une nouvelle règle. Nous devons l'appliquer en début de mois.

— Tu ne triches pas, m'ordonne-t-elle.

Lèvres pincées, le bout de la langue sorti, yeux plissés, Odette tire un trait avec un feutre noir au-dessus de ma tête. Je m'écarte, elle déroule son mètre ruban, je le maintiens à la hauteur du repère tandis qu'elle se baisse pour annoncer mon gabarit. Odette n'a pas confiance en moi, elle pense que je me grandis d'un ou deux centimètres. Résultat, je fais un mètre soixante-neuf virgule neuf et non un mètre soixante-dix comme je le prétendais.

— Zoline, petite menteuse, dit-elle.

Je ne riposte pas, j'ai hâte de boire mon chocolat et de me réchauffer les mains autour du bol. Je l'aide à se relever, sa prothèse de hanche grince. À mon tour de la mesurer au millimètre près, côté chambranle droit : un mètre cinquante-six virgule quatre. Odette secoue la tête, s'énerve.

— Impossible. Je n'ai pas perdu treize centimètres ! C'est à cause de la doudoune, je ne suis pas assez collée au mur. Recommence.

Elle jette son manteau, retient sa respiration, ferme les yeux. Le deuxième trait se calque sur le premier. Elle se retourne, regarde la marque puis, d'un geste vif, se lèche les doigts à plusieurs reprises pour l'effacer, en vain. Pour ne pas terminer sur cette défaite, elle m'impose un dos à dos comme si elle me provoquait en duel. Sa tête arrive en bas de ma nuque. Plus aucun doute, elle a rapetissé. Boudeuse, elle rembobine son mètre qu'elle range dans la boîte à chaussures contenant les cirages, fonce dans la cuisine, allume la radio. Assise dans son coin, perdue dans sa doudoune remontée sous son nez et bonnet enfoncé jusqu'aux sourcils, elle ne bouge pas, ne me parle pas. Tout en faisant chauffer le lait, je la rassure, la complimente sur sa taille fine, sur son teint lumineux, sa vivacité d'esprit. Combien de femmes aimeraient lui ressembler à son âge ? Odette sort sa bouche et son menton de sa doudoune, esquisse un sourire discret qui se transforme en un sourire radieux au moment où j'apporte son bol de chocolat chaud. Seuls ses médicaments nous ramèneront dans le réel, le temps qu'Odette les gobe. Je bois mon chocolat avec avidité, engloutis ma tranche de brioche, en prends une autre, la tartine généreusement. À peine est-elle beurrée que je coupe déjà la suivante. Le petit-déjeuner est devenu notre repas préféré. Je m'empiffre, je rattrape des années de privation. Odette est comme moi, nous sommes deux vraies gloutonnes. Le repas fini, notre table ressemble à un champ de bataille. Avec les miettes, Odette dessine des formes que je dois déchiffrer. Aujourd'hui, elle trace un petit ovale posé sur un plus gros surmonté de quatre traits. Je ne trouve pas. Elle s'impatiente, me balance la réponse, énervée :

— Enfin ! C'est un cheval.

Elle balaye les miettes d'un revers de main, se radoucit :

— Suis-moi. J'ai une surprise. Aujourd'hui c'est un jour spécial.

Nous nous dirigeons vers sa chambre, j'ignore sa balance électronique.

> *Tu rentres encore dans ton jean, tu as de la marge, mais elle diminue. Tu as remarqué, tes seins ont grossi.*

La petite voix s'éloigne en chantant.

> *Dans mon jardin, il y a une fleur qui s'appelle Biscarabis Carabosse Soldat ! Si tu n'arrives pas à le répéter tu seras éliminée. Biscarabis Carabosse Soldat !*

Nous ouvrons les placards pour choisir notre tenue. Maintenant, nous partageons la même garde-robe, Odette ne veut plus me voir avec mes *fripes vulgaires*. Sur les étagères, elle a trié les vêtements en trois catégories : les siens, les miens, les nôtres, et les a classés du plus ancien au plus récent dans la penderie, soit de 1940 à nos jours. Odette ne jette rien. Comme je m'en étonnais un jour, elle s'est déshabillée pour enfiler un pantalon vieux rose, puis a passé un pouce entre son ventre et le bouton. Fière de me montrer qu'elle rentrait encore dedans :

— Je le portais quand j'avais trente ans, à l'époque il était rouge.

En revanche la longueur laissait à désirer, il avait dix centimètres de trop. Impossible de deviner quelle tenue m'est réservée, Odette garde le suspense jusqu'au bout. Elle m'invite à aller dans la salle de bains, déposera les vêtements dans ma chambre. Rendez-vous à onze heures et demie dans le vestibule, prêtes pour le départ.

Rue des Martyrs. Bibi à voilette, long manteau noir, gants en cuir, un mélange années 30 et gothique, je suis Odette, poussant un caddie. Elle aussi est vêtue de noir de la tête aux pieds. Nous ressemblons à deux veuves. Nous faisons un saut chez le fleuriste. Il y a foule pour le 1er novembre. Elle bouscule tout le monde, a une idée précise de ce qu'elle désire : une gerbe de chrysanthèmes et deux pots de camélias. Elle met un temps fou à choisir les couleurs, à s'assurer qu'aucune tige n'est cassée. Dehors, je retire une griffe de jardin, une serfouette et un tupperware du caddie avant d'y placer les pots de camélias. Nous montons dans le bus n° 54 à Pigalle en direction d'Asnières-sur-Seine. Nous occupons quatre places, deux pour nous, les deux autres pour le caddie et les plantes. Odette se cale contre la fenêtre, s'assoupit. Arrêt Place-Voltaire après trois quarts d'heure de trajet. Encore quinze minutes de marche. Un immense portail à l'entrée d'un parc, longue façade sortie de nulle part, on dirait un décor de cinéma. Aux extrémités, deux chiens en pierre montent la garde. Sur le fronton : 1899 – Cimetière des chiens. La gardienne, la quarantaine, maigrichonne, ciré jaune et bottes en plastique, est penchée sur la bouche d'égout, elle glapit en direction d'un interlocuteur invisible. Odette la salue au passage. Nous longeons l'imposante statue d'un saint-bernard du nom de Barry, entourée de rosiers. La légende dit qu'il a sauvé quarante personnes et a été tué par la quarante et unième. Sous une lumière blanche, nous nous enfonçons dans le cimetière, pas un seul bruit hormis le feuillage qui murmure. Un corbeau silencieux est perché sur la tête d'une statue de chien. Nous déambulons dans les allées, les tombes sont petites comme celles des enfants, partout des têtes d'anges, des bougies et des portraits. Sur les photos en noir et blanc prisonnières d'un cadre ovale, on dirait que les animaux prennent la pose, selon des mises en scène travaillées, assis sur un banc en pierre ou dans un panier en osier, parfois costumés.

«Elvis, à mon fils bien-aimé, ta maman qui ne t'oubliera jamais», «À la mémoire de ma chienne Emma, fidèle compagne et seule amie de ma vie errante et désolée», «Miss, à ma fille inoubliable, ta maman qui t'aime», «… Ainsi je suis tout seul, ne croyant plus en rien. La vie m'a tant meurtri…»

Des balles, des doudous, d'anciennes couvertures sont placés ici et là. Les noms de famille sont remplacés par des étoiles ou des couronnes. Cooky, Linette, Darkos et tous les autres, des prénoms sans nom, aussi solitaires que le mien. Je retire mes gants et déboutonne mon manteau. Un vent léger caresse ma peau, je frissonne. Je reprends mon chemin, traînant le caddie sur le tapis de feuilles mortes et serrant l'un des pots de camélias contre moi. Des gerbes de chrysanthèmes jaunes ou mauves et des lauriers roses bordent les allées. Çà et là, des animaux en origami sont suspendus aux branches, des mots accrochés avec du bolduc, des guirlandes, des boules de graisse pour les oiseaux. Enfin, Odette s'immobilise face à un mausolée, un des plus grands et des plus anciens du cimetière, elle fait le signe de croix, puis dépose un baiser sur ses doigts avant d'effleurer la tombe.

— Gladiateur, je te présente ma petite amie Zoline, Zoline, je te présente l'amour de ma vie, dit Odette, la voix tremblante.

Vite, Odette essuie les premières larmes avec un mouchoir brodé à ses initiales, se reprend :

— Va me chercher un arrosoir, ils sont à l'entrée. Moi, je vais retirer les feuilles mortes.

Un cheval ! C'est un cheval qui est enterré là…

Soudain, je repense au poulain turquoise, à sa jambe cassée, aux propos tenus par Odette le soir de son retour de l'hôpital. Qui sont les autres dans la vitrine ?

L'arrosoir rempli, je retrouve Odette qui a retiré les fleurs fanées et nettoyé le mausolée. J'installe les camélias dans leurs vasques et les chrysanthèmes sur la sépulture. Toutes ces fleurs aux teintes crépusculaires enveloppent la stèle, attirent la lumière blanche qui nous isole du cimetière. Odette déplie un torchon qu'elle étale sur le sol, un autel pour y déposer ses offrandes : un tupperware rempli d'avoine pour Gladiateur et deux sandwichs triangles pour nous. Treize heures trente passées, mon ventre crie famine, en voulant attraper les sandwichs, je renverse l'avoine dans les feuilles mortes. Odette pique une colère noire :

— Non, non, non, ce n'est pas vrai, tu as tout gâché ! hurle-t-elle.

Pour tenter de la calmer, je m'accroupis, trie les grains des feuilles, tente d'en récupérer le plus possible, mais Odette me repousse sans ménagement :

— Regarde-moi quand je te parle. Tu ne respectes rien ! Sais-tu au moins qui était Gladiateur ?

Assise sur le sol humide, les mains pleines de terre et de mousse, j'observe Odette partir dans son monde. Son regard s'assombrit, ses pupilles se dilatent. Bras croisés dans le dos, Odette trace un large cercle en traînant les pieds. Elle fait plusieurs tours, un sillon se forme. Au quatrième, enfin, elle prend la parole, ses propos sont incompréhensibles. Elle me parle comme une fillette essoufflée, témoin d'une scène atroce. Ses mots s'entrechoquent, aucune ponctuation, elle suffoque, devient rouge, les larmes lui montent aux yeux. Odette sort de sous son chemisier un collier de molaires qu'elle tripote plusieurs minutes sous mon nez avant de le remettre contre sa poitrine. D'une voix fluette, elle répète :

— Bam, le coup est parti, il l'a abattu. Comme ça.

Odette mime un tir au fusil qui la projette en arrière. Elle revient plus loin dans le passé, me parle du jour où le voisin, Lucien, est arrivé avec le pur-sang noir, un ruban autour du cou, de la joie de sa femme Joséphine. Dans une même phrase, elle mélange présent et passé. Odette et Gladiateur avaient le même âge, le cheval est devenu son seul ami, son confident. Elle allait le voir tous les jours, l'attendait avec impatience quand il partait concourir ailleurs qu'à Vittel, seul hippodrome où la fillette avait le droit de l'accompagner. Mains sur les hanches, Odette imite sa mère :

— « Une petite fille devrait crocheter et tricoter, pas se passionner pour les courses hippiques. » Moi, je voulais être libre comme lui.

Odette trottine. C'est la première fois que je la vois sautiller, d'habitude elle se cramponne à chaque meuble. Les deux mains réunies formant un haut-parleur, elle hurle :

— Victoire !

Elle passe d'un rôle à un autre en une fraction de seconde, comme les enfants. Subitement, Odette tape du pied, hennit, puis chute dans un virage, se couche de tout son long. Je me précipite vers elle, me penche au-dessus de sa tête. Alors que je m'apprête à appeler à l'aide, Odette relève sa bobine d'un coup sec, comme si l'air était enfin parvenu dans la dernière partie de son corps, à la façon d'une poupée gonflable ou d'un flamant rose en plastique, un de ceux qu'on trouve dans les piscines : c'est toujours la tête qui se relève en dernier. Elle m'a fait peur.

— Quand ils l'ont tué, Lucien m'a donné les dents de Gladiateur pour me consoler.

Elle renifle, cambre les fesses, recule jusqu'à la tombe, s'assoit, visage vers le ciel. Elle le voit, elle voit le cheval qu'on pousse vers le trou très profond, le cul en premier. Il glisse, il tombe, la petite fille voit sa tête qui dépasse, puis plus rien.

— Quand on a chargé Gladiateur dans le camion à Chaumont, ses sabots faisaient un bruit de tonnerre sur la tôle, comme si la foudre tombait. À mon retour d'Asnières, papa m'attendait avec un petit cheval turquoise en verre. Il était…

Tout à coup, la sonnerie de mon téléphone retentit. Je le sors vite de ma poche pour l'éteindre, mais le nom de Jean s'affiche. Odette tente de m'arracher le portable, je plaque une main sur son front, la pousse puis m'éloigne, le bras toujours tendu vers elle afin de la maintenir à distance. Je décroche, Odette ne perd pas une miette de mes paroles.

— Quand ? Le samedi 19 à vingt heures ? Oui, avec plaisir.

Odette retire sa mantille, remballe le pique-nique puis empoigne le caddie et s'en va. Je la rattrape. Elle m'ignore. Je lui explique que je ne pouvais pas faire autrement. Elle ne veut rien entendre. Je vois bien qu'elle se retient de me coller une gifle. Comme j'ai envie moi aussi de la frapper, de lui faire un croche-pied, de lui faire mordre la poussière, à cette vieille taupe. Tête baissée, je suis Odette. À mon tour, j'ôte le bibi. Chemin inverse : huit minutes.

— Le samedi, ce n'est pas ton jour de sortie, m'annonce Odette en montant dans le bus, le visage fermé.

Nous nous asseyons, chacune d'un côté de l'allée. Tout le trajet du retour, je l'entends murmurer : *pute, pute, pute, pute* à intervalles réguliers, comme le goutte à goutte d'un robinet mal fermé. À mi-parcours, je me mets à répéter sur le même ton : *vieille peau, vieille peau, vieille peau, vieille peau.* À ma grande surprise, ça amuse Odette, elle étouffe un rire dans son manteau. À force de répéter ces insultes, nos voix mêlées forment un canon harmonieux, un nouveau jeu entre Odette et moi. Nous jouons avec les aigus et les graves, les crescendos et les decrescendos, le rythme. Nous nous guettons à travers les reflets, Odette me tire la langue, écrit *pute* avec la buée sur la vitre.

Tandis qu'Odette change de pantalon dans sa chambre, elle crie :

— Si tu étais un animal, tu serais quoi ?

— Une louve.

— Ça ne m'étonne pas de toi, Zoline. Tu as une tête de louve.

J'entends Odette sortir des boîtes de sous son lit, elle revient avec un carton blanc. Elle me le tend, je sors une louve aux reflets rouge flamboyant. Dans la main d'Odette, sa jument bouton-d'or. Elle étale un carré en soie sur la table de la salle à manger. Nous posons nos animaux et allons ajuster nos tresses. Assises l'une en face de l'autre. Silence. Elle avance doucement sa jument vers ma louve, quatre pas à égale distance.

— Jument : Privée de sortie le samedi soir. Ce n'est pas ton jour en automne.

— Louve : Pour une fois, on peut changer de jour, je serai présente le mercredi à la place. Si tu veux, je peux même te consacrer deux soirées en échange de celle-ci.

— Jument : Non.

J'avance ma louve de deux pas, incline sa tête.

— Louve : Je te supplie de me laisser aller à la Comédie-Française dans deux semaines. Je n'ai jamais vu *Le Jeu de l'amour et du hasard*.

Soupir. Tandis que j'essaye de la convaincre, mes yeux parcourent notre emploi du temps et nos dessins sur les murs. Soudain, mon regard se pose sur un gros gâteau avec des bougies, en dessous, une date : 19 novembre.

— Louve : Jument, en échange de ma sortie, je te prépare un anniversaire spécial pour tes quatre-vingt-dix ans.

— Jument : Et comment ?

— Louve : Nous inviterons des amis.

— Jument : Et ?

— Louve : Ils recevront un joli carton d'invitation.

Vite, je m'empare d'une feuille et de feutres, dessine un gâteau au recto et au verso, écris : *Odette célèbre ses 90 ans, elle serait ravie de vous compter parmi ses invités d'honneur le samedi 19 novembre à 15 h 30, merci de confirmer votre présence avant le 12 novembre.*

— Jument : Pas quatre-vingt-dix, neuf ans.

— Louve : Si tu veux.

— Jument : Et ?

— Louve : Je ferai une belle décoration.

— Jument : Et ?

— Louve : Tu auras un très beau gâteau avec quatre-vingt-dix bougies.

— Jument : Neuf bougies.

— Louve : D'accord, neuf bougies.

— Jument : Il y aura des animations ?

— Louve : Oui, et je me déguiserai. Je t'aiderai à te préparer, tu mettras ta plus belle robe.

— Jument : J'aurai du vernis à ongles ?

— Louve : Oui, un bel orange corail. Je peux sortir le 19 à vingt heures ?

Odette approche son animal à un centimètre du mien.

— Jument : Retour avant minuit.

Au plafond de la salle à manger, des ballons gonflés à l'hélium en forme de 9 et des licornes à crinière couleur arc-en-ciel. Les assiettes à dessert, les verres et l'argenterie sont sortis. La vaisselle est dépareillée, mais je n'avais pas prévu autant de monde. Certains tremperont leurs lèvres dans un verre en cristal de Baccarat, d'autres dans un verre à moutarde, d'autres encore dans des gobelets en plastique. Je regarde une dernière fois le plan dessiné à main levée, c'est bon, il est conforme à ce que nous avions imaginé : chaque objet est sa place, y compris la banderole *Happy Birthday* au-dessus de la porte d'entrée, et les flèches dans la cage d'escalier.

Deux semaines ont été juste suffisantes pour organiser l'événement. Pas un jour sans qu'Odette n'affiche un post-it *Ne pas oublier* au-dessus de la table de la cuisine, où nous nous réunissions pour faire le point. Nous avons mis une journée à établir la liste des invités : la famille, les amis de la chorale, du club mosaïque, du centre équestre, quelques anciens étudiants des Beaux-Arts, sans oublier le père Étienne, le prédécesseur du père Dominique. J'ai eu un mal de chien à recueillir les adresses de chacun. Bien souvent Odette n'associait pas les bons noms aux bons prénoms, et ses contacts étaient dispersés dans plusieurs répertoires et agendas. Elle déchirait les cartons : calligraphie pas assez soignée, écriture patte de mouche, légère bavure. Je ne bronchais pas, je recommençais. J'avais intérêt à me tenir à carreau pour assurer ma soirée à la Comédie-Française après l'anniversaire. Jusqu'à ce jour, j'ai entretenu une euphorie factice pour la maintenir de bonne humeur. Je jouais à l'animatrice qui doit motiver une quinzaine de gosses traînant les pieds au Louvre et qui s'extasie devant chaque œuvre pour éveiller la curiosité du groupe.

Quatorze heures trente, c'est le moment de réveiller Odette de sa sieste. Elle dort à poings fermés. Je me racle la gorge, toussote, m'assois sur le lit avec brutalité :

— Debout les morts !

Et je me lève pour ouvrir les persiennes.

Le vent frais l'incite à se redresser, j'entends ses os craquer. J'attrape son tailleur années 50 et sa combinaison en soie blanche, je l'aide à enfiler toutes les pièces pour ne pas les froisser, une heure de repassage la veille, pas envie de recommencer. Je blouse son chemisier froufrou blanc, fais un ourlet à sa robe bleu ciel assortie à la veste avant de retrousser les manches. Odette fouille dans sa boîte à bijoux, choisit un sautoir et des boucles d'oreilles clips pour elle, et pour moi une broche en forme de libellule à épingler sur mon pull beige. Je mets un foulard dans mes cheveux, fais retomber quelques grosses boucles dessus. Odette me suit dans la salle de bains, s'installe sur la chaise. Je la poudre, colore sa bouche avec un pinceau d'un rouge à lèvres vieux rose et la parfume. Depuis ce matin quelque chose ne va pas, son regard ne pétille plus. Ça a commencé au petit-déjeuner, elle n'a pas voulu de son chocolat chaud, a exigé un café. La décoration qu'elle aimait hier lui paraît enfantine, elle m'a forcée à reprendre trois fois de sa salade cuite. Je coiffe Odette, la touche finale : un spray de laque.

— Voilà, tu es prête !

Odette se lève, s'observe, je lui montre l'arrière de son crâne avec un petit miroir rectangulaire. Elle s'inspecte sous toutes les coutures. La peau de ses lobes d'oreilles s'allonge à cause des clips trop lourds. Elle se pince les lèvres jusqu'à les faire disparaître pour estomper le rouge à lèvres, puis passe un coup de langue. Il ne reste plus rien. Odette se rassoit, me dit :

— Tu m'avais promis du vernis orange corail.

Je ronge mon frein. Je ne rentrerai pas dans son jeu, je sais bien ce qu'elle cherche : me pousser à bout pour annuler la fête, me punir et me garder pour elle seule ce soir. Je m'accroupis, attrape sa main gauche, m'apprête à appliquer le vernis quand soudain Odette la retire avec brutalité :

— Non, pas sur les mains, c'est vulgaire.

Elle ôte ses sabots, soulève ses jambes, et d'un mouvement de tête m'indique la direction de ses pieds.

— Ici, ce sera notre secret.

Position du prince charmant, un genou à terre, l'autre comme support pour le mollet d'Odette, je glisse les mains sous sa jupe, retire son bas de contention, puis pose le vernis sur ses orteils. Pareil de l'autre côté. Odette me demande de souffler dessus pour que ça sèche plus vite, elle sent la crampe venir. Vos désirs sont des ordres, Votre Altesse. Je donne les « fiches invités » à Odette. Les vertes pour la famille et les jaunes pour les amis où j'ai noté : le contexte de leur rencontre, leur (ancien) métier, leurs passions, un souvenir. Odette redoute les silences, prélude à une mort certaine. Elle compte sur moi pour faire causette si les convives ne se parlent pas. Tandis que je me maquille, Odette me hurle ses questions :

— En quelle année et avec qui ai-je fait du camping dans la forêt de Tronçais ? Et le chemin de Compostelle ? Quelle passion Mimi et moi partagions-nous ? À quelle occasion ai-je fait la connaissance de Bertrand ? Et de Clothilde ?

J'ai tout bon. Odette s'obstine à me piéger, elle s'égosille. Impassible, je termine mon trait d'eyeliner à la Hepburn, peaufine mon look années 50. Odette me dévisage avec une moue de réprobation. Avant qu'elle ait le temps de faire un commentaire, je m'écrie :

— Oh, tu entends ? Ça sonne !

— Et mes bas ? beugle-t-elle alors que je suis déjà dans le vestibule.

Grande inspiration, sourire de façade, j'ouvre la porte :

— Bonjour madame, bonjour monsieur, donnez-vous la peine d'entrer. Puis-je prendre vos manteaux ? Vous êtes ? Ravie de faire votre connaissance. Odette ! Grégoire et Michèle sont là.

Je les accompagne à la salle à manger. Odette se tient debout, à l'entrée du couloir, elle les guette mais ne bouge pas. Vite, je la prends par la main, et d'une pression l'oblige à les saluer. Elle se hisse sur la pointe des pieds, il faut dire qu'ils sont bien grands, leur fait une bise qui claque. Ça sonne encore, cette fois c'est Jeannine suivie de près par Maurice, Yvette, Raymonde et Hubert, surnommé le Zuzu, on ne sait pas pourquoi. Sur fond de musique classique, je joue à l'hôtesse courtoise, passe d'un groupe à l'autre, m'assure que tous se sentent à l'aise, qu'ils sont bien installés, que la température de la pièce leur convient. Je distribue des programmes et des sourires entre deux allers-retours dans le vestibule. La sonnette ne cesse de retentir, quel défilé. Pas un absent.

— *Du monde. Encore du monde.*

Je vais chercher des fauteuils dans le salon et dans ma chambre, les dispose côte à côte, certains se chevauchent. Il va nous en manquer. Je sers le cidre dans des verres en cristal, des gobelets, des tasses. À mon passage, certains me refont la bise ou me tendent à nouveau la main, ils ne reconnaissent pas la fille du vestibule. Je papote avec chacun, veille à ce que personne ne reste dans son coin. Je parle très fort, la moyenne d'âge est de quatre-vingts ans. Ça siffle dans la salle, véritable cacophonie d'appareils auditifs, on dirait qu'ils conversent entre eux.

— Tu entends, Odette ? Roger nous complimente sur la décoration, c'est adorable.

Où est-elle ? J'entends sa voix, mais les convives sont si nombreux que je l'ai perdue de vue. Ça sonne, encore des chaises, ça sonne, encore des fauteuils, ça sonne, les tabourets de la cuisine et enfin ceux du foutoir, les défectueux. Je forme des rangées pour optimiser l'espace.

— Mettez-vous ici, Solange, ce fauteuil est plus confortable pour votre dos, proposé-je à Mme Catalan.

— C'est Émilie qui est assise à cette place, répond Odette à l'autre bout de la pièce.

— Oh pardon, je n'avais pas vu. Mille excuses. Tout le monde est là ? Oui ? Parfait. À nous les bulles !

Je débouche l'unique bouteille de champagne.

— Bon anniversaire, Odette ! crions-nous en chœur.

J'invite les amis à découvrir le programme concocté aux petits oignons. Des murmures parcourent la salle. Clin d'œil à Odette, tout se déroule à merveille. Je me frotte les mains, fais tourner mes poignets, puis attrape le sachet de ballons colorés indispensable pour cette première animation : sculpture de ballons. Je suis douée pour ça, j'ai de la bouteille, combien d'anniversaires de gosses ai-je animés pour obtenir mes cachets d'intermittente ! Je me fraie un chemin jusqu'au milieu de la pièce encombrée de fauteuils.

— Est-ce que tout le monde me voit bien ?

On dirait que oui. Je prends un long boudin marron que je ne gonfle pas jusqu'au bout, je commence par la tête et les oreilles, ensuite je m'occupe de la crinière avec les six petites boucles que je rentre dans la plus grosse. J'enchaîne les nœuds avec dextérité. Le grincement du plastique en fait couiner plus d'un, surtout le Zuzu, mais je termine mon œuvre : tada ! un cheval pour Odette.

— À qui le tour ? Carmen, une fleur ? Gaultier, un nounours ?

J'inonde la salle à manger de figures en tout genre. Alors que je poursuis avec le papillon, Odette me stoppe en plein élan :

— Ça suffit, nos invités en ont assez vu. Montre-leur plutôt comme tu articules bien le *Notre Père* avec un stylo dans la bouche.

— Ce n'est pas dans le programme.

— Maintenant si.

Ça jette un froid, je rattrape le coup, il ne faut pas que les invités s'en aillent.

— Notre Père, qui es aux cieux…

Après cet intermède quelque peu houleux, j'installe l'estrade faite de palettes récupérées dans la rue. Je tape une petite cuillère contre mon verre, silence. J'aide Odette à monter, puis me cache derrière elle comme un ventriloque, les mains sur ses hanches pour éviter qu'elle ne perde l'équilibre. Les planches sont bancales. Odette ajuste ses lunettes, déplie son discours :

— D'origine germanique, Odette est dérivée du prénom Oda qui vient du germain « odo », qui signifie « richesse », « prospérité ». Vieux prénom du Moyen Âge… sont des femmes difficiles à cerner… peuvent se révéler redoutables… se montrer autoritaires… mais on leur pardonne tout.

Sur un ton monocorde, Odette énumère tous les événements qu'elle a connus au cours des quatre-vingt-dix dernières années. J'aurais dû faire des coupes dans son texte, elle va me les endormir. Épuisée par la traversée d'une multitude de souvenirs, elle finit par s'écrouler dans son fauteuil. Je me précipite dans la cuisine, saupoudre de sucre glace le gâteau au yaourt, ajoute des Smarties pour camoufler le côté cramé, enfin j'allume les bougies.

JOYEUX ANNIVERSAIRE !

À mesure que j'avance vers Odette, son visage se décompose, elle regarde les flammes du 9 et du 0 brandiller. Le gâteau près des lèvres, elle ne souffle pas, fait des messes basses :

— Je n'ai plus envie.

— Nous avons presque fini. Ne reste plus que l'animation de la boîte à anecdotes et à ouvrir tes cadeaux.

Je me précipite sur les sacs rassemblés dans un coin, les déballe de leurs papiers de soie sous le nez d'Odette.

— Comme tu es gâtée ! Un recueil de prières fait maison, un cheval en bois peint à la main, une bougie réalisée par des sœurs…

— Ça suffit, je ne veux plus jouer.

C'est fichu. Qu'est-ce qui m'a pris de mettre la bougie zéro sur le gâteau ? À chaque répétition, je la laissais bien de côté, ce passage se déroulait à la perfection, l'enchaînement avec les cadeaux et les anecdotes tirées au sort était maîtrisé. Odette était heureuse de célébrer ses neuf ans. Je la rejoins, m'effondre à la place de Céleste, volatilisée avec les autres fantômes. Odette sanglote. Je pose la main sur son avant-bras.

Combien d'invitations nous ont été retournées ?

Combien de décès avons-nous appris ces deux dernières semaines ?

Odette se reprend :

— Va me chercher les boîtes sous le lit.

Nous nous asseyons à table, sortons une quinzaine de figurines pas encore baptisées. Odette met dans un coin la jument et la louve. Ensemble, nous reprenons les « fiches invités ». Selon les profils, nous tentons d'attribuer des prénoms aux bestioles en verre. Est-ce que Serge, maladroit mais charmeur, se réincarnera en dindon ou en libellule ?

Dix-neuf heures et quart et seulement deux baptisés ! Odette prend son temps, elle a peur de regretter ses choix.

J'accélère la cadence, décide pour elle, mais à peine ai-je déposé la bestiole dans la vitrine qu'elle va la rechercher. Je balance des adjectifs à tout-va pour attribuer le bon animal à chaque mort : coquet, orgueilleux, grognon, aimable, fier, espiègle… Odette acquiesce avant de refuser la seconde d'après. Mon cœur bat vite, je vais être en retard, j'essaye de lui dire que nous pouvons reprendre demain, que je vais réfléchir de mon côté, Odette ne m'entend pas. D'un coup sec, je recule ma chaise, fonce dans ma chambre récupérer la pochette pailletée, achetée grâce aux commissions prises sur chaque course effectuée pour l'anniversaire. Quelques euros par-ci, un billet par-là, Odette n'a rien vu.

J'enfile mon manteau et mes bottines, reviens vers elle pour lui dire au revoir. Odette tient la bougie du zéro penchée sur ma louve. Les gouttes de cire tombent une à une, enrobent la bestiole d'un glaçage crème, telle une momie. Du bout des doigts, Odette répartit la cire liquide, s'attarde sur les orifices : les oreilles, les naseaux, le postérieur. La vieille femme chuchote des paroles incompréhensibles comme des incantations vaudoues. Est-ce qu'elle me jette un sort ? J'ai la tête qui tourne. À reculons, le souffle coupé, je gagne la sortie, ferme la porte doucement. Sur le palier, j'appuie mes joues puis mes lèvres contre le mur, un peu de fraîcheur. Je reprends mes esprits.

Dans le métro, j'envoie un message à Jean, le préviens de mon léger retard. Je profite du trajet pour mettre mon rouge à lèvres bois de rose, celui de Nora, poudre mon teint blafard, réajuste le foulard dans mes cheveux et sors de ma pochette les boucles d'oreilles empruntées à Odette sans son consentement. À coup sûr, elle m'aurait demandé un service en retour. Je m'observe dans le reflet de la porte coulissante, long manteau noir, gants en cuir, écharpe relâchée.

> *Elle est bien loin la gamine de dix-neuf ans, la demi-noyée sauvée par un pêcheur du canal de Toul un matin d'automne. Dans son filet, au milieu des débris de cannettes, il t'a remontée sur la berge, tu as recraché de l'eau verte, tu as essayé de te mettre debout, mais tu glissais sur l'herbe humide. Tu ressemblais à un faon qui vient de naître. Tu n'as pas regardé l'homme une seule fois. Mains et lèvres bleuies, genoux et paumes écorchés, tu as coupé à travers bois puis à travers champs, avant de regagner la maison pour empaqueter tes affaires.*

À l'accueil de la Comédie-Française, je prends la place laissée par Jean. Loupiote en main, une hôtesse m'accompagne jusqu'à mon siège. Jean est sur ma droite, j'ai reconnu son parfum aux notes d'agrume et de poivre. Je sens son regard sur moi, petit à petit, il retire les couches d'obscurité qui m'habillent, découvre mes contours et mes nouvelles formes en ombres chinoises. Il presse ma main.

— Encore un peu et vous alliez manquer le début, me chuchote-t-il.

Je fixe la scène, observe le décor qui se dévoile lentement dans un jeu de lumières. J'imagine le régisseur, son corps tendu devant la console, ses doigts effleurant les boutons avec délicatesse.

Projecteurs braqués sur *Le Jeu de l'amour et du hasard*. Je découvre de grandes boîtes collées les unes aux autres, certaines séparées par des bandes de plexiglas à grosses fleurs, un labyrinthe de cadres identiques. J'écoute chacune de mes émotions. Comment vibrent-elles ? Si j'étais sur scène, quel serait le premier de mes déplacements ? Irais-je directement dans le cadre du centre ? Où regarderais-je ? J'observe, j'apprends. Je focalise mon attention sur chaque comédien, devine les indications du metteur en scène lors des répétitions, perce les mystères de la fabrication du spectacle. J'accède au langage de la troupe créé uniquement pour cette pièce, viole les coulisses, décortique les mouvements, désosse les propositions de jeu. Je relis la pièce en même temps que je la regarde. Comme projeté sur un rideau transparent, le texte que je connais par cœur défile sous mes yeux. J'ai toujours un temps d'avance. La ponctuation m'obsède, les premières phrases sont pour moi les plus éprouvantes à vivre. J'ai peur d'être déçue. À cet instant, mon attention se porte uniquement sur les lèvres des comédiens. Vont-ils la respecter ou ont-ils reçu l'ordre de la briser ? Si le metteur en scène choisit de la déformer, je veux alors entendre sa propre musique, j'exige qu'il me surprenne. Il doit être à la hauteur du dramaturge, me révéler le texte sous un nouveau jour, souligner certaines phrases, éclairer différentes facettes des personnages, lever le voile sur des détails. Je suis obsédée par les détails, ils sont la vie.

En costume d'époque, Silvia et Lisette entrent en scène :

Silvia : *Mais encore une fois, de quoi vous mêlez-vous, pourquoi répondre de mes sentiments ?*

Lisette : *C'est que j'ai cru que, dans cette occasion-ci, vos sentiments ressembleraient à ceux de tout le monde ; Monsieur votre père me demande si vous êtes bien aise qu'il vous marie, si vous en avez quelque joie : moi je lui réponds qu'oui ; cela va tout de suite ; et il n'y a peut-être que vous de fille au monde, pour qui ce oui-là ne soit pas vrai ; le non n'est pas naturel.*

Je respire, mes muscles se détendent, la pression redescend, je m'enfonce dans mon siège. Des faisceaux s'incrustent au fond de mes pupilles, des éclats aussi brillants que les reflets de la petite ménagerie. Dans un demi-rêve, mon esprit me joue des tours, les animaux en verre rejoignent les comédiens. Ils se fondent dans le décor. Je revois la veilleuse qui projetait des univers au plafond de ma chambre d'enfant. Dans mon petit lit, je me sentais partir, j'enroulais une liane autour de mon cou, je plongeais dans les algues qui me retenaient prisonnière, j'enfonçais la tête dans le sable et m'étouffais. Chaque mort était douce. Je traversais la journée uniquement pour l'instant où je glisserais mes doigts dans le tube de Lexomil. Je suis tombée dedans à neuf ans. J'avalais la pilule magique qui m'emmenait loin de mon immeuble, loin de la caserne de mon père, loin de la caisse de ma mère à Cora.

Le genou de Jean frôle le mien. À son contact, les animaux s'effacent, emportant avec eux les souvenirs. Autour de moi, des balcons aux silhouettes vaporeuses, des soupirs qui s'éteignent comme des bougies consumées. Le dénouement est proche. Je me redresse. Jean pose une main sur ma cuisse. Je souris mais la retire sans le brusquer. Je ne veux pas être distraite. Je sens son désir. Un mélange de mousse humide et de bois brûlé. Tous les désirs n'ont pas la même odeur. Chez certains, j'ai humé l'orage et la roche encore brûlante d'une journée étouffante, chez d'autres, les algues et la décomposition, chez d'autres encore, les champs de maïs et la terre battue, et pour certains, le chien mouillé. Je n'y fais pas attention. Seul ce qui se déroule sur scène m'importe. Ce sont les rares moments où j'approche une vérité, celle des personnages. Je ne suis vraie que lorsque je me tiens sur le plateau ou que je m'y projette. Le reste du temps, je me mens et je mens aux autres.

Silvia, Dorante, Lisette, Arlequin tourbillonnent d'un cadre à l'autre, les intrigues se démêlent, les masques tombent. Applaudissements. Je n'ai pas le temps de voir la troupe saluer, Jean m'entraîne avant la sortie du public, il n'a pas envie de croiser des connaissances. J'ai besoin d'un sas pour passer d'un monde à l'autre, reprendre un nouveau rôle. Je m'arrête au milieu des marches pour me préparer. Je ne veux pas rejouer les Cosette délaissées devant une gare au mois d'avril. Jean se retourne, s'apprête à dire quelque chose, mais aucun son ne sort de sa bouche. Tandis que je noue la ceinture de mon manteau, il me dévisage, remonte les quatre marches qui nous séparent, puis enroule une de mes boucles autour de son index. C'est comme s'il ne me voyait plus. Je me dégage :

— Le premier dehors a gagné.

Je file vers la sortie. Nous courons comme deux enfants. Arrivés devant son scooter, nous reprenons notre souffle. Jean réajuste l'écharpe autour de mon cou, la plaque sur ma poitrine, puis me tend un casque. Place de la Concorde, j'admire les illuminations de Noël. Mon premier hiver à Paris, je l'ai passé à me réchauffer dans les grands magasins, à baver devant les vitrines animées et à admirer les sapins gigantesques. Il faut dire que je sortais de l'HP et que dans le service fermé, on ne met pas de décorations : il pourrait bien s'y trouver un fou pour se tailler les veines avec. Nous longeons la Seine, Jean roule vite, il grille les feux, je m'accroche à sa taille. Je n'ai pas mis la visière, le vent fouette mon visage. Jean sort son portable, depuis notre départ, je le sens vibrer dans sa poche, il jette un coup d'œil sur l'écran qui clignote. Dans le rétroviseur, j'aperçois son regard sombre, lèvres pincées, sourcils froncés. Que se passe-t-il ? Une voiture klaxonne et fait des appels de phares. À cette allure, nous allons griller la priorité. Je hurle *Attention,* tire Jean par les épaules. Freinage brutal. Je bascule en avant, mon casque tape le sien. Mon cœur bat vite. Nous marquons une pause avant de repartir.

Avenue du Président-Kennedy, avenue Théophile-Gautier, place de la Porte-d'Auteuil. Je n'ai jamais mis les pieds dans ces quartiers. Boulogne. Nous nous garons devant une grille en fer forgé bleue. Derrière, une maison blanche à trois étages, baies vitrées, vue sur le bois. Les phares éclaboussent la façade qui plonge dans la forêt comme la proue d'un navire. Grand couloir. Dans le salon, des livres du sol au plafond, des sculptures et des peintures. Il m'emmène dans son bureau à l'arrière de la maison, sa tanière : photos encadrées ou affichées pêle-mêle, mots de remerciements ou de félicitations, diplômes. Sur les étagères, devant les Pléiade, des pots à stylos remplis de Montblanc. Jean ouvre un placard, il hésite :

— Rouge ou blanc ?

Il m'invite à prendre place dans le canapé. Je m'assois sur le bord, droite. Comment lui expliquer que je dois respecter un couvre-feu ? Odette doit déjà m'attendre devant sa ménagerie. Jean me tend un verre. La première gorgée me délasse. Je retire mon manteau, me relève aussitôt. J'ai besoin d'être en mouvement. Il y a une salle de bains donnant sur le bureau. Jean s'est aménagé une garçonnière à l'intérieur de sa propre maison. Il me demande ce que j'ai pensé de la pièce. Un flot de paroles jaillit. J'expose mon point de vue sur la mise en scène. Jean m'oblige à argumenter. Parfois, il me reprend sur une expression, un mot pas assez précis, une mauvaise prononciation. Je m'arrête net, j'ai peur de dire des bêtises. Je baisse les yeux, inspire, recommence. Aucun détail ne lui échappe. Il me questionne sur mon avenir. Que ferai-je dans cinq ans ? Dans dix ans ? Où ? Comment ? J'entrevois à peine le lendemain, alors dans une décennie… J'évoque les grands rôles que je rêve d'interpréter, Jean se ressert un verre.

— Vous ne pouvez pas dépendre des castings ou des metteurs en scène. Ayez plus d'ambition !

Il me fixe, cherche en moi comme s'il me retournait les boyaux, le cœur, le cerveau. Je fais un effort considérable pour trouver une ambition digne de lui, mais rien.

— Pourquoi le théâtre ?

Je bafouille, je m'énerve. J'ai peur de lui révéler mes secrets espoirs de réussite, c'est comme un vœu, ça ne se partage pas. Je lui tends mon verre, il me le confisque. Jean attend une réponse. Je me lance. D'une voix faible, je balbutie :

— Pour être sur scène.

— Mais encore ? Pourquoi jouez-vous ?

Je regarde mes pieds, le rouge me monte aux joues, gorge nouée. J'accouche de chaque mot dans la douleur.

— Je joue pour me conquérir, je joue pour vivre l'instant à vif.

Jean acquiesce. Doucement, mon ton s'éclaircit, je prends confiance.

— Je joue pour me dompter, je joue pour trouver une vérité.

Je raconte mon désir de jouer dans des lieux insolites, d'adapter des romans au théâtre, comme *La Mécanique des femmes* dont la lecture m'a transportée. Jean m'écoute avec attention, son regard enveloppe mes propos d'un papier de soie comme s'ils étaient des cadeaux d'une valeur inestimable. Il me rend puissante. Je deviens une vraie pipelette, je ne me reconnais pas. C'est comme si je rattrapais dix années de silence. Tandis que j'évoque mes rêves, je remarque un cadre doré qui contient le portrait d'une jeune fille, une jolie blonde aux cheveux ondulés, visage hâve, regard malicieux. Je m'aperçois qu'il y a plusieurs photos d'elle, seule ou accompagnée. Elle doit avoir mon âge. Jean se lève, retourne le cadre, puis s'installe dans le canapé. Face à lui, je reste immobile un moment. Je le fixe, il soutient mon regard. L'odeur de son désir m'affole. C'est la première fois qu'un homme m'offre ce regard. Lentement je retire mon pull, le jette à mes pieds, déboutonne mon chemisier, dévoilant mes grains de beauté, mes cicatrices, puis je retire bottines et pantalon. D'un coup de pied, je rassemble mes affaires dans un coin. Brassière, culotte en coton blanc, je pivote comme un mannequin de vitrine sur un socle tournant. Jean se lève, s'approche, colle son front au mien, passe une main dans mes cheveux, puis me redresse la tête, me plaque contre la bibliothèque. Mon ventre tremble. Nos souffles se mélangent. Il caresse mes épaules, effleure mes seins, serre mes poignets qu'il lève au ciel. Il respire mes aisselles, les embrasse, les lèche. Ses doigts jouent avec l'élastique de ma brassière avant d'atteindre mes tétons qui pointent à son contact. Je tressaille. Il libère ma poitrine compressée. D'un coup, ma cage thoracique se gonfle comme celle d'un nouveau-né qui sort du ventre de sa mère. Je l'embrasse à la base du cou. Son cœur pulse dans ses artères, envie de le mordre jusqu'au sang, de le boire. Jean baise mes seins, puis s'agenouille, retire ma culotte, glisse sa langue à l'intérieur de mon sexe. Personne ne m'a jamais fait ça. C'est toujours moi qui baisse les yeux, les pantalons, les sous-vêtements. Je halète. Un râle de plaisir s'échappe de ma bouche, ma tête bascule en arrière, je mouille, j'agrippe ses cheveux. Nos corps s'emboîtent comme deux pièces de puzzle. Jean trouve mon sourire radieux, comparable à nul autre. Je le crois. J'aimerais me voir dans un miroir : à quoi ressemble ce sourire jamais donné pendant l'amour ? Mes pieds sur ses épaules, genoux repliés contre ma poitrine, nos corps tanguent comme sur une barque, bercés par un mouvement régulier. Jean touche chaque parcelle de ma peau, s'il avait trempé ses mains dans la peinture, j'en serais entièrement couverte. Il murmure mon prénom plusieurs fois, Romy. Entre ses lèvres, on dirait le nom d'une pierre précieuse très rare. Mes doigts s'enfoncent un peu plus dans sa chair, comme si je voulais la pénétrer. Jean me fouille, m'empoigne, s'accroche à moi. Il revient sans cesse à mes boucles, ses doigts effleurent mon visage comme un aveugle lisant le braille, il touche mon nez retroussé, effleure mes paupières, les embrasse avec avidité. Il me dévore. Il jouit, tombe sur moi, me serre très fort, m'écrase, comme c'est bon de ressentir mon corps, mes limites.

Ma tête chavire sur le côté, les yeux mi-clos, je vois les deux aiguilles indiquant minuit. Je panique. Je le repousse de toutes mes forces. J'attrape mes vêtements, m'enferme dans la salle de bains.

— Que se passe-t-il ?

— Elle m'attend. J'ai dépassé l'heure du couvre-feu !

Je me presse, enfile mon pull à l'envers. Même ici, il y a une photo de la jeune fille, en robe blanche, elle marche sur une plage, on la voit de dos. Je m'enfuis. Une louve perdue en ville, je cavale dans tous les sens à la recherche d'une bouche de métro. Deux poings nichés sous ma cage thoracique m'empêchent de respirer. L'éclairage des foyers me brûle les yeux. Enfin, je tombe sur la station Boulogne - Jean-Jaurès. Huit minutes d'attente. Je ne serai jamais à l'heure. Casque sur les oreilles, musique à fond, j'écoute Les Sales Majestés et Bérurier Noir en arpentant le quai. Seule, je glisse une main dans les distributeurs de friandises et de boissons, un réflexe de squatteuse. Rien. Je donne plusieurs coups de pied aux machines. Je reçois un message de Jean : une photo d'une boucle d'oreille oubliée. Odette va me tuer.

Place Gustave-Toudouze. Tout l'appartement est éclairé sauf ma chambre. Je regarde mon portable : une heure passée. Je me précipite au premier étage, impossible d'ouvrir la porte. Odette a encore laissé ses clefs dans la serrure. Combien de fois lui ai-je dit que c'était dangereux ? Comment les pompiers pourront-ils intervenir si elle fait un malaise ? J'appuie sur la sonnette comme une dératée, elle marche une fois sur cinq et Odette l'entend une fois sur dix. Je toque. Toujours rien. Je l'appelle avec mon portable, colle une oreille à la porte. Le téléphone couine comme un animal en fin de vie. Odette ne décroche pas. Je chuchote son prénom, finit par le hurler. Je commence à m'inquiéter : et si elle était tombée ? Les scénarios catastrophes sont balayés par une détonation. Je sursaute, mon cœur bat vite. Une autre détonation, encore une autre. Elle est en train de crever une à une mes sculptures de ballons.

Message reçu : je ne dormirai pas ici ce soir.

Assise sur un banc, je cherche un endroit où crécher. D'un coup, la fenêtre du salon s'ouvre. Odette apparaît, elle me lance la perruque fuchsia. Une putain, ça reste sur le trottoir.

Une heure trente. Trempée par la pluie fine, lèvres gercées, mains bleuies. Regard droit devant, casque sur les oreilles, je presse le pas boulevard de la Chapelle, me faufile au milieu des camés, des SDF et des rats. Si j'en suis là, c'est à cause de cette vieille bique. Elle aurait voulu que je reste avec elle à baptiser ses animaux en verre, à les faire parler, qui sait si nous n'aurions pas fini par rejouer la scène du gâteau d'anniversaire. Nerfs tendus, mâchoires crispées, je bouillonne. Peau de vache, carne, gibier de potence, sale guenon. Tiens donc, Odette a les oreilles qui sifflent, elle m'appelle. Je ne décroche pas. Elle me rappelle dans la seconde. J'appuie direct sur la touche *refuser*. Odette persiste, laisse des messages, elle s'inquiète, *tu vas attraper froid, il reste de la soupe*. D'une voix chevrotante, elle aborde divers sujets : mise en route de la chaudière, souris, mites, courses, piles, des projets qu'elle a pour NOUS, des sorties, des jeux, présentation des derniers arrivants, place dans la vitrine. Elle passe du coq à l'âne, de l'euphorie à la tristesse. Quelle comédienne, elle arriverait presque à me faire revenir sur mes pas. Après tout, ce serait si simple de retrouver mon petit lit, ma couette, mes livres, mais je ne cède pas. Je compte bien la laisser mariner un temps, ça lui apprendra à me flanquer dehors comme une vaurienne. Stalingrad, je serre ma pochette contre ma poitrine, navigue entre les tentes, elles s'étalent comme un zona. Un junky, grand et maigre, pisse contre un arbre, il m'interpelle, je ne rétorque pas, il remonte son froc à l'arrache, je cours, il me poursuit. J'accélère la cadence, me focalise sur les tours de la cité des Orgues de Flandre, mon point de chute. Elles règnent sur le quartier, des ruches colossales qui bourdonnent. Avec ses trente-neuf étages, la plus grande crève le ciel, ses lucarnes se confondent avec les étoiles. Je fonce, pénètre dans celle aux enseignes lumineuses McDo et Sephora. La vitre de la porte d'entrée est brisée, je passe la main au travers, baisse la poignée. Une femme, cheveux bruns, raides, bloque avec son pied la porte de l'ascenseur, je m'y engouffre en vitesse, écrase une patte de son pitbull. Le chien couine puis grogne. Elle raccourcit sa laisse diamantée, le ramène contre sa cuisse. Je bafouille des excuses. Je me colle au miroir. Quatorzième étage. Jogging, claquettes, barbe de trois jours grisonnante, l'homme bleu marine m'attend sur le palier. Regard noir, il me dévisage. Réminiscence de ma dernière soirée au Pussy's : ivre morte. Mouss hoche la tête, soupire. Il me fait entrer dans l'appartement, referme doucement la porte. Dans l'obscurité, je retire mes bottines, j'entends des ronflements, des plaintes étouffées. Une main sur son épaule, je traverse le salon. Je ne vois rien, pas même les contours de sa carrure. Tout à coup je trébuche sur une jambe, Mouss me rattrape de justesse. Vif échange en soninké. Il me chope par la nuque, m'entraîne dans sa chambre, ça sent les pieds. Son lit est défait. Quand je l'ai appelé tout à l'heure, j'ai bien entendu à sa voix que je le réveillais. Désormais agent de sécurité à la sortie des écoles, il a découvert le confort des nuits paisibles. Mouss me refourgue un jogging vert, met la main sur un plaid roulé en boule dans un coin, puis saisit un oreiller. Cette nuit, il créchera dans le salon avec ses colocataires. Ma présence le dérange. Sans dire un mot, il me laisse en plan. Je me change, odeur de tabac froid sur le survêtement. J'expose la perruque sur l'étagère des baskets. Je me glisse sous la couette, me blottis contre le mur, ferme les yeux. Je respire mes mains encore imprégnées de l'odeur de Jean. J'aurais aimé m'endormir dans ses bras, sentir sur moi son corps chaud. C'est la première fois que je n'ai pas eu envie de me tirer en vitesse. Une lumière fugace traverse mes paupières, mon portable clignote. Perdu au milieu des appels d'Odette, un sms de Jean :

« *Es-tu bien rentrée ? J'ai aimé ces moments. Je dois m'absenter trois semaines. Je veux te revoir.* »

Nous échangeons quelques messages, je m'endors.

Les cris d'un bébé m'extirpent de mon sommeil. J'entends des enfants se chamailler, l'un hurle plus que les autres, une gifle part, une voix grave réprimande. Je sors la tête de sous la couette, les yeux mi-clos, j'aperçois l'heure sur le réveil : midi passé. Membres engourdis, esprit vaporeux, j'aimerais m'abandonner quelques minutes encore à la rêverie. Je m'étire, bâille, attrape mon portable. Entre neuf heures et demie, heure du lever, et dix heures cinquante, heure du départ à la messe, Odette m'a appelée huit fois, autant de messages vocaux. Je les écoute. Les trois premiers sont d'une similitude parfaite : respiration étouffée, raclement de gorge, long soupir. Le quatrième : elle s'est aperçue ce matin qu'elle avait oublié les clefs sur la porte, où sa petite Zoline a-t-elle passé la nuit ? Le cinquième : elle a des vertiges, elle aurait besoin de mon bras pour l'accompagner à Notre-Dame-de-Lorette. Le sixième : elle me demande pourquoi je l'ai abandonnée comme ça, sans prévenir, en laissant toutes mes affaires. Le septième : cette histoire ne serait pas arrivée si j'avais respecté le couvre-feu de minuit. Le huitième : bruit de papier déchiré, Odette me fait savoir que c'était le chèque de décembre pour le Cours Florent. J'ai la chair de poule. C'est comme si, avec ses pouvoirs de sorcière, d'un geste brusque et à distance, Odette avait retiré la trappe de l'estrade sur laquelle je me trouve, je me débats au-dessus du vide, mes pieds cherchent le plancher. Décembre est un moment décisif dans le cursus, Rebecca doit attribuer à chacun une pièce du répertoire classique en vue de l'échéance de juin : *Parcours d'un rôle*. Il faut à la fois tenir le premier rôle et assurer la mise en scène. Un véritable marathon qui demande un entraînement intense, une mobilisation du corps et de l'esprit. Chaque année c'est l'hécatombe, nombre d'élèves abandonnent avant l'examen. Rien que d'y penser, mon ventre se tord, gorge sèche, mains moites. J'ai besoin de ce chèque si je veux mettre toutes les chances de mon côté pour passer en troisième année. Hors de question d'échouer en milieu de parcours. Je contacte Odette, pas de réponse. À coup sûr, elle est encore à la messe. Mon cœur palpite. Et si elle avait fait une croix sur moi ? Dieu sait si elle n'a pas eu une révélation durant le sermon. Il faut que je revienne, qu'elle me refasse ce chèque.

Je me lève. Cheveux en bataille, je tire sur le cordon du jogging deux fois trop grand pour moi, fais un nœud. Sac en plastique à la main, Mouss entre. Il déverse sur le lit jean, tee-shirt noir, baskets, brosse à dents, chargeur de portable, deux tickets de métro : un nécessaire de sortie de prison. Je le rassure, je ne vais pas rester longtemps. Il hausse un sourcil. Il me connaît, je squatte rarement une seule nuit. J'enfile ma nouvelle tenue. Je pique dans son armoire un sweat à capuche et des chaussettes trop épaisses, j'ai la dégaine d'une cambrioleuse. Mouss me chuchote les règles à respecter pour éviter les ennuis :

— Laisser la salle de bains à Dalla et Khadiatou à 5 h, elles font des ménages ;
— Surtout, ne pas manger les madeleines, leur déjeuner ;
— Ne jamais fixer le côté gauche du visage de Khadiatou brûlé au troisième degré, si elle oublie de rabattre ses cheveux ;
— Quitter l'appartement au moment de la prière, vers 6 h 15, 12 h 30, 14 h 45, 17 h, 18 h 55…

Toutes ces consignes m'assomment, c'est pire que chez la vioque. Je tripote mon portable. Je ne pensais pas regretter les croix, le buis, les mosaïques, la ménagerie, les odeurs de cramé, de lavande, d'essence algérienne, de Synthol, les sifflements de l'appareil auditif, les ronflements. Mouss baisse encore d'un ton, m'expose au creux de l'oreille son plan pour gagner de l'argent facile : refourguer sa came à la nuit tombée. Je refuse. D'un coup, ses grosses mains encerclent mon cou, pouces enfoncés sur mes carotides. Pas le choix, c'est ça ou je vire. Il me tend un bout de papier, trois adresses inscrites, toutes dans le périmètre, et fourre la beuh dans ma pochette, me refourgue un Nokia pour contacter les clients si besoin. J'attrape manteau et écharpe et fonce. Mouss me siffle de rapporter de quoi dîner. Je claque la porte et termine de m'habiller dans le couloir, j'entends le début de la salât, dix-sept heures.

Je livre rue d'Aubervilliers, puis rue Pajol. Ça roule. Encore trop tôt pour rentrer, j'erre rue Riquet, allume mon joint sur le pont au-dessus des voies ferrées, je pourrais rester des heures à observer les trains. Je m'arrache, stone. Mes pas me conduisent place Gustave-Toudouze. Adossée contre un marronnier, j'épie le premier étage, seule ma chambre est éclairée à la lueur des bougies. Une ombre traverse furtivement la pièce. Mes ongles griffent le tronc, une colère sourde se distille dans mon corps, atteint chaque terminaison nerveuse. J'arrache un bout d'écorce, me rue vers l'appartement. Un doigt sur la sonnette, je n'appuie pas. Chaud aux joues, froid à l'intérieur, je transpire. J'ai peur. Peur comme une femme qui découvre que son mari a une maîtresse. Une autre occupe-t-elle mon boudoir ? J'entends une femme chanter à tue-tête, je ne reconnais pas cette voix qui couvre le gramophone, rit entre deux strophes et substitue certaines paroles par des *talilalila*. Il y a de la joie et de la légèreté dans ses intonations. Bouffées de chaleur. J'ai besoin d'air. Je fais le guet. Je me gèle, mes extrémités s'engourdissent, je frappe des mains pour faire circuler le sang. Enfin, dos aux fenêtres, une silhouette apparaît. Coiffée de deux macarons, elle semble si jeune. Elle danse d'une manière langoureuse, dodeline de la tête. Mains sur les flancs, elle fait mine d'être enlacée. Je m'approche, plisse les yeux, non mais je rêve, elle porte le costume de mon numéro *Toxic* : robe noire transparente, boa, gants satinés. Elle se caresse les épaules, puis fait coulisser le boa, le jette au sol. De profil, elle retire un gant avec sa bouche. Ses mains remontent sur les macarons, enlèvent les épingles qui libèrent deux grandes tresses, l'une arrive à la naissance des fesses, l'autre en dessous des omoplates. Elle les décroche de son crâne et les fait tournoyer par-dessus sa tête comme une gymnaste ses rubans.

Odette !

C'est Odette qui se trémousse dans un costume d'Any-Doll ! Interdite, je la regarde se mouvoir dans ma chambre, jouer à être moi. Combien de fois m'a-t-elle observée par le trou de la serrure ? Qu'a-t-elle vu d'autre ? Qu'a-t-elle entendu ? Est-ce la première fois ou profite-t-elle de mes absences pour revêtir mes costumes ? A-t-elle déjà essayé le filet de pêche fuchsia ? A-t-elle trouvé mon gode ? Je me sauve.

De retour à l'appartement, dîner avalé, la soirée file, demain tout le monde se lève tôt. Les dents, pipi, au lit. Chacun regagne sa couche. Je m'installe dans le refuge des enfants, un cagibi aménagé tel un wagon-couchette, des lits superposés de chaque côté. Je gobe un Stilnox, m'enroule dans une couverture aux motifs des Tortues Ninja. Extinction des feux.

Déjà treize jours que je suis ici et toujours pas de signe de vie d'Odette. Que je l'appelle ou que j'y aille, elle ne me répond pas. Au moins chez elle j'avais un espace pour moi seule. Je ne supporte plus la cohabitation. Je n'ai pas le temps de me rendre à tous mes cours de théâtre, je suis happée par le quotidien. Il y a toujours un couac : un enfant malade à l'école, un accident du travail, une perte d'emploi – deux heures de ménage dans un boui-boui –, des problèmes administratifs, une panne d'ascenseur. Je vais récupérer les enfants à l'école. On me réquisitionne pour des cours de français et des rédactions de CV : peintre en bâtiment, éboueur, agent d'entretien cinéma, électricien à l'hôpital, serveur… J'effectue différentes tâches : m'occuper des courses gros volumes, préparer le dîner, déboucher la baignoire. Mouss me réclame de plus en plus de livraisons. J'échafaude des plans pour m'échapper de ce piège, fais défiler les noms de mon répertoire. Je contacte Miss Saïgon, Lola Liberty et Bella Poison, leur demande si parmi leurs connaissances quelqu'un recherche une danseuse. Je consulte les annonces sur un site dédié aux intermittents du spectacle : mannequin sous-vêtements, assistante de magicien, figurante dans un clip, comédien-animateur de grandes surfaces, conteuse médiathèque… Je tente ma chance.

Un soir avant de rentrer, j'ai téléphoné à ma voyante. Tout ce que Yolande a trouvé à me dire c'est de retourner chez mes parents ! Je n'ai pas envoyé les cinquante euros. Je lui demande d'égayer ma vie, pas de noircir le tableau. La prochaine fois, je lui écrirai un message avec le texte à me réciter pour me redonner un peu d'espoir : la visualisation d'un appartement lumineux et spacieux, un casting réussi, être sélectionnée pour le concours du Conservatoire national… J'implorais quelques jours de sursis, pas la mort. Heureusement j'ai Jean. Ses quelques messages m'aident à traverser les journées, je les attends comme le Messie, il me contacte entre une heure et trois heures du matin. Souvent, il m'envoie des photos en rafales : avec sa fratrie à un mariage, en ado hippie parcourant les routes, guitare sur le dos, ou avec son équipe de hand. Une nuit, l'une d'elles a retenu mon attention. Elle appartient au territoire des secrets. On y voit Jean aux côtés de la jeune fille du bureau, lui en costume, elle, robe, veste masculine sur les épaules, anneaux dorés. Il lui parle au creux de l'oreille, elle sourit.

Un matin, mon téléphone sonne, numéro inconnu. La personne au bout du fil chuchote, je n'entends rien, je lui fais répéter son nom trois fois. C'est le père Dominique. Il est chez Odette. Souffrante, elle demande à me voir.

— J'arrive.

Odette, c'est non ! Tu ne monteras pas au ciel tout de suite, qu'on se le dise. Il te reste encore dix-sept mois à tenir, dix-sept chèques à signer. Ni une ni deux, je m'engouffre dans le métro.

Vestibule. Je ferme doucement la porte. Accrochées à nos chambranles attitrés, les tresses. On dirait l'entrée d'un tipi, ne manque plus qu'un attrape-rêves. Odette a ajouté un trait de son côté. Elle s'est mesurée sans moi le 1er décembre, elle a perdu deux millimètres. Je m'avance dans la salle à manger. La louve en verre entièrement couverte de cire gît sur la table tandis que la jument se tient debout à ses côtés. Le reste de la ménagerie est de sortie. On dirait une veillée funèbre. Dans la chambre d'Odette, j'entends le père Dominique marmonner ses prières :

— Sauveur du monde, Tu es passé partout en faisant le bien… Donne-lui du courage dans sa maladie… Viens à son aide… Donne-lui la paix et la joie… Soulage ses souffrances… Remplis son cœur de confiance en Ta bonté et en la vie éternelle où Tu nous donnes rendez-vous…

Ça risque d'être long, je m'assois, gratte la louve avec mes ongles, retire son linceul de cire, saupoudre la table de flocons de neige. Le père Dominique finit par sortir de la chambre. Je le raccompagne, coupe court à ses jérémiades, ferme la porte derrière lui. Je récupère tresses, louve, jument et carnet de chèques dans le secrétaire, pénètre dans la chambre d'Odette. Le lustre diffuse une lumière jaune moutarde, la lampe de chevet est brisée. Une chute ? Des emballages de Gavottes, d'After Eight et de pruneaux jonchent le lit. Pyjama jaune poussin taché de chocolat, Odette me fixe :

— Où étais-tu ?

Silence. Est-ce qu'elle joue ? A-t-elle vraiment perdu la mémoire ?

J'empoigne sa tresse, la glisse sur son cou, une caresse de jouvence, avant de l'accrocher à ses cheveux. J'attache la mienne.

— Louve : Je n'étais pas bien loin. Je reste là maintenant.

— Jument : Promis ?

— Louve : Promis.

— Jument : On se mesurera et on rejouera avec la petite ménagerie ?

Je pousse le carnet de chèques avec la gueule de la louve. Odette cherche un stylo sous ses draps, signe.

— Louve : On recommencera tout. Nous n'avons pas fini de jouer, toi et moi.

Dans mon boudoir retrouvé, à la lueur des bougies, perruque fuchsia sur la tête, j'enfile un body échancré, applique mon rouge à lèvres irisé noir. Je danse au milieu des costumes d'Any-Doll éparpillés au sol. Musique à fond dans les oreilles, je saute, bouge dans tous les sens, m'observe dans le miroir, mes yeux pétillent, j'ai retrouvé ma chambre et mon chèque de décembre. Je renifle ce bout de papier, le glisse dans mon body, le colle contre ma poitrine. Je me fais des promesses, prends des résolutions comme un soir de Nouvel An. Je déambule au milieu des piles de livres. Je redécouvre mes pièces de théâtre, les respire et les feuillette, incruste plusieurs marque-pages dans une même œuvre, note les rôles que je veux interpréter, les classe en diverses catégories : personnages principaux, secondaires, hommes, femmes, époques, puis dans les rubriques emploi ou contre-emploi. Treize jours sans lire ni écrire ! J'inscris en gros les prénoms des héros et leurs répliques principales. Je les dissèque une à une. Quel combat mènent-ils ? Quelles sont leurs fractures ? Comment construirais-je leur histoire ? De quelle façon pourrais-je me mettre à leur service ? Différentes émotions me traversent, certaines me transpercent. À peine les larmes montent-elles qu'un éclat de rire surgit. Je punaise mes notes autour des portraits de mes actrices fétiches. J'accorde un entretien à un journal pour parler de ma vision du théâtre, je pars en tournée, je joue avec les plus grands. Je ratisse le foutoir, trouve une liqueur planquée derrière la jambe de bois. Ici, les bouteilles d'alcool poussent comme de la mauvaise herbe, j'en trouve toujours une. La première gorgée me propulse dans un grand théâtre. Face au public, je récite le monologue d'Hermione :

Où suis-je ? Qu'ai-je fait ? Que dois-je faire encore ?
Quel transport me saisit ? Quel chagrin me dévore ?
Errante, et sans dessein, je cours dans ce palais.
Ah ! Ne puis-je savoir si j'aime ou si je hais ?

La deuxième m'emmène à la Comédie-Française, j'ai trente-cinq ans. Debout, les membres tendus, je dirige des comédiens, ils jouent *Aux années à venir*, la pièce que j'ai écrite. J'en veux encore plus. Je bois, gobe un Stilnox. Comme une caméra, je passe d'un plan d'ensemble à un plan rapproché, puis à un effet zoom en une fraction de seconde, je choisis entre un fondu au noir et un fondu au blanc, décide d'un cut sans transition. Les tons sont froids et les images précises. Perdue dans mes songes, je ne contrôle plus mon corps, il mène sa barque. Je le laisse faire. Il m'habille d'un gilet large et de grandes chaussettes avant de m'emmener dans la salle de bains. Je sens les pinceaux tournoyer sur mon visage, un crayon dessiner sous mes yeux. Les minutes s'écoulent, j'entends les aiguilles des horloges, réveils et pendules pulser à l'unisson, en harmonie avec les battements du cœur d'Odette. Tic pousse Tac droit vers la mort. L'appartement entier vit au rythme de sa propriétaire. Il vieillit. Chaque jour de nouvelles fissures apparaissent, des rides, le plafond craquelle telle une peau sèche, l'électroménager tombe en panne, des organes à réparer, des fuites ici et là. Mon corps se promène, titube. Un clou retient ma chaussette, toujours le même ! Je trébuche, me relève. Aimanté par la petite ménagerie, il s'avance vers elle. Soudain une porte s'ouvre. Je me réveille, reprends les commandes, stoppe mon mouvement, arrêt sur image. Je ferme les yeux. Une hanche grince. Bruit de clochette. Derrière moi, une respiration bruyante. Une main caresse mes cheveux fuchsia, mon dos et ma croupe, elle revient sur les boucles synthétiques, attrape les pointes, tire dessus, enlève la perruque de mon crâne, la coince dans mon body, au niveau des fesses. Je frémis. Je ressemble à une centauresse. Doucement je me retourne, Odette colle la tête contre ma poitrine. Elle est si petite. Je la prends dans mes bras. La pendule sonne les douze coups, Odette sursaute, touchée par la grâce. C'est l'heure de jouer à Minuit Ménagerie. Je regarde par la fenêtre, pleine lune.

— Accueillons les nouveaux morts, dit Odette.

J'ai passé le week-end de mon retour à ranger l'appartement. Vaisselle dans l'évier, souris prise dans la tapette, crottes sur la gazinière, aliments périmés, montagnes de courrier, pyjamas sales. J'ai fait une provision de piles, acheté des pruneaux, je suis allée à la pharmacie pour le renouvellement des médicaments d'Odette, j'ai mis à jour son pilulier. À chaque sortie, si courte soit-elle, je dois l'appeler dès que je me trouve dans la cage d'escalier, elle ne supporte pas mes absences. Elle reste avec moi au bout du fil, même lors de mes passages en caisse. Elle aurait aimé qu'on fasse de même quand je suis au Cours Florent, j'ai refusé. Assise dans le fauteuil à l'accoudoir cassé, Odette passe une partie de son temps à m'attendre. Elle a peur que je ne revienne pas. La semaine dernière, elle m'a fait une scène lorsqu'elle m'a vue discuter sur la place avec une grand-mère. Quand Odette ne se trouve pas dans le vestibule, je la préviens de mon arrivée par tous les moyens : je claque la porte, adopte une démarche lourde, les vibrations atteignent la petite ménagerie qui sonnaille, je tousse, frappe des mains. Ma hantise : la surprendre, arrêt cardiaque. Un jour, elle ne m'a pas entendue, elle a sursauté puis s'est mise à se balancer d'avant en arrière comme un culbuto, j'ai tout juste eu le temps de la rattraper. Depuis, j'applaudis toute la journée. J'en fais autant la nuit pour chasser les souris. Nous avons repris nos habitudes : soupe *vas-y-fous-tout,* petit-déjeuner copieux le dimanche avant de nous rendre à Notre-Dame-de-Lorette, des histoires au coucher. Odette m'a mesurée, le trait s'est épaissi, toujours un mètre soixante-neuf virgule neuf.

La clochette tintinnabule du soir au matin et du matin au soir. Elle ne m'avait pas manqué. Nous jouons à :

— Action/vérité, Odette ne me laisse pas le choix, toujours action pour moi. Une fois, elle m'a dessiné une moustache au feutre ;
— Ni oui ni non ;
— Cap ou pas cap. Hier, Odette m'a ordonné de renverser du vin sur l'auvent flambant neuf du restaurant sous nos fenêtres ;
— Des jeux de mimes. Si Odette devine, je dois faire la chandelle : c'était trop simple. Si Odette ne devine pas,

je dois faire la chandelle : c'était trop compliqué. Que ne ferais-je pas pour un chèque en début de mois !

Le répertoire de vieilles chansons à connaître par cœur s'est agrandi : *Paris ma rose, Le Clown, Les Cinq Étages.* À tout moment, Odette me sollicite comme un juke-box. Elle me fait le coup aussi avec les anciens membres de la chorale, alias le club des cinq, je leur chante *Saint, saint, saint est le Seigneur, Qu'exulte tout l'univers, Alléluia.*

Nous commentons les messes d'enterrement des célébrités à la télévision et lisons les rubriques nécrologiques des journaux. Nous sommes à l'affût des morts. La collection d'animaux en verre ne cesse de croître. À nouveau, Odette choisit mes tenues la veille pour le lendemain. Quand elles ne me plaisent pas, je me change dans le hall de la tour de Mouss avant d'aller en cours.

15 décembre. Je me presse de m'habiller : pantalon gris clair et chemise à carreaux. C'est le dernier jour avant les vacances de Noël. Après deux semaines de passages intensifs sur scène à jouer une foule de personnages, je vais enfin connaître mon rôle, celui que je défendrai bec et ongles pour passer en troisième année. Qui habitera mon corps ? Qui me hantera jour et nuit ? J'attrape mes affaires, passe devant la ménagerie disposée sur la table, à quelle heure Odette s'est-elle couchée ? Je fonce dans le vestibule. La porte est fermée à clef, le trousseau d'Odette d'habitude enfoncé dans la serrure a disparu. Je cherche le mien, introuvable. Je suis pourtant certaine de l'avoir rangé à sa place, poche intérieure de mon sac. Est-il tombé ? Je me baisse, scrute

sous les fauteuils, reviens sur mes pas, fouille ma chambre. Rien. Encore un coup d'Odette, une punition. Aurait-elle remarqué l'absence de sa boucle d'oreille ? M'en veut-elle parce que j'ai refusé de fabriquer sa crèche cette nuit ? Je l'entends qui ronfle. J'entre : lumière, radio en marche. La minuscule tête d'Odette dépasse de sous les draps, autour d'elle du papier kraft, du raphia, du bolduc et des santons. Elle dort comme un loir, mousse blanche aux commissures des lèvres. Je fais le tour du lit, ouvre les tiroirs des tables de chevet, soulève l'oreiller où les éloges funèbres sont dissimulés. Aucun trousseau de clefs. Je m'agenouille du côté d'Odette, passe une main sous le matelas, tâtonne : moutons, miettes, boutons. Soudain, Odette soubresaute, coupe sa respiration. Par réflexe, je l'imite et ferme les yeux. Ouf, elle expire. Moi aussi.

Moi, je m'assiérais sur elle, je ferais du trampoline sur son ventre jusqu'à ce qu'elle crache le morceau.

Je sors de sa chambre. Prisonnière entre ces quatre murs, je tourne en rond, cherche une solution pour m'échapper. Qu'elle m'empêche d'entrer si elle veut, mais m'enfermer, pas question. J'ouvre les fenêtres, me penche, observe les différents appuis pour descendre. Côté place, trop dangereux, j'opte pour le côté cour. J'attrape la gouttière, la secoue, c'est bon elle résiste à mes assauts, je pose la pointe de mon pied gauche sur un collier de descente, mains et genoux serrés autour du tuyau comme sur une barre de pole dance, je coulisse d'un mètre, je m'appuie sur le rebord de la porte-fenêtre qui donne sur le restaurant, m'aide du treillage pour accéder au muret, j'arrache quelques branches de lierre au passage avant d'atterrir dans le bac à fleurs. Paumes écorchées, pantalon déchiré, je gagne le métro.

Salle Pierre-Dux, entrée fracassante, la lourde porte en fer se referme sur moi. Au milieu de la scène, feuille en main, Rebecca, qui déroulait le programme du prochain semestre, se tait. Tête baissée, je présente mes excuses. Regards tournés dans ma direction. Long silence. Je prends une grande inspiration, je ne vais pas échapper au fameux gage qui sera à la hauteur de mon retard. Rebecca regagne sa place derrière la table, je m'avance sur le plateau. Dos aux gradins, j'attends la consigne. Quelle imitation me réserve-t-elle ? La lumière chaude des projecteurs coule sur moi. La sentence tombe :

— Un chien qui pisse.

Je me mords l'intérieur des joues, me retourne. Je plonge le regard dans celui de Barretta, rire nerveux. Inutile de négocier, je ne l'ai jamais vue faire marche arrière, pas même la fois où elle a imposé une scène de masturbation à une élève. Je me baisse, à quatre pattes je fais le tour de la salle, flaire les murs, la tuyauterie, le sol. Yeux humides, je me concentre sur ma démarche, pied gauche, main droite, puis pied droit, main gauche. Je m'emmêle les pinceaux. Je rentre le ventre, redresse le dos.

— On n'y croit pas, me dit Rebecca, ce n'est pas assez incarné.

Que veut-elle que je fasse ? Que je me lèche ? Que je me renifle le cul ? Mon ventre gronde, une lame de fond déferle sur mes côtes flottantes. Je sens les traits de mon visage se modifier, ma peau devenir carton, mes cernes se creuser jusqu'à l'os. La fillette en moi jongle avec une boîte d'allumettes. Quel organe s'embrasera en premier ?

Fais-le je te dis, fais-le !

Je retire ma chemise. En débardeur noir, je refais un tour de plateau. J'entends des soupirs et des murmures, des corps qui ne tiennent plus en place, des chaises qui grincent. Mouvement de hanches de droite à gauche, je pose mes pattes avec délicatesse, omoplates saillantes, côtes sorties, lèvres entrouvertes, démarche langoureuse. Rebecca s'impatiente, balbutie quelques mots, je m'en fous. Je poursuis mon manège. Nora, au premier rang, ne me quitte pas du regard. À pas de louve, je me dirige au centre de la scène, je reste une longue minute de profil, à l'arrêt. J'aurais une queue, elle serait dressée. D'un coup je tourne la tête, clac ! Je fixe Rebecca droit dans les yeux. Lentement, je lève une patte.

— C'est bon, tu peux reprendre ta place. Assez perdu de temps, dit-elle.

Le liquide chaud dégouline le long de ma jambe. Doucement, mon pantalon passe du gris clair au gris foncé. Mes flancs tremblent. Une rumeur parcourt la salle tel le vent qui balaye un champ de blé. Rebecca est pétrifiée. Après un interminable silence, elle frappe dans ses mains, battant lentement la mesure. Elle se retourne puis, d'un mouvement de bras, comme si elle ouvrait le bal, elle encourage les élèves à applaudir.

— Saluons cette performance remarquable. Bravo !

Les apprentis comédiens s'exécutent, claques et coups résonnent, grondement de tonnerre. Seule Nora n'applaudit pas.

Débardeur, chemise nouée à la taille, je cours boulevard de la Chapelle. J'ai froid. La fillette hurle un « Ha » strident qui me perce les tympans. Quand elle se met dans cet état, je ne la contrôle plus. Elle déterre les souvenirs noirs enfouis dans la vase au fond de mon ventre, forme des pâtés de boue qu'elle propulse sur mes parois, splash ! J'ai mal. Haut-le-cœur. J'appuie sur la sonnette comme une dératée. Encore endormie, shootée par son somnifère pris au petit matin, Odette m'ouvre, ne me pose pas de question. Je me jette dans la salle de bains, je retire mes fringues, la fillette en moi hurle toujours, une sirène d'ambulance qui ne s'arrête pas. Un filet d'eau brûlant coule sur ma peau, des plaques apparaissent : de nouveaux continents sur mon corps.

— Ferme-la, je murmure à la petite voix.

Mais elle ne m'écoute pas. Elle m'épuise. Tête contre le carrelage, je ferme les yeux. Lentement j'inspire, j'expire, la fillette prend le chemin de ma respiration, elle attrape un ruban d'air coloré, une queue de cerf-volant qui l'emmène loin de moi. Elle tire, tire, cherche à projeter ma tête contre le mur. Je résiste. Elle veut que je me fracasse le crâne, elle veut me défigurer. Bras tendus, je repousse le mur. La fillette enrage, tente de me faire plier. Je résiste, hors de question d'avoir une gueule cassée pour passer sur scène, pour voir Jean.

Laisse-toi faire. Ça ira mieux. Laisse-toi faire et on n'en parle plus.

Je ne veux pas. Je vais céder, je cède, mais à une condition : que la bosse ne se voit pas. Marché conclu. Je m'agenouille, appuie la tempe contre l'angle du bac. Vise une fois, deux fois. Je me recule, place l'index à l'endroit exact où je veux que ça tape, côté gauche, à la naissance du cuir chevelu, là où les grosses boucles recouvriront l'impact. J'ouvre la bouche pour ne pas claquer des dents, quand elles s'entrechoquent ça fait mal, j'ai l'impression qu'elles vont se déchausser. Je frappe dix coups secs, je les compte sur mes mains, dix coups par doigt, cent au total. Je m'arrête, respire, reprends. Les larmes montent. À mi-parcours, je me relève, m'observe dans le miroir. La fillette jubile, tempe rouge vif, boursouflée, un trait horizontal annonce une future cicatrice. Anesthésiée par la douleur, je recommence. Passé un certain seuil, je ne ressens plus rien.

Cent.

Du sang perle sur ma joue, quelques gouttes sur le tapis de douche rejoignent celles d'Odette qui, déjà tombée ici, a laissé des traces. Combien de fois l'a-t-elle retourné pour effacer les preuves d'une chute ? Combien de fois l'a-t-elle trempé dans un seau de javel ? D'abord bleu ciel, il est passé à une couleur coucher de soleil. Doucement, je touche le liquide gluant. C'est comme si les règles que je n'ai pas trouvaient le moyen de s'écouler malgré tout. La fillette s'est tue. Je titube jusqu'à ma chambre, m'écroule. Sous la couette, bercée par l'agitation des vivants, je m'endors. Le givre coule par les fenêtres disjointes, parcourt le parquet de ses longues racines blanches, fige mes émotions et mes pensées.

Froid sur ma tempe, il pleut sur mon front. J'ouvre mes paupières lourdes, aperçois Odette. Elle tord un gant de toilette au-dessus de mon visage. Elle ressemble à une fillette qui réveille sa mère, ivre de la veille. Odette en a marre d'être seule, elle veut fabriquer sa crèche. Elle me supplie de me lever. On dirait qu'elle attend mon aide pour rédiger sa liste au Père Noël. Je lui demande de préparer le matériel, je vais la rejoindre dans quelques minutes. Je dois remettre la machine en route. Dérouiller les articulations, décrasser les bronches, désembuer ma vue. La douleur dans mon crâne se diffuse dans mon corps. Je suis cassée de partout. Je regarde mon portable. Un message de Rebecca aux allures de télégramme : *La Locandiera. Rôle : Mirandoline.* Sourire. C'est le rôle que je voulais secrètement.

Table de la salle à manger, Odette m'attend, une liste à la main : houx, gui, branches de sapin, poinsettia. Carte bancaire d'Odette, caddie, c'est parti. J'enfile mes écouteurs, coup de fil dans la cage d'escalier, petit coucou sur la place, en route pour chez la fleuriste. Je profite que la petite brune me tourne le dos pour voler des feuilles de papier kraft. Celui de la crèche d'Odette date de Mathusalem. Détour par Le Repaire de Bacchus. Odette est en ligne, je coupe le micro. Pour cinquante euros, avec la carte d'Odette j'achète une bouteille de rhum. Merci Odette, comme tu me gâtes. Le rouge aux joues, j'accepte l'emballage cadeau proposé par le caviste, un grand baraqué qui respire le sexe à mort. Pourquoi un cadeau ? Je n'ai pas une tête à boire du rhum ?

Et à baiser dans une cave ? J'ai enlevé mes écouteurs mais j'entends Odette hurler :

— Allô, allô, ALLÔ !

Je me dépêche de rentrer. Atelier travail manuel. Ça me rappelle les réunions entre épouses de militaires. En l'absence des conjoints, ma mère et ses paires occupaient leurs soirées à fabriquer des boules. Nous en possédions pour chaque occasion : boules de Noël, boules de Pâques, boules d'Halloween. Les unes chassaient les autres. Parfois, elles changeaient d'activité, elles cousaient des sapins en tissu, créaient des étoiles, s'essayaient à de nouvelles recettes de cakes ou de petits-fours. Odette me commande. Oui, chef, à vos ordres ! Je confectionne la couronne, accroche le gui à l'entrée, crée la grotte où est abritée la crèche qui dévore un tiers de la table et ressemble à un abri pour SDF. Odette dispose ses santons et ses animaux en verre. Toute la compagnie a répondu à l'appel. Qui aura l'honneur d'être au premier rang à côté des Rois mages ? Odette tergiverse, les mains crispées en forme de pattes d'araignée, elle les déplace, chuchote à l'oreille de certains, leur explique pourquoi ils sont situés à l'arrière, se confond en excuses avant de s'énerver et de les punir. Pause Doliprane, grand verre d'eau. Ça pulse tempe côté gauche. Je touche ma plaie horizontale, vérifie qu'elle ne saigne pas, je la sens si vivante, une entité à part entière. Un cœur bat à l'intérieur. Odette ne me laisse pas une minute de répit. À présent, elle me demande d'élaborer des cadeaux pour chacun des animaux avec le carton d'anciennes boîtes à chaussures, de les emballer dans du papier journal, sans oublier le nœud. Interdiction d'utiliser le scotch pour les fermer. Les paquets sont si petits que je peine à les tenir et la ficelle me brûle les doigts. Les heures passent. Ça cogne dans mon crâne. Odette m'apporte des biscuits. Pour ne pas perdre de temps, elle fourre de gros morceaux dans ma bouche sur l'air d'*Il est né le divin enfant*. Quand elle voit que mes yeux se ferment et que ma tête penche, elle chante plus fort. Sa voix éraillée accentue mes maux de crâne. Mes paupières tombent une dernière fois, impossible de les relever, comme si un fil à plomb suspendu à mes cils les empêchait de s'ouvrir. Une main sur mon épaule, Odette me secoue doucement. Au loin j'entends :

— Réveille-toi Zoline, nous n'avons pas fini.

Impossible, mon corps refuse. Odette m'agrippe plus fort, me pousse. Aucune réaction, poids mort. Odette grince des dents, Odette souffle, Odette chante dans mon oreille :

— *Il est né le divin enfant / Jouez hautbois, résonnez musettes*…

Je sursaute. D'un geste de la main, je balaye l'installation de la petite ménagerie devant la crèche, effet domino, plus un seul sur ses pattes.

— La ferme ! dis-je sur un ton sec.

Accablée par l'hécatombe, Odette redresse un à un les animaux.

Je vais me coucher.

Seuls les messages de Jean me rappellent mon âge, vingt et un ans, et non neuf quand je joue avec Odette. Cette période de vacances est ponctuée de règlements de comptes entre jument et louve, de réceptions pour accueillir les nouveaux morts, de chants, de bals costumés et de répétitions de

La Locandiera. Odette insiste pour me donner la réplique. Je m'éclipse au moment de sa sieste, je me réfugie sur le toit du garage ou dans mon église préférée, la chapelle Notre-Dame de la Médaille Miraculeuse, pour ses couleurs or et turquoise. Je me faufile à l'étage qui surplombe la nef, fixe la Vierge comme si c'était ma partenaire de jeu.

Jean est revenu. D'où ? Je ne sais pas. Je ne pose plus de questions depuis qu'il m'a rembarrée d'une voix glaciale :

— Je n'ai pas envie d'être fliqué. J'ai assez de Diane.

J'avais coupé mon portable pendant deux jours. Je lui en voulais de m'avoir parlé sur ce ton, je détestais ma réaction. Qu'est-ce que cela pouvait bien me faire après tout ? Qu'il soit à Tombouctou, au Guatemala ou en Mongolie, c'est sa vie. Mais avec qui est-il ? Sa femme ? Une autre ? Parfois, l'idée de ne pas être son unique maîtresse me traverse l'esprit. Ça me rend malade. J'ai reconnu ce sentiment qui creuse un trou dans le ventre avec un tournevis jusqu'à traverser le dos. La dernière fois, c'était avec France. J'avais peur qu'une autre fillette prenne ma place dans son lit. Jean m'a présenté ses excuses, a envoyé d'autres messages, d'autres images. J'ai tout oublié, fait comme s'il ne s'était rien passé. Dans le fond, je ne veux pas savoir. Ses photos et appels rythment mes journées. Des rendez-vous que je ne manquerais pour rien au monde. Si par malheur j'arrive une minute trop tard pour décrocher, je me recroqueville dans mon coin, attends le prochain appel qui ne vient pas de sitôt. Je me retiens de le contacter, il serait fou de rage et ça mettrait en péril notre relation si Diane s'en apercevait. Comme je m'en veux de me rendre à ce point disponible, je ne me reconnais pas.

Noël. Une odeur d'oignons et de champignons me chatouille les narines. Concerto de couvercles de gamelles mêlé à la voix de Tino Rossi. Je rabats la couette sur mon visage, respire mon odeur. Glacés, mes pieds cherchent leurs chaussettes enlevées dans la nuit, l'un se heurte au mur, l'autre tombe dans le vide. Je me retourne, me recroqueville autour de mon polochon, l'entoure de mes bras, y enfouis mon visage, rêve au corps de Jean. Aucune envie d'aider à préparer le déjeuner. J'ai assez donné : messe de minuit, installation de Jésus dans sa crèche, célébration de sa venue, histoire au coucher de la vieille, ça va.

Je me lève, me mets debout sur mon lit pour vérifier l'état de mon corps, le faire parler, qu'il se trahisse et me raconte ce que je ne sais pas. Face au miroir, je traque les hématomes, les coupures, les brûlures. Rien de nouveau. Je palpe mon crâne, pas de nouvelle bosse ni de plaie supplémentaire. Je baisse ma culotte, scrute le fond. Je fourre deux doigts dans mon vagin, pas de traces de sperme. Rassurée. Je ne suis pas sortie. Ça m'est arrivé il y a trois nuits, mes pieds étaient noirs et incrustés de petits cailloux. Les crises de somnambulisme ont recommencé, je déteste ça, j'ai toujours peur de me taper le premier venu et de ne plus m'en souvenir. J'attrape la tenue sélectionnée par Odette : robe vichy noir et blanc, gilet. Tout est prêt sur la table de la salle à manger, caille farcie aux raisins, riz, cidre, verres en cristal, argenterie, serviettes blanches en tissu. Odette se tient debout à côté de la table : l'image parfaite de la ménagère des années 50. Elle porte une robe saumon aux multiples couches de mousseline, un bibi assorti et une cape en fourrure blanche. Nous ressemblons à deux pin-up. Fière, elle me tend le journal *La Croix* :

— Regarde, dit-elle.

Je l'attrape, épluche le sommaire.

— Non, la couverture !

En gros plan, de profil, Odette et moi à Notre-Dame-de-Lorette, légende : *Les fidèles, toutes générations confondues, au rendez-vous pour la messe de minuit*. Pâle, yeux brillants, lèvres entrouvertes, j'ai l'air d'une sainte. Je n'ai pas le temps de réagir qu'Odette m'ordonne de m'asseoir et de fermer les yeux.

— Surtout tu ne triches pas. Cache tes yeux avec tes mains. J'ai combien de doigts ?

— Seize.

Odette pouffe de rire, s'éclipse dans sa chambre. Que me réserve-t-elle ? Une piñata ? Un costume de la Vierge Marie ? Une bible ? Je guette mon portable. Un message de Jean :

« *15 h chez moi ?* »

J'accepte. Je profiterai de la sieste d'Odette.

— C'est bon tu peux ouvrir les yeux.

Déposé dans mon assiette, un cadeau emballé dans du papier kraft. Un lapin bleu et une souris rose tricotés au crochet. Odette les a achetés à une paroissienne lors de la kermesse de Notre-Dame-de-Lorette. Elle les trouvait bien seuls sur le stand, il fallait à tout prix les adopter. Elle attend que je la prenne dans mes bras. Je l'embrasse. Elle caresse mes joues avec les grandes oreilles du lapin, répète d'une voix lancinante :

— Tout doux.

Je me retiens de l'envoyer valser. La bouche pleine, sur un ton enjoué, elle m'expose le programme de la journée, identique au 25 décembre de son enfance : jeu de l'oie, petits chevaux, atelier pâtisserie et confection de bredele… Tout est parfaitement cadré, à la minute près. Le hic : pas de sieste en vue ! Je fulmine, la vieille bourrique ne me lâchera pas d'une semelle, une véritable sœur siamoise. Je craque. Avec mon couteau, je tapote le verre en cristal comme pour un discours. Odette s'immobilise. Grande inspiration, je lui annonce un mot après l'autre :

— Je. Ne. Veux. Plus. Jouer.

Odette tressaille, pâlit, une main sur la gorge, elle tousse. C'est parti pour le drame, j'entends déjà ses mots, elle à qui je dois tout, elle qui me donne tant, comment puis-je lui faire une chose pareille, ne plus jouer, quelle vilaine fille, oh l'ingrate, la rabat-joie. Odette ne dit rien, les larmes perlent sur ses joues. Soudain, elle sort la langue, cherche de l'air. Elle s'étouffe, encore une fausse route avec le riz.

> *Ne fais rien, ce n'est pas ta faute si la vieille s'étrangle. Saisis cette occasion. Fini les jeux, les repas, les messes, la petite ménagerie, les couvre-feux. À toi la tranquillité et les sorties. Tu jouiras de l'appartement en toute liberté ! Tu creuseras un trou dans la cave, enterreras le corps. Qui s'apercevra de sa disparition ?*

J'observe ses pupilles qui se dilatent puis se rétractent en une fraction de seconde, sa langue qui s'enroule comme du papier à cigarettes, mains crispées. Je décortique chacun de ses mouvements, soubresaut, basculement de tête, main qui s'approche de moi pour me saisir, me supplier de l'arracher à la mort. Odette bleuit, renverse la cruche d'eau qui m'éclabousse. Je sors de mes rêveries. Je me lève, frappe si fort son dos que j'ai peur de décoller ses organes. Elle ne respire toujours pas. Je la prends sous les aisselles, appuie les poings au-dessus de son nombril. Cinq pressions, enfin ça passe. Elle perd l'équilibre, nous tombons. Odette brise le silence :

— Pourquoi tu ne veux plus jouer ?

Elle sanglote. Ça m'agace. Je ne réponds pas. Je rabats les couches de mousseline remontées sur sa poitrine et l'aide à se relever, non sans difficulté. Secouée par ses émotions, Odette désire s'allonger. Sauvée. Je l'accompagne au lit. Elle me demande une tasse d'eau chaude citronnée, sa trachée la brûle, et un Doliprane en prévision d'éventuelles douleurs. Mes doigts s'attardent sur les somnifères dans le panier en osier. Je chope la boîte, prends trois cachets que je dilue dans l'eau, une dose de cheval. Avec la pulpe de citron, Odette ne sentira rien. J'apporte sa commande, vérifie qu'elle ne laisse pas une seule goutte. Je lui baise le front.

Quinze heures pile. Je sonne. Jean attrape ma main, m'emmène à l'étage, dans sa chambre. Il me retire ce blouson trop lourd et trop large qui me sert de carapace, de maison. Je me déshabille, colle ma poitrine contre son torse. Nus, nous nous glissons sous les draps. Nos jambes entremêlées. Nos odeurs se mélangent. Pour la première fois, il évoque Léo, sa fille, et les reproches de sa femme qui le tient pour responsable de sa mort.

Soudain, Jean me tire du lit, m'entraîne dans le garage, vérifie si les pneus des vélos sont bien gonflés. J'enfile une tenue et des chaussures à crampons qui appartenaient à Léo. Les températures sont douces pour un 25 décembre, seul le jour qui se dérobe nous rappelle l'hiver. Nous nous dirigeons vers l'hippodrome de Longchamp. Des dizaines de cyclistes roulent à toute allure. Le bourdonnement régulier des coups de pédales me donne le vertige. Jean me dit de le suivre, de ne pas le quitter, nous allons nous faufiler. Je tremble, ça va trop vite. Je ne respire plus. On me crie dessus, on m'insulte.

— Tiens ta droite, hurle Jean, regarde droit devant toi et fonce !

Je pédale de toutes mes forces, je n'arrive pas à tenir la cadence. Je ne sens plus mes mains sur le guidon, mes fesses sur la selle, mes jambes se plier et s'étendre. Je le perds de vue. Combien de tours allons-nous faire ? Je guette les cyclistes qui me dépassent. Jean a au moins un tour d'avance. Il me fait signe de sortir, mais impossible de m'extraire, impossible de ralentir. C'est reparti pour un tour. Enfin je sors, dégage violemment les pieds des pédales et jette le vélo à terre. Jean rit aux éclats et moi je pleure à gros sanglots.

Droguer Odette est devenu une habitude. Je la maintiens dans un brouillard constant pour répéter en paix et sortir avec Jean. Je lui fais perdre ses repères, je change l'heure de son réveil, des horloges et des pendules, ferme les rideaux à dix-huit heures, les ouvre à midi. Nous vivons dans l'obscurité. Il m'est plus facile de me concentrer et de créer dans le noir qu'en plein jour. Problème : Odette désire allumer les cierges et jouer à Minuit Ménagerie à n'importe quelle heure. Il y a encore quelques détails à régler, mais j'ai fait le plus important : annuler les réunions des anciens de la chorale. J'ai prévenu chaque membre du club des cinq de l'état de santé de leur vieille amie : sa grande fatigue et sa dépression saisonnière ne lui permettent pas de recevoir en ce moment, elle a besoin de calme et de repos. Heureusement, je suis là pour prendre soin d'elle et leur donner des nouvelles. Je leur ai formellement interdit d'appeler sur le téléphone fixe, parler demande à Odette une concentration et une énergie considérables. Alexandra, j'en ai fait mon affaire. Je lui envoie un mail le dimanche soir, objet : *Point santé tatie*, et de temps à autre une photo d'Odette et moi joue contre joue, tout sourire, pour la rassurer. Dans le fond, ça l'arrange de ne plus causer avec tantine qui lui tenait un peu trop la jambe, elle a mieux à faire avec ses petits orphelins indiens et ses cours de tamoul. Perdue dans mes pensées, il m'arrive de la shooter deux fois de suite. Je m'en rends compte à sa démarche. Odette ne tient plus très bien sur ses quilles, je la rattrape souvent au vol. Pour la mesurer, je suis obligée de la plaquer contre le chambranle, un genou sur son ventre. Depuis le début de l'année, elle ne cesse de rapetisser, ça se voit à l'œil nu, et les mesures que nous continuons de marquer le confirment : en un an, elle a perdu un centimètre.

Je fais preuve de beaucoup d'imagination pour défoncer la vieille, je varie les combines : j'ajoute une bonne dose de liqueur dans la soupe *vas-y-fous-tout*, je saupoudre son dentifrice de somnifère, je remplace le Doliprane par un décontracturant puissant. En janvier, j'ai planqué le cacheton dans sa part de galette. Odette déteste la galette, cependant, il lui était impossible de refuser la sainte Frangipane aux grands gaillards en culotte courte et aux yeux de labrador qui arpentaient le parvis à la recherche de quelques deniers pour se rendre à Saint-Jacques-de-Compostelle. Février, le somnifère a pris place dans les crêpes de la Chandeleur et les beignets du carnaval. Les scouts : fournisseurs officiels de planques à médocs et responsables de mon embonpoint. Car depuis mon arrivée chez Odette, j'ai desserré ma ceinture de trois crans. Entre les petits-déjeuners copieux, le séjour chez Mouss et les dîners avec Jean : trois kilos supplémentaires et un joli bonnet B. J'ai vendu sur Internet deux tableaux et quatre bibelots, des émaux de Longwy qui prenaient la poussière dans le foutoir pour acheter de la lingerie à ma taille : un ensemble vert d'eau, un autre violet, un boxer et son top assorti. Avec l'argent qui me restait, je suis allée chez le coiffeur. Il m'arrive de subtiliser le carnet de chèques d'Odette et d'imiter sa signature pour m'offrir une tenue ou un accessoire de marque. En l'espace de trois mois, ma garde-robe a changé d'allure, tout droit sortie d'un numéro de *Vogue,* elle a de la gueule : chemisier en soie, pull en cachemire, trench beige, blazer bleu marine, petite robe noire. Je les associe aux jolies pièces du vestiaire d'Odette. La classe. J'aime me faire belle pour Jean, j'adore voir son regard quand il retire mon pull et découvre mes nouveaux sous-vêtements, tourne autour de moi, puis murmure au creux de mon oreille que mon corps est son pays. Nous sortons plusieurs soirs dans la semaine : Comédie-Française, opéra, vernissage, cinéma. Jean ne peut plus se passer de moi. S'ensuit un dîner dans un lieu branché, l'une de ses bonnes adresses. Avec lui je voyage, je découvre les saveurs du monde : coréennes, thaïlandaises, libanaises, japonaises. J'apprends à utiliser des baguettes, à me servir des couverts dans le bon ordre, à ne plus confondre les verres et à décortiquer les fruits de mer. Je déguste des mets raffinés et savoure de grands crus, Jean commande toujours les spécialités. Entrées, plats, un dessert et deux cuillères, il choisit pour moi. C'est lui qui mange les trois quarts du dessert, il ne veut pas que je devienne grosse. Ça ne me dérange pas qu'il m'exhibe comme un trophée, ça me flatte. Les regards sont rivés sur nous. Suis-je sa fille ? Sa compagne ? Nous laissons planer le doute, avec des gestes tendres toujours à la frontière entre père et amant. Quand nous rentrons, Jean ferme la porte de la chambre, il me plaque contre le mur, glisse les mains sous mon haut, m'embrasse, sa queue gonfle. Je le tiens à distance, je sens son désir flotter dans la pièce comme le tonnerre prêt à éclater. Mains sur ses fesses, je le pousse à me donner des coups de bassin brutaux, je veux sa tige au plus profond de moi, qu'elle atteigne mon cœur. Après, j'enfile le tee-shirt qu'il a porté la journée sous sa chemise, puis me blottis dans ses bras pour regarder un film ou l'écouter me lire une histoire. Jean dit en se marrant que je dois me cultiver davantage, il ne veut pas d'une petite idiote dans son lit.

Parfois sa fille Léo se glisse sous les draps comme si nous avions rendez-vous, elle ne précise jamais le jour, elle se pointe à l'improviste au détour d'un mot que j'ai prononcé ou d'un regard que j'ai posé sur son père. On dirait que ma bouche est une porte par laquelle elle s'engouffre, et mes yeux, des lucarnes entrouvertes. Quand Léo rapplique, Jean me serre très fort contre lui, il m'étouffe, ça fait mal. Ces nuits-là, je dois redoubler d'efforts pour me dégager de ses bras, je délaisse à regret notre cabane. Je préfère quitter Jean endormi, enveloppé dans notre odeur. Le voir se préparer, penser aux dossiers à traiter en urgence, aux pièces manquantes, au report d'un procès, à une plaidoirie à retravailler, le voir boutonner sa chemise, observer ses mains parler, ses lèvres gesticuler en silence, le regard ailleurs, se diriger vers son scooter, me dire à peine au revoir. Je déteste sa façon de bondir dans son autre vie, celle dont je ne fais pas partie.

Printemps.

Après deux longues semaines sans voir Jean, je rapplique chez lui comme une chienne en chaleur. Il m'a prévenue à la dernière minute, Diane est finalement partie en week-end. Je sonne, laisse tomber mon ancien sac de strip-teaseuse à mes pieds comme s'il pesait une tonne, il ne contient qu'une brosse à dents, des lingettes et une culotte. Jean ouvre, m'observe un temps, puis place une main sur mon visage, comme si elle avait le pouvoir d'effacer ma tristesse et de la remplacer par un sourire. Je la lape, reconnais son goût, son odeur. Il m'attrape les épaules, m'écrase contre lui. Je le renifle, baise son cou. Dans le couloir, nos corps se frottent, se palpent, s'empoignent. Direction la cuisine. Sur le chemin, je me concentre pour ignorer les affaires de Diane éparpillées, un sautoir, des vêtements sous housse, son courrier sur la table basse. Alors que Jean prépare notre dîner, je monte à l'étage prendre un bain brûlant. J'ai l'impression de ne pas m'être lavée depuis ma dernière visite. Le mince filet d'eau qui s'écoule du pommeau chez Odette ne me suffit pas pour me sentir propre. La vapeur m'engourdit. Mon corps rougit. Je scrute ma poitrine gonflée, elle tire. Je me masse le bas-ventre, tente d'apaiser la douleur lancinante qui se propage au niveau des reins et du dos. Depuis deux jours j'ai mal, le Doliprane ne me soulage pas. Je sors, m'enroule dans une grande serviette épaisse, essuie les traces de mascara sous mes yeux, jette la lingette. Dans la poubelle, quatre cotons et leurs vestiges de rouge à lèvres bordeaux. Je les attrape, les renifle. Ils sont encore humides. J'ouvre les placards, cherche le maquillage. Est-ce que cette teinte de rouge appartient à Diane ? Je l'ai déjà vue en photo, elle est plutôt naturelle. Et si c'était celle d'une autre femme ? Une fille de mon âge ? Combien d'étudiantes sont prêtes à le séduire pour obtenir un stage au sein de son cabinet ?

Cheveux humides, serviette autour de la taille, je rejoins Jean. Nous picorons, vidons la bouteille de crozes-hermitage sans un mot. Les yeux rivés sur mon assiette, je n'arrive pas à ouvrir la bouche. Je lui tends mon verre vide. Au bout d'un long moment, il rompt le silence :

— Tu bois trop.

— Qu'est-ce que ça peut te faire ?

— Arrête. Je n'entrerai pas dans ton petit jeu.

— À qui appartiennent les cotons dans la salle de bains ? Diane ? Une autre ?

— Tu es folle.

Le ton monte, Jean met les points sur les « i ». Trente ans de mariage, ça ne se balaye pas comme ça, surtout après le drame qu'ils ont traversé. J'ai la vie devant moi. Lui, ce n'est pas un futur. Je connais son discours avec ses silences, sa ponctuation. Je bouillonne. S'il savait. Les jours où je ne le vois pas, je passe des heures à errer, je fume un joint sur les marches du Sacré-Cœur, prie pour un appel de sa part avant de redescendre les ruelles de Montmartre, défoncée. Je trouve Odette assise dans le fauteuil à l'accoudoir cassé, j'envoie valser la tresse qu'elle me tend, pas envie de jouer à Minuit Ménagerie, je la couche.

Je lui crache à la figure que je ne suis pas folle. Je tremble. Jean me tend la main, après un temps j'y glisse la mienne.

— Partons un week-end, un seul. Deux jours rien qu'à moi.

Jean ne répond pas. Je termine son verre et dénoue ma serviette.

Au réveil chez Odette, liquide chaud entre mes cuisses, je glisse deux doigts dans mon vagin : du sang. Je bondis du lit, draps tachés. Depuis combien d'années n'ai-je pas eu mes règles ? Je prends un gant de toilette, le mouille à l'eau froide, frotte. Dans l'encadrement de la porte, Odette, ma tresse dans une main, me fixe, prête à jouer. Je la prends par les épaules, la pousse dans sa chambre, la recouche.

— Maintenant dodo, compris ? Ce n'est pas l'heure de jouer.

Dans mon boudoir, je me reluque : perdre du poids au plus vite, ne plus avoir mes règles, sentir à nouveau mes os saillants, retrouver ma silhouette androgyne de fillette de neuf ans. Je note les objectifs à atteindre et les échéances à respecter sur mon agenda. Opération quarante-neuf kilos pour jouer Mirandoline, deux mois pour perdre huit kilos. Je m'habille, chope la carte bleue d'Odette, fonce en cours.

Cours Florent. Rebecca demande aux filles de se mettre en sous-vêtements et de rejoindre la scène. Elle a une surprise pour nous : des corsets à la Ninon de la Comédie-Française, des répliques exactes de 1810 que nous porterons lors de notre audition. Elle nous les distribue, choisit à vue d'œil la taille pour chacune. Le mien me paraît trop petit, je rentre le ventre le plus possible, j'étouffe, le busc métallique m'écrase, les baleines me font mal. Nous formons un cercle, tirons au maximum sur les lacets de notre partenaire, un pied sur ses fesses. C'est Nora qui est devant moi. J'observe ses épaules dénudées, sa taille de guêpe se dessiner, son dos se redresser, ses cheveux qu'elle ramène devant et qui s'emmêlent dans ses boucles d'oreilles, l'enchevêtrement de ses bracelets, son boxer en dentelle, ses fesses rebondies. J'attrape ses hanches, prétexte que je vérifie si le corset est bien en place, mes mains remontent doucement sur le côté, s'arrêtent au niveau de sa poitrine.

Je glisse un doigt entre son dos et le corset, Nora a de la marge, elle flotte dedans, elle. Rebecca commente nos postures et indirectement notre poids par des regards lourds de sens. Certaines filles se prennent en photo, seules ou à plusieurs, les postent sur les réseaux sociaux avec pour légende : *Scène d'époque.* Ça glousse, ça se dandine, ça prend des poses, ça s'évente. Nous enfilons des jupons, superposons les couches, ça me fait un gros cul. Nous déambulons sur le plateau, nous nous familiarisons avec notre corset qui modifie respiration et démarche. Chacune dans notre bulle, nous prononçons des répliques dans le désordre. Je cherche mon personnage, son souffle, sa gestuelle, ses déplacements. Je n'arrive pas à représenter Mirandoline : séductrice, sûre d'elle, attirante, malicieuse. Je m'énerve contre moi-même. Impossible pour l'instant d'atteindre des strates plus profondes de sa personnalité. Je pense à Jean.

Je me suis perdue dans tant de bras, à la recherche de cette part manquante sans savoir la désigner. Maintenant qu'elle est là, je n'en veux pas, ni de cette angoisse de ne pas être aimée, de la peur d'être abandonnée, du creux béant dans ma poitrine provoqué par son absence, de la crainte d'une trahison, des mensonges. Tout à coup je manque d'air, Rebecca tire sur les lacets de mon corset, le resserre avec force. Des années de pratique à la Comédie-Française, elle pourrait le nouer les yeux fermés. Les exercices se succèdent, les élèves affinent le caractère de leur personnage, chacun trouve son leitmotiv et détermine l'objectif principal de sa pièce. J'assiste à la naissance de Rosalinde, Ubu, Géronte, Médée, Alceste, Bernarda Alba, Marie Stuart, Horace, Eliza, Inès, Hamm, Caligula. De tous, c'est Viola de *La Nuit des rois* qui se démarque. Avec justesse, Nora saisit ce rôle de travestissement. J'observe avec envie sa transformation, sa présence, sa démarche aérienne. Au milieu de tous, je suis paumée, je ne trouve pas ma Mirandoline.

Pâques.

Il est onze heures, heure de la messe. J'installe Odette en pyjama et robe de chambre devant la télévision. Elle ne sait plus quel jour nous sommes. Hier, elle a confondu les toilettes et la cuisine, je l'ai retrouvée pantalon baissé à essayer de s'asseoir dans l'évier. Les jours où j'oublie un somnifère ou un décontracturant, elle est en manque. Elle ne contrôle plus ses nerfs, elle tremble, met autant de gruyère sur la table que dans son assiette. Nous continuons de jouer à Minuit Ménagerie, à seize heures : heure de ma pause entre deux répétitions. J'ai confisqué la clochette afin de ne plus être dérangée. Je consacre toute mon énergie à travailler ma scène et à perdre du poids. Je crève de faim. Ce matin, je revois l'univers de ma pièce, costumes et scénographie. Depuis le début des répétitions, je sens que je ne vais pas dans la bonne direction, j'accepte les indications de jeu de Rebecca sans broncher alors qu'elles me sortent par les yeux. Mise en scène trop classique, manque de rythme, aspect lisse et codifié : ce n'est pas moi. Je fais les cent pas dans mon boudoir, je gamberge. Est-ce que mes partenaires vont accepter de tout reprendre à zéro ? Des heures de travail qui volent en éclats. Je vire les photos de mes actrices préférées au mur, fixe des feuilles blanches. Place nette pour ma nouvelle création : *La Locandiera* version Romy. Pourquoi défendre cette pièce ? Quelle est l'urgence à la monter ? Pourquoi me fait-elle vibrer ? Je feuillette des pièces de théâtre au hasard, à la recherche d'une illumination. J'entends les cloches sonner à la télévision, c'est déjà la fin de la messe et je n'ai pas avancé d'un iota. Je me précipite dans la cuisine, cuis les côtelettes d'agneau et les flageolets, dépose sur la table une poule et un lapin en chocolat financés par Odette.

— À table !

Comme tous les jours, Odette ne m'entend pas, je vais la chercher. Ses mains sur mes épaules, nous faisons le petit train. Je la dépose à sa place. Je n'ai pas le temps de la servir qu'elle a déjà croqué le bec et le museau des bestioles en chocolat.

— Joyeuses Pâques, Odette !

Elle ne réagit pas. Elle rechigne à manger mais pas à boire. Il faut dire que ce vin italien n'a rien à voir avec sa piquette. Sa carte bleue a aussi dégusté. Odette ne termine pas son assiette. Saoule, elle me demande la permission d'avancer l'heure de sa sieste, j'accepte sans hésiter. Je m'enferme au boudoir, je mets un temps fou à me reconcentrer. Je m'étire, sautille. Je fais le vide. J'enfile ma perruque fuchsia. Son pouvoir est immédiat, je bouge les épaules, les hanches, esquisse quelques pas de danse. Les idées viennent. Et si l'histoire ne se passait plus dans une auberge mais dans un bordel ? Mirandoline ne serait pas aubergiste mais tenancière de maison close. Le Marquis de Forlipopoli et le Comte d'Albafiorita seraient les clients fidèles, et le Chevalier de Ripafratta, le nouveau à convertir aux plaisirs de la chair. Hortense et Déjanire, des filles de joie, mais version club de strip-tease actuel. Tout se dessine dans ma tête, je vois des costumes aux couleurs vives pour les hommes, je les veux sur des talons et avec des boucles d'oreilles clinquantes. Pour les filles, ce sera perruque, boa, bas résille troués, bustier. Il faut que ça bouge, que ça pulse, que ça envoie autant qu'au Pussy's. J'imagine des numéros d'effeuillage sur des morceaux de rock entre chaque scène, j'enseignerai aux figurantes à se trémousser, à prendre des poses langoureuses, à lancer des regards de braise, puis des regards froids en une fraction de seconde. Sans transition, elles devront passer de la poupée mécanique à la chatte lubrique. Que ma mise en scène surprenne, dérange, trouble, agace.

Je suis sur la bonne voie, ça pétille dans mon ventre, ça bouillonne dans ma tête. Je fouille parmi les costumes d'Any-Doll, déniche un corset satiné noir. J'étale sur mon lit ma panoplie de strip-teaseuse, crée des looks, les prends en photo et les envoie aux comédiens. En quelques mots, je leur parle de mon parti pris. Contre toute attente, ils adhèrent à cinq semaines de la représentation. Sur-le-champ, je rédige l'emploi du temps de chacun, cale les dates des répétitions sur le toit du garage. Pas de temps à perdre. Alors que je suis au téléphone avec le Marquis, Odette entre, me reluque, touche mon corset, convoite mes accessoires, attrape la robe noire transparente. Je la lui arrache des mains, la raccompagne dans le couloir, lui ferme la porte au nez. Elle gratte comme un chien. Je hurle :

— Va coucher !

Je ferme les yeux, me ressaisis. Pour diriger les comédiens, je crée des « fiches perso » : que veut mon personnage plus que tout ? Quels moyens choisit-il pour atteindre son objectif ? J'opte pour des verbes d'action : flatter, attendrir, taquiner, raisonner, esquiver, calomnier, et des activités pour les mettre en mouvement, les aider à lâcher le texte. Je replonge dans les méthodes de Stanislavski, Decroux, Meisner, Artaud. Je me pose mille questions sur mon rôle de metteur en scène. Pas facile de créer un spectacle et de tenir le rôle principal. Je cherche les pas de la première chorégraphie sur *Tainted Love*, la reprise de Marilyn Manson. 1, plié rond de jambe en arrière et bras en opposition en l'air à droite ; 2, plié rond de jambe en arrière, bras en opposition en l'air à gauche ; 3, détourné ; 4, j'attrape mon épaule et reviens à la position initiale. Je sursaute. Face à moi, plantée comme un monument aux morts, Odette en maillot de bain vichy rose et blanc. Elle me fixe avec ses petits yeux de taupe. Je sais bien ce qu'elle fait, elle attrape mon âme, l'emmène déambuler dans son cimetière pour écouter les silences de ses défunts, me les offrir. Elle croit que je veux les entendre, mais non. Qu'elle parte avec ses morts, qu'elle me laisse en paix avec mes personnages. Je la pousse, elle ne bouge pas. Elle veut jouer, je le sais. Je me plie à sa volonté. Seul moyen pour qu'elle débarrasse le plancher.

Doucement, je lève le bras droit sans la quitter des yeux. La vieille pige tout de suite le jeu du miroir, elle lève le bras gauche. Je me déplace d'un pas sur le côté, elle se déplace d'un pas sur le côté. Je passe une main sur le haut de mon buste, elle passe sa main sur le haut de son buste. Elle m'imite à la perfection, enchaîne les mouvements au même rythme que moi, pas un battement de cils ne nous sépare. Impossible de deviner qui est le guide et qui est le reflet. Elle exécute chaque geste sans sourciller. Quand nous jouons, Odette a neuf ans, elle n'a plus mal au dos, ne perd pas l'équilibre, m'entend sans son appareil auditif. Je passe aux expressions du visage, je fais des grimaces, cligne des yeux, tire la langue, enfonce les doigts dans mon nez. Je souris, pouffe, ris aux éclats. Odette en fait autant. D'un coup, je déploie mes bras comme les ailes d'un héron, marche sur la pointe des pieds. Elle me suit, je l'entraîne dans le couloir. Elle en maillot de bain et moi en corset, nous passons de pièce en pièce. Je la fais asseoir, se lever, gober un demi-somnifère ni vu ni connu, sauter sur place. Je la crève. Je l'emmène dans sa chambre, je m'allonge sur son lit, ferme les yeux, m'immobilise. Je sens Odette s'enfoncer dans le matelas. Sa respiration ralentit. Je suis sûre qu'elle m'épie, elle se demande si je fais semblant ou si je dors vraiment. Elle espère un « bouh » et la reprise du jeu. Je relâche les traits de mon visage, ouvre la bouche, émets de légers ronflements. Odette se retourne, cherche une position, se blottit contre moi. Yeux plissés, je vérifie qu'elle s'est assoupie. C'est bon. Je la couvre avec sa robe de chambre et un châle, elle va attraper froid dans cette tenue. Elle tressaille. À reculons, je m'éclipse, prie pour que le parquet ne grince pas.

Casque sur les oreilles, je poursuis la chorégraphie. Je cherche des enchaînements simples et efficaces pour les comédiennes. Soudain, entre deux musiques, j'entends des cris au-dehors. J'aperçois par la fenêtre une bande de jeunes. Ils hurlent, font de grands gestes en direction de chez nous. Odette ! J'accours au salon. Toujours en maillot de bain, à califourchon sur le garde-corps, elle s'apprête à passer son autre jambe à l'extérieur. Je la tire en arrière. La carne, elle se débat, elle veut faire du toboggan sur l'auvent et n'en démord pas. Vite, je ferme la fenêtre, les rideaux, pousse Odette sur le fauteuil le plus proche. Penchée à hauteur de son visage, mains sur les accoudoirs, je l'empêche de se lever. Odette tire mes cheveux. La garce a de la poigne, je me retrouve le front collé au sien. Tout à coup, elle mord le bout de mon nez, je lui crache à la figure. Surprise, elle me lâche, je recule. Nous reprenons notre souffle, la pause est de courte durée. Odette se met debout, je chope ses poignets, les serre, tente de la faire plier, mais la vieille est coriace, elle fait des pieds et des mains pour retourner jouer à la glissade. J'y suis allée un peu fort sur les médocs aujourd'hui, elle va finir par faire le saut de l'ange. Odette trépigne, s'énerve. Je ne supporte pas ses gémissements. Je la gifle, bruit de mâchoire décrochée, elle tombe sur le fauteuil, assommée. Mes doigts ont laissé une belle empreinte sur sa joue. Pas à l'abri d'une nouvelle crise, je ratisse le foutoir, déniche des cordelettes. Je ligote Odette au fauteuil. J'attache ses mollets, désinfecte ses égratignures, tamponne avec un coton, puis je m'empare de ma trousse à maquillage. Comme tu es pâle, je vais arranger ça. Je la maquille : blush rose bonbon, gloss à paillettes, vernis orange corail sur ses ongles. Facile à vivre quand elle dort, elle me donnerait presque envie de prendre soin d'elle plus souvent. J'ajoute la touche finale, la perruque fuchsia assortie au maillot de bain vichy rose et blanc. Vous êtes magnifique très chère. Immortalisons ce moment. Je prends Odette en photo avec son Kodak jetable, réalise plusieurs clichés : avec du buis dans les mains, le portrait de Jésus en mosaïque à ses côtés, les animaux de la ménagerie disposés en cercle à ses pieds. Je joue avec les divers éclairages : le lustre, la lueur des bougies, le mince filet de lumière qui passe entre les rideaux. Je tire Odette par les bras, l'emmène dans sa chambre, son maillot de bain se prend dans le clou, les animaux dans la vitrine s'entrechoquent. Je redouble d'efforts pour la hisser sur son lit. Je l'habille, pose sa main sur un livret de prières, retire le gloss à paillettes sur ses lèvres.

Je m'apprête à foutre le camp, et soudain :

— Zoline, de l'eau, me demande Odette de sa petite voix.

Je lui apporte son verre. Je l'aide à boire. Je caresse ses joues, saisis ses mains. Elles sont glacées, je souffle mon haleine chaude dessus, les frotte. Odette me fixe, je n'aime pas son regard. À quoi pense-t-elle ?

— Appelle le docteur Rivet.

— Ne le dérangeons pas, c'est Pâques, il n'est sans doute pas de garde. Une bonne nuit de sommeil et ça ira mieux demain. Je veille sur toi.

Odette insiste, je le contacte. Pas de chance il répond. Encore deux consultations et il arrive. J'ai juste le temps de me mettre en condition pour jouer le rôle de la fille de bonne famille dévouée. J'enfile un pull bleu marine et attache ma chaîne avec sa petite croix. Je rassemble le courrier, jette les emballages de gâteaux et de pruneaux, les bougies consumées, nettoie les crottes de souris sur la gazinière. J'ouvre les fenêtres dans chaque pièce, fais des courants d'air. Je raccroche les tableaux et les gravures sur nos emplois du temps géants et remets les pendules à l'heure. Odette réclame la jument, la louve en verre et nos tresses. Je les lui apporte, installe une chaise à côté de son lit, m'assois, droite, accroche la tresse dans mes cheveux. Chacune son animal en main, la partie de Minuit Ménagerie peut commencer. Tendue, j'attends la première réplique d'Odette, elle annonce la couleur du jeu. Ses petits yeux de taupe rivés sur moi, elle reste mutique. Ma paupière droite tremble, impossible de la contrôler. Odette claque la langue contre son palais sur le rythme de la grande aiguille. Soudain elle s'arrête :

— Jument : Comme ça, tu me drogues ?

— Louve : Quelle idée !

— Jument : Je ne suis pas complètement sotte, tu sais.

— Louve : J'ai peut-être confondu une ou deux fois les médicaments, mais c'est tout.

— Jument : Tu comprends bien que je dois parler au docteur Rivet. Je suis une vieille femme sans défense. J'ai accepté de t'héberger pour t'aider et comment suis-je récompensée ? Par des tentatives de meurtre ?

Ça sonne à l'interphone, je me précipite dans le vestibule :

— Premier étage.

Sacoche en main, un homme, la cinquantaine, barbe de trois jours, cheveux bruns mi-longs, tache de café sur sa chemise, me serre la main avec fermeté. Il me dévisage, je soutiens son regard et lui adresse un sourire empreint d'une douce peine. Je me présente comme la nièce de Mme Steiner, Zoline, j'habite chez elle le temps de poursuivre mes études de dramaturgie. Heureux hasard, le docteur Rivet est un passionné de théâtre, il me fait l'éloge de la pièce *L'État de siège* qu'il a vue au théâtre du Châtelet. Je le questionne, je gagne du temps. Son regard s'arrête sur mes doigts qui jouent avec ma tresse. Je m'aperçois que j'ai mis la brune, celle d'Odette. Je fais comme si de rien n'était, j'enchaîne, je ne lui laisse pas l'occasion de me poser des questions. Je lui explique que Mme Steiner ne va pas très bien depuis un moment, je m'inquiète. Elle tombe régulièrement et perd la mémoire. J'invite le docteur Rivet à me suivre. Nous entrons dans la chambre. Le docteur Rivet scrute les marques rouges laissées par la corde sur tout le corps d'Odette. Il me demande les dernières analyses et ordonnances. Je me précipite dans la cuisine, cache les renouvellements aux dates maintes fois trafiquées, explique avoir fouillé partout et ne pas les avoir trouvées. Il me fixe. Machinalement j'entremêle mes doigts, les triture. Il pose la main sur mon avant-bras, me demande si tout va bien. Je bégaie. Je lui fais part de ma fatigue, du stress à l'approche de mon examen. Gorge sèche, des points noirs troublent ma vue. Au loin, j'entends Odette :

— Docteur ?

Je rame pour revenir dans le monde des vivants. J'aimerais l'empêcher de parler mais je suis paralysée. Je ne sais pas si je rêve ou si elle me fait réellement un clin d'œil avant de dire :

— Pouvez-vous me prescrire des somnifères, je n'en ai plus.

Le médecin la questionne sur le nombre de cachets qu'elle prend par jour. Elle devrait encore en avoir, il lui a envoyé le renouvellement la semaine dernière. Il lui propose de contacter une assistante sociale, de songer à partir en maison de retraite. Mon sang ne fait qu'un tour :

— Mme Steiner est très attachée à son appartement. Si elle le quitte, elle mourra.

Le docteur Rivet me demande de m'en aller. Je rumine dans la salle à manger, les minutes s'écoulent lentement. Il ouvre la porte. J'entre tête baissée, reprends ma place au bout du lit.

— Tu t'occuperas bien de moi, ma Zoline. Je n'ai pas besoin d'une aide à domicile, n'est-ce pas ? demande Odette.

Une boule dans la gorge, j'acquiesce. Le médecin repassera dans une semaine pour une visite de contrôle. La porte fermée, j'éclate en sanglots.

Le sevrage d'Odette a été de courte durée, trois jours à peine. Encore faible, mais plus folle, elle m'interdit de lui tourner le dos dans la cuisine, trop peur que je l'empoisonne ou la poignarde et, au moment du repas, j'ai ordre de rester assise, les mains sur la table. À part cela, je suis libre de choisir mes vêtements et de sortir à ma guise en dehors des parties de Minuit Ménagerie. Le prix de cette liberté tolérée dans les grandes lignes est élevé. Odette se venge de mes absences à sa façon, elle :

— Prend la salle de bains quand je rentre tard de répétition, prétexte ne pas avoir eu le temps avant ;
— Laisse son linge sur l'étendoir plusieurs jours, je suis obligée d'étaler mes vêtements au sol sur des serviettes de bain ;
— Ne retire jamais ses clefs sur la porte, me laisse poireauter de longues minutes sur le palier avant de m'ouvrir ;
— N'enlève plus les souris prises dans les tapettes, me laisse le soin de m'en occuper ;
— Ne me répond que si je me mets à sa hauteur pour lui parler. Odette a décidé que je devais faire sa taille en sa compagnie, position genoux fléchis.

Elle pourrait me mettre au coin, j'obéirais. Ses sautes d'humeur ne m'atteignent pas, ni ses excursions dans ma chambre pour vérifier les draps, traquer la tache de sang. Comme moi, elle rêve de la voir disparaître, que tout redevienne comme avant. Elle m'en veut d'être réglée, elle croit que je ne joue plus avec elle car je suis devenue une femme, je me prends pour une grande avec ma poitrine tendue. Je la laisse causer. Je reste concentrée sur mes répétitions au-dessus du garage. Qu'importent le temps et le passage des voitures, je travaille d'arrache-pied à la réalisation de ma version de *La Locandiera* avec les comédiens présents. J'ai abandonné l'idée d'un filage, il est difficile de réunir toute la compagnie en dehors des heures de cours, eux-mêmes ayant une pièce à monter. Nous n'avons pas répété une seule fois dans les conditions de l'examen, Rebecca n'adhère pas à mes choix scéniques, refuse de me faire passer sur le plateau et m'a fait savoir qu'elle ne me soutiendra pas le jour de l'échéance. Je compte bien lui prouver de quoi je suis capable. Les jurés seront époustouflés par l'originalité de ma mise en scène et par ma performance, Rebecca aura l'air bête. Pire, elle s'en voudra de ne pas avoir participé à ma création.

Je mincis, retrouve une silhouette famélique et des joues hâves. Encore un peu et je pourrais presque jouer de la harpe sur mes côtes. Le port du corset toute la journée n'y est pas pour rien, il me comprime le ventre, impossible d'avaler autre chose qu'un yaourt 0%. Ça tombe bien, je n'ai plus les moyens d'acheter mes soupes et omelettes en poudre. Odette a reçu un appel de son banquier. Elle a mis le haut-parleur : M. Pereira s'inquiétait du nombre considérable de retraits et d'achats ces derniers mois. Il lui a détaillé les relevés : trois cartes À la poupée merveilleuse, quatre Aux feux de la fête, deux à l'Académie du bal costumé, deux au Sexodrome, une chez Les cocottes. Je l'entendais se racler la gorge après chaque nom de boutique de costumes et de sex-shop. J'ai beaucoup dépensé en accessoires pour *La Locandiera*, je le reconnais, mais pour ma première mise en scène il fallait bien mettre le prix. Pereira a enchaîné avec les pharmacies, les parfumeries et les produits minceur. Je n'en menais pas large. Le regard noir, Odette a piétiné la louve avec sa jument pendant qu'elle rabrouait mon délateur, comment se faisait-il qu'il ne l'ait pas alertée plus tôt, elle, une cliente si fidèle ? Il se doutait bien qu'elle n'avait plus l'âge d'effectuer ce genre d'achats. En une minute, elle lui a lessivé le cerveau, lui a dit qu'elle perdait tout en ce moment, peut-être avait-elle égaré sa carte et un petit malin était tombé dessus ? À moins qu'elle ne l'ait donnée à quelqu'un, mais elle ne s'en souvenait plus, était-elle souffrante ? Pereira peinait à placer trois mots et quand enfin il y est arrivé pour lui dire que son discours ne tenait pas la route, Odette s'est énervée, l'a menacé de changer de banque. Une fois qu'elle a raccroché, Odette a donné un énième coup à la louve qui a valdingué à l'autre bout de la table et a henni.

— Jument : Tu as une grosse dette envers moi. Comment comptes-tu la régler ?

C'est le grand jour. Dans les coulisses, je vérifie les costumes. J'aide les filles à enfiler leur perruque et à se maquiller, je les farde de turquoise et de noir charbonneux : même vêtues de bas résille déchirés et de bustiers aux couleurs électriques, elles paraissent encore trop sages. Certaines répètent les chorégraphies, s'empêtrent dans les enchaînements, plus le temps de rectifier. Le trac monte, les dernières répliques de *La Maison de Bernarda Alba* résonnent. Je suis la dernière à présenter mon *Parcours d'un rôle*. Les élèves régisseurs installent le plateau, on se croirait vraiment dans un cabaret. Ils invitent les jurés à prendre place sur scène. Le morceau *Tainted Love*, reprise de Marilyn Manson, est lancé, les filles se précipitent comme des bébés tortues qui gagneraient la mer. Elles ne dansent pas en rythme et peinent à se déplacer avec les plateformes aux pieds. J'entre :

— *Je salue humblement vos seigneuries ! Quel est celui de ces messieurs qui m'a demandée ?*

Perruque fuchsia sur le crâne, je fonce à la table du Marquis et du Comte. Je ne suis pas dedans, je m'entends, analyse mon jeu. Je me débarrasse de mes répliques, passe la balle au voisin. Les filles n'osent pas s'approcher des tables où les jurés sont assis. J'ai l'impression que les comédiens s'excusent d'être ici dans ces accoutrements. Le premier tableau défile, nous expédions le texte, premier noir.

En coulisses, je bois une gorgée de vodka, ferme les yeux, invoque le personnage de Mirandoline, qu'elle me pénètre. Je coupe ma respiration, fais le vide, picotements dans le cerveau, je repousse au maximum mes limites, inspiration, shoot d'oxygène. Dans cet état second, j'entre sur scène pour mon solo. Lumière, douche froide, j'ondule et m'effeuille sur *I Just Don't Know What to Do With Myself*. Je maîtrise ma chorégraphie, je me nourris des regards, retrouve énergie et espoir. Il reste encore quatre tableaux. Je lance des clins d'œil aux comédiennes en coulisses, je m'amuse, les invite à en faire autant. Les filles me rejoignent, s'emparent de l'espace, même les plus timorées se lâchent, leurs joues rosissent. Elles improvisent sur les morceaux, l'enchaînement des scènes devient fluide. Je savoure les derniers instants sous les projecteurs, un goût de réussite dans la bouche. Le Chevalier déclame sa dernière réplique. Noir.

Mes partenaires me laissent seule sur scène face aux jurés qui se sont empressés de regagner leur place. Raclements de gorge, déglutitions, toux. L'attente est longue. Je reprends mon souffle, j'ai tout donné, je souris. Enfin, un juré prend la parole :

— Pourquoi le choix d'un bordel au lieu d'une auberge ?

Je serre les mâchoires, impossible de sortir un mot.

— Mirandoline est libre, indépendante. Pourquoi en avez-vous fait une tenancière ?

Je reste muette.

— Mademoiselle, pourquoi jouez-vous ?

Mon cœur bat à cent à l'heure, les mains moites, les larmes aux yeux, je ne réponds toujours pas. Au loin, j'entends les propos des autres jurés, ils défendent mes choix et ma prise de risques.

Sous la lumière des projecteurs, je retire ma perruque fuchsia, je ne suis plus Mirandoline, je suis Romy.

Je joue parce que je suis née du silence et que je ne sais pas parler.

Je joue pour ne pas me buter.

Je joue pour ne pas commettre un meurtre.

Je joue pour ne pas me frapper jusqu'au sang.

Je joue pour ne pas hurler.

Je joue pour donner une forme à ma rage.

Je joue pour trouver une vérité.

Je joue pour ne plus avoir de sexe.

Je joue pour disparaître, pour m'oublier, pour me trouver.

Je joue comme je frappe, comme je caresse, comme je fais l'amour.

Je joue pour chercher le point de rupture.

Je joue pour me conquérir.

Je joue pour me dompter.

Je joue pour vivre l'instant à vif, sans passé ni futur.

Je joue pour me vider.

Je joue pour me remplir.

Je joue pour me saigner.

Je joue pour éprouver la toute-puissance que j'ai sur moi, sur mes personnages, sur le spectateur.

Je joue pour violer le temps.

Je joue pour découvrir un peu de moi dans chacun de mes personnages.

Je joue pour mettre de la lumière dans l'obscurité.

Je joue pour mettre de l'obscurité dans la lumière.

Je joue pour calmer la tempête dans mon ventre.

Je joue parce que j'existe.

Je joue pour vivre.

En corset, bas résille et perruque à la main, je me précipite dehors. Le soleil m'éblouit. À l'écart des élèves, Nora fume. Elle n'a pas de souci à se faire, sa performance a époustouflé les jurés, elle était parfaite en Viola dans *La Nuit des rois*. Je la rejoins, elle me tend une cigarette. Regards vides, Nora et moi tapissons le sol de mégots sans dire un mot.

Une assistante vient enfin nous chercher, Rebecca nous attend dans la salle, elle a affiché les résultats. Bras ballants, je reste seule longtemps face à la liste. Admise en troisième année.

Hagarde, je m'engouffre dans le métro. Gare de l'Est, je me précipite voie 28, monte dans le train en direction de Nancy, puis correspondance pour Toul, *Toul les boules* comme disent les natifs. Les portes se referment, impossible de faire demi-tour. Je squatte les toilettes et le wagon-bar pour éviter les contrôles. Je m'enquille deux demi-bouteilles de rouge, m'empiffre de cookies et de fraises Tagada. Je n'ai rien avalé depuis des jours. Quand je me regarde dans une fenêtre, j'aperçois la fillette. Elle court dans les prés, saute à pieds joints dans les flaques avec ses bottes trop grandes, tend un sucre aux chevaux, se moque des vaches et des moutons. Elle rit, petites dents blanches, yeux malicieux : comme elle est heureuse de retrouver sa campagne, une odeur d'écorce et de rosée dans les narines, des chants d'alouettes, de bouvreuils et de chardonnerets. Je reconnais les terres de mon enfance.

Gare de Toul, quatre voies, un guichet toujours fermé, rien n'a changé. Ici rien ne bouge, seul le temps s'inscrit sur les visages, creuse de nouveaux sillons. À peine descendue du train et déjà je frôle des silhouettes familières. On me reluque, on se souvient de moi, j'ai longtemps fait partie du paysage. Je suis la fille du canal, du port et des remparts. La fille étrange qui intrigue et dérange.

Je traverse le parc des Promenades. Sur la table de ping-pong, il y a encore le « r » pour Romy et le « f » pour France.

Boulevard de Pinteville, les odeurs de friture en provenance du McDo me donnent la nausée. Comme tous les gosses des années 90, j'ai été élevée à la malbouffe, au porno et à la découverte des réseaux sociaux.

Sur le parking réservé aux familles de militaires, j'observe les trois immeubles qui ont viré au gris. J'entends des télévisions gueuler et des mères hurler sur leur progéniture. La relève des futurs militaires, caissières et travailleurs d'usine est assurée. Des bambins barbotent en plein cagnard dans une piscine gonflable. Je scrute les fenêtres du quatrième étage, bâtiment C. Où est France ? Je me revois esquisser quelques pas dans sa cuisine, me déhancher, l'imiter en balayant l'air de mes longs cheveux blonds, comme elle avec sa flamboyante chevelure rousse. Parfois, quand le soleil traversait les voilages, ses boucles se coloraient de fuchsia.

Je me dirige vers le bâtiment A, monte les marches trois par trois jusqu'au premier. Aucun bruit, je frappe : personne.

En bas, il y a encore le nom de mes parents inscrit sur la boîte aux lettres. Je fonce au supermarché, chope un paquet de Schtroumpfs pour passer à sa caisse, la numéro 9. Voûtée sur sa chaise tournante, ma mère est là, livide, son maquillage ne camoufle pas ses cernes. Elle manipule les articles sans les regarder. Je ne supporte pas la vue de cette pauvre petite chose. Je n'arrive pas à croire que cette femme est ma mère. Mon père est-il revenu à la maison ? Est-il en mission en Afrique ? Je laisse passer un client, puis deux, puis trois. J'aimerais prendre Hélène dans mes bras, lui dire : « Je suis là ma petite maman, ça va aller. » Je recule doucement, contourne la caisse numéro 9, passe derrière son dos, détaille le creux de sa nuque qui accueillait mon pouce quand je m'accrochais à son cou après un cauchemar.

Je fuis vers la sortie. Dehors, la touffeur de cette fin de journée m'écrase. J'attrape mon portable, j'appelle Jean.

ENTRACTE

2 place Gustave-Toudouze. Deuxième été.

À son retour de Toul, Romy a annoncé à Odette qu'elle la quittait : impossible de rembourser ses nombreuses dettes, et elle s'est installée chez Mouss en l'absence de ses colocataires. Elle part souvent en week-end avec Jean.

Odette est tombée plusieurs fois, toujours de la même façon : en rentrant chez elle, impossible d'ouvrir la porte gonflée par la chaleur. L'été dernier, il y avait sa petite louve pour la débloquer. Odette n'a pas osé avouer à sa nièce que Zoline était partie, elle ne veut pas la remplacer ni aller en maison de retraite. Pour chasser les idées noires et la solitude, elle s'est réservé une chambre dans une abbaye tenue par des Bénédictines en banlieue la semaine du 15 août. Odette désirait assister à la venue de la Vierge Marie tirée par des chevaux, l'étape centrale de son parcours débuté à Lourdes et qui se terminera dans le Midi.

Fin août. La rentrée approche. Les colocataires de Mouss sont revenus. Plus de logement à squatter pour Romy. Partagée entre son envie de liberté et la nécessité d'avoir un toit pour sa dernière année de cours, elle a appelé Odette qui l'a convaincue de revenir. Retour à la niche.

TROISIÈME ANNÉE

SABINA

(Parole et guérison)

« L'inspiration n'est qu'un fœtus et le verbe aussi n'est qu'un fœtus. »

ANTONIN ARTAUD
Préambule, Œuvres complètes

Murs décrépits, témoins de fissures supplémentaires, dans le couloir : des poteaux verticaux pour maintenir les fondations, la poutre qui traverse l'appartement est imbibée d'eau, odeur de pourriture, plafonds craquelés, partout de grosses écailles pendent tels des serpentins, câbles rongés par les souris, la vasque du lavabo de la salle de bains est fendue, la radio gît au fond. Il y a du sang sur le tapis de douche et la serviette. Pyjamas et robes de chambre roulés en boule devant la machine à laver. Un drap de poussière recouvre chaque pièce. En deux mois, l'appartement s'est fané, comme si Odette avait soufflé sur les dernières aigrettes d'un pissenlit. Les murs s'écroulent. Odette et sa petite ménagerie des morts bientôt ensevelis sous les décombres. Un coup de vent fermera les persiennes, la clef dansera une dernière fois dans la serrure, porte scellée. Des souris pointeront leur museau avant de déguerpir en vitesse, plus de gruyère à chiper sur les tapettes, plus de crottes à laisser sur la gazinière, plus de fils électriques à grignoter. Les dernières mites s'écraseront au sol en corolle parmi les fleurs sèches et le buis.

Dernier dimanche d'août, il est onze heures. Pas un bruit dans l'appartement. Je dépose mon baluchon dans ma chambre, ça sent la lavande, la naphtaline, le monoï : le parfum d'Odette et le mien mélangés. Mes livres et mes costumes descendus à la cave avant mon départ ont retrouvé leur place exacte. Odette les a remontés, comment a-t-elle fait ? La perruque fuchsia orne le dossier de la chaise Lorraine, la croix trône au-dessus de la commode Sarah Bernhardt. On dirait que je ne suis pas partie : lit défait, nos tresses entremêlées sur l'oreiller, ici et là des plumes de boa. Mon boudoir a une allure de lendemain de fête. Je me réapproprie les lieux. La présence d'Odette est forte, je la sens. S'est-elle encore déguisée en mon absence ?

Je colle une oreille à sa porte, silence, j'ouvre, personne. Des piles de courrier couvrent son lit, des brochures d'alarmes pour les chutes, des dépliants de services à la personne, des brouillons de testament, des relevés de compte, de vieilles photos, et toujours un tas de prières. J'appelle Odette, elle ne répond pas. Où peut-elle bien se cacher ? À cette heure, j'aurais dû la trouver devant la messe télévisée. Je me dirige vers la cuisine, me racle la gorge, frappe des mains et traîne les pieds pour ne pas la surprendre. Bruit d'un martèlement régulier. Semi-obscurité, les rayons du soleil se frayent un passage entre les persiennes, il fait lourd. Dans une chemise blanche à bretelles, Odette est là, assise dans son coin. La jument et la louve en verre sont couchées l'une sur l'autre au milieu de la table. La jument écrase la louve. Je m'approche, lui parle à voix basse. Le regard vitreux, la main à plat sur la table, elle joue avec un couteau qu'elle plante entre ses doigts écartés. Je la scrute. Visage couvert d'hématomes et de bosses, elle a perdu beaucoup de poids. Un mouvement brusque et sa peau se déchire comme un voile de tulle. Dans ses yeux, je perçois mon reflet. Cette image me terrifie. Soudain, elle entonne *Je cherche un millionnaire*, elle ne connaît plus les paroles, ses lèvres tremblent, sa main se contracte davantage autour du manche. Elle va finir par se couper un doigt. D'un coup, la pièce s'assombrit. J'ouvre la fenêtre et les persiennes, nuages noirs dans le ciel, ça sent l'orage, une nuée d'oiseaux piaillent, un corbeau croasse dans la cour. J'appuie sur l'interrupteur, l'ampoule claque. Odette sanglote. Je chantonne pour la calmer :

— *Je cherche un millionnaire / Un type chic qui voudrait bien de moi / Au moins une fois par mois…*

Ça marche, Odette se calme. La foudre couvre ma voix, Odette pleure de plus belle. Je la rassure :

— Tout va bien, ce n'est que le bon Dieu qui se fâche, ça lui passera.

Je reprends la chanson, monte d'un ton. Je m'agenouille face à elle. Odette renifle, hoquette. Nous chantons et chassons l'orage. Soleil. D'une caresse, j'essuie ses joues humides. Je l'aide à se relever, elle tient à peine debout. Je la rassois, lui enfile ses séparateurs d'orteils et ses sabots. Ses paumes à plat sur les miennes, je l'accompagne dans la salle de bains. Nous passons par le salon et ma chambre afin d'éviter les poteaux du couloir qui empêchent le plafond de nous tomber sur la tête, un véritable parcours d'obstacles.

Je déshabille Odette, impossible de grimper dans la douche. Je lui fais la toilette assise, mouille ses cheveux et les lui coupe au bol au-dessus des oreilles. Elle ressemble à un Playmobil. Je la badigeonne de mes produits, masse ses mains sèches et applique une huile jeunesse sur son visage. Odette s'illumine. Je l'habille d'un pyjama vert d'eau, je n'oublie pas ses bas de contention.

Direction sa chambre, Odette se reluque dans le miroir, elle sourit, me demande sa boîte à bijoux, déniche deux barrettes qu'elle accroche de chaque côté de ses tempes. Je la pèse, elle a perdu six kilos. Elle perd l'équilibre, je la rattrape au vol, l'allonge. Odette s'endort, j'embrasse son front, ferme doucement sa chambre. J'ouvre toutes les fenêtres, ça sent le moisi. Je tourne en rond, je passe devant les planques à liqueurs et le panier à médocs, je n'y touche pas, il me faut avoir l'esprit clair pour réfléchir à la situation. Odette est à bout de forces, ce n'est pas la première fois, mais là elle veut partir. Dans neuf mois, je passe mon examen final. Je n'oublie pas mon objectif : jouer dans la salle Richelieu de la Comédie-Française. J'ai besoin d'un toit, je ne peux pas vivre chez Jean ni squatter chez Mouss. Odette doit rester en vie jusqu'en juin, après je trouverai des plans.

J'attrape un bloc-notes, élabore une stratégie pour l'opération *Survie Odette* :

— Déjeuner à la crêperie bretonne ;
— Goûter avec les anciens de la chorale ;
— Création d'une mosaïque, la Vierge ? ;
— Acheter des camélias pour Gladiateur le 1er novembre ;
— Préparation d'une nouvelle crèche ;
— Fleurir nos fenêtres au printemps ;
— Une sortie au Théâtre Saint-Georges pour fêter ma réussite…

Je lui en ferai part après sa sieste. Je consulte des sites sur l'aménagement des logements des seniors et m'inscris sur le forum du Bon Vieux pour des astuces et conseils. Je découvre une grande communauté à laquelle j'appartiens désormais. À présent, j'ai dans mes contacts sur les réseaux sociaux des comédiens, des vigiles, des strip-teaseuses, des putes et des gérontologues. Je fais un état des lieux, note ce que je dois acheter, puis prépare un plateau-repas à base de conserves. Doucement, je dépose le déjeuner sur une chaise à côté de son lit, passe une main sous son oreiller, chipe carnet de chèques et carte d'identité. Place de Clichy, j'arpente les rayons d'un magasin de bricolage : barres d'appui, tabouret pour la douche, caisse à outils, rallonges électriques, perceuse.

Odette ronfle. Son assiette est vide, ça me rassure. Je commence par retirer les tapis pour les stocker au foutoir. Dans la douche, je pose la première barre d'appui à l'aide de tutos. J'enchaîne avec les barres classiques dans le couloir, elles me serviront aussi pour mes étirements. C'est plus compliqué, les poteaux me gênent. Une main sur mon épaule, je sursaute. Odette se tient debout derrière moi. Les yeux écarquillés, elle observe les changements. Je lui prends le bras, lui montre la salle de bains, nous testons la montée de douche, Odette tremble mais se cramponne à la barre et finit par s'asseoir sur le tabouret. Nous passons la fin de journée ensemble, je ne la quitte pas d'une semelle, observe la façon dont elle se déplace. Je descends les fauteuils à la cave, libère de l'espace. Je fonce faire les courses. Je m'arrête à la boulangerie acheter ses escargots aux raisins et un croissant pour moi. Je la gave. Puis nous jouons à Minuit Ménagerie et accueillons les derniers morts. Bienvenue à

Marc la carpe, Sophie la grenouille, Valérie l'hippocampe et Édouard le tigre.

Malgré tous mes efforts pour lui changer les idées, Odette fatigue. Elle s'éteint à mesure que la nuit tombe, murmure son envie de voir le père Dominique, n'avale pas sa soupe. Éclair dans le ciel noir, je chante la première chanson qui me vient à l'esprit. Odette n'entend pas l'orage qui éclate, elle est focalisée sur mon spectacle.

Les paupières d'Odette se ferment. Je l'aide à se relever, l'accompagne aux toilettes où elle peine à s'asseoir, même avec l'aide des barres d'appui. Puis je lui fais mettre ses pieds sur les miens, l'attrape sous les bras, direction sa chambre. Odette se laisse aller de tout son poids. Je lui applique du Synthol, la cale entre ses oreillers et la borde. À moitié endormie, Odette me réclame un baiser. J'embrasse son visage fripé, il ressemble à celui d'un nouveau-né.

À la fenêtre de ma chambre, je fume une cigarette, je respire l'odeur de la pluie. Dans une semaine c'est la rentrée. Pas question de manquer mon premier jour avec Laurent Vanhove, mon professeur de troisième année, un metteur en scène de renom. Son cours axé sur le théâtre contemporain était complet à peine les inscriptions ouvertes, je m'étais rabattue sur le module Vaudeville. Ça m'a contrariée tout l'été, travailler Labiche, Courteline, Feydeau, ce n'est pas mon registre. La semaine dernière, au culot, j'ai rédigé un mail à Laurent Vanhove. Deux jours plus tard, je recevais sa réponse : *Chère Romy, je vais en parler avec le directeur pédagogique, je reviens vers vous*. Une heure après, un appel du secrétariat, à la suite d'un désistement j'étais inscrite dans son cours. J'ai crié de joie. Crois-moi Odette, je vais te remettre sur pied en moins de sept jours. J'irai au Cours Florent l'esprit tranquille et disponible pour mes personnages.

Nuit blanche, je consulte les sites de boutiques spécialisées dans le confort médical, fais défiler les pages de fauteuils releveurs avec assise à mémoire de forme, de ceintures dorsales, de couvertures et de coussins chauffants, de déambulateurs. Les prix sont exorbitants. Je passe commande. La carte d'Odette est refusée. J'ai beaucoup dépensé avant les vacances pour les accessoires de *La Locandiera*, mais je ne peux pas avoir tout liquidé. Quelles dépenses Odette a-t-elle bien pu faire cet été ? Son séjour chez les sœurs l'aurait-il ruinée ? Dorénavant, je signerai des chèques sans provision. Demain je me procurerai le matériel principal : un rehausseur de toilettes et un déambulateur. Pour le reste, je me débrouillerai. Jusqu'au petit matin, je me renseigne sur les aides pour adapter la douche, trie le courrier d'Odette et écris des lettres de résiliation d'abonnements en tout genre : un hebdomadaire d'équitation, un mensuel pour l'apprentissage de la lecture aux enfants, une ligne téléphonique portable (Odette ne possède pas de portable), des paniers chez un primeur à Marseille…

Huit heures et demie. Je me rends à la pharmacie rue des Martyrs, signe un chèque pour le trône, le carrosse d'Odette, j'ai choisi la Rolls des déambulateurs – trois roues, rétractable, poche de transport, siège, freins parking –, des boissons nutritives à la fraise et au chocolat pour l'engraisser, des couches. Sur le chemin du retour, aux commandes de mon déambulateur avec mon panier rempli, je fais halte dans une boutique pour enfants. La vendeuse me reluque, ce n'est pas tous les jours qu'on croise une femme de vingt-deux ans pilotant un tel bolide. Je prends un babyphone standard, moins cher qu'un bracelet détecteur de chutes. Pour terminer, escapade à la boulangerie, trois pains aux raisins, des chouquettes pour le petit-déjeuner et une tartelette au citron et une aux framboises pour le goûter.

Retour à l'appartement. Je teste le déambulateur dans toutes les pièces, chasse d'autres fauteuils à la cave, pousse les tables. J'effectue une marche arrière pour me rendre aux toilettes, une autre pour m'asseoir à la place d'Odette dans la cuisine, entre la table et le buffet. Cela nécessite quelques manœuvres, mais avec un peu d'entraînement ça ira. Tête dans le brouillard, Odette sort de sa chambre, s'approche de la table, détaille avec dédain chaque achat, balaye d'un revers de main le paquet de couches. Je n'y prête pas attention, je fonce dans sa chambre avec le déambulateur. Le passage entre le lit et la fenêtre est trop étroit. Je vire une table de nuit, pousse le lit contre le mur. Odette boude, je ne me démonte pas, je lui vante les qualités de mon trois-roues, lui montre qu'elle peut l'utiliser comme caddie ou siège portatif. Je lui glisse un babyphone dans la poche et mets l'autre dans la mienne. Je l'oblige à tester sa Rolls et à me suivre au foutoir, fouille dans ses affaires d'équitation. Je lui attache sa bombe et lui enfile une veste matelassée. Odette est parée pour vivre encore neuf mois. Elle chouine, marmonne. Je lui propose de jouer à Minuit Ménagerie pour régler nos comptes. Elle accepte le duel. Nous nous asseyons à la table de la salle à manger.

— Jument : Je ne veux ni porter de couches, ni me déplacer avec un déambulateur.

— Louve : C'est pour ton bien.

— Jument : Qu'est-ce que tu en as à faire ?

— Louve : Moi rien, mais Lui ?

Je pointe le ciel.

— Louve : Dieu ne doit pas être fier de toi. Abandonner la vie comme ça, ce n'est pas joli joli !

— Jument : Fous-moi la paix !

Je me lève, fais mine de partir. Odette m'attrape le bras.

— Jument : Reste.

Je l'ai eue.

Je passe la semaine à mettre Odette aux commandes de son déambulateur, elle a la fichue manie de se placer à califourchon sur le siège. La chaleur lui tape sur le système, elle se croit à cheval. Elle hurle à tout bout de champ :

— Plus vite Gladiateur, au galop !

Hier, elle a accroché une coquille Saint-Jacques à une poignée et m'a demandé la direction de Compostelle. Je ne sais pas comment elle se débrouille pour passer une jambe de l'autre côté du siège sans se casser la figure. Quand enfin elle s'arrête de chevaucher, je profite de sa sieste pour régler des problèmes d'intendance. Je découvre tous les jours de nouveaux abonnements. Il y a deux jours, nous avons reçu trois caisses de bordeaux. Je résilie un contrat après l'autre et jette une quantité de prospectus, de calendriers et de cadeaux associatifs. Je fais une réserve de pruneaux, de piles pour la radio, de sudokus et de mots croisés : de quoi l'occuper pendant mes cours. Je remplace les joints des fenêtres, qu'elle n'aille pas attraper un coup de froid, mets des angles en plastique aux coins des tables, entoure les radiateurs de couvertures, cache couteaux, bougies, médicaments et produits ménagers en hauteur. Je mets au point une nouvelle organisation. Dorénavant, je laverai Odette avant le coucher et cuisinerai le dimanche les plats pour la semaine. Je la prépare à rester seule. Tous les jours, je l'obligerai à sortir sur la place avec son déambulateur pour qu'elle ne perde pas de muscle. J'ai trouvé des vidéos de gymnastique douce adaptée à son âge, nous ferons les exercices au réveil. Je fais aussi travailler ses neurones. Sur les photos, je la pousse à rechercher les prénoms et l'époque. Odette bute souvent, elle s'énerve, dit que je l'emmerde. J'enchaîne avec une autre image, mais reviens toujours à celle du blocage. Je lui répète en boucle des consignes en chantant pour que ça rentre dans sa tête :

— Faire des étirements avant de me lever ;
— Rester au lit si j'ai des vertiges ;
— Ne pas me presser de me rendre aux toilettes, faire pipi dans ma couche ;
— Attacher ma bombe et enfiler ma veste matelassée ;
— Bien mastiquer les aliments ;
— Ne pas triturer l'antenne de télévision…

J'ai suivi à la lettre les conseils des jeunes gériatres, préparé Odette à mes absences. J'ai affiché en gros sur le frigo les numéros d'urgence, pompiers, police, Samu, et le mien. J'ai donné aux voisins une fiche de renseignements comme celle que remplissait ma mère à chaque rentrée scolaire : personne à contacter en cas de problème, groupe sanguin, nom du médecin traitant… Je crois n'avoir rien oublié.

Excitée à l'idée d'assister à mon premier cours avec Laurent Vanhove, je n'ai pas fermé l'œil de la nuit. J'ai revu toutes ses mises en scène, je connais sa biographie par cœur.

Jean slim, chemise en lin bleu ciel, tropéziennes marron, cheveux ondulés négligemment relevés, je ressemble à la fille que je désirais être à mon entrée au Cours Florent. Teint doré, comme si les rayons du soleil des week-ends passés avec Jean s'étaient glissés sous ma peau, des taches de rousseur parsèment mon visage et encadrent mes grands yeux noirs. J'applique un mascara et mon rouge à lèvres bois de rose, attrape ma sacoche en cuir offerte par Jean. La tête haute, j'entre au Cours Florent, m'installe au premier rang de la salle Auteuil. Nous sommes une dizaine d'élèves, bien moins que les années précédentes. Je reconnais des têtes rencontrées dans les couloirs et retrouve Hugo qui était dans ma classe en première année. L'ambiance est électrique, nous savons que nous n'aurons pas une minute de répit, nous allons nous battre pour la première place. Juste à l'heure, essoufflée, un texte dans une main, Nora entre. Nous portons les mêmes vêtements. Elle balaye la salle du regard. Sans ses deux compères virés en fin de deuxième année, Nora n'en mène pas large. Elle s'installe derrière moi. Mes mains au bord de la chaise se crispent. Bonnet miki, vêtu de noir, Laurent Vanhove arrive et, sans préambule, demande un volontaire pour présenter un monologue. Nora se précipite sur le plateau, elle a choisi un texte de Lagarce. Mon corps se raidit, se penche en avant. Je crève de prendre sa place. Nora ferme les yeux, une grande inspiration, déclame sa tirade. Mes fesses au bord de la chaise, je me retiens de bondir sur scène et de dire à voix haute les indications scéniques que j'ai en tête. Nora est interrompue par la secrétaire. Silence dans la salle. Vanhove fusille Gisela du regard. Elle bredouille des excuses. Debout, les poings serrés, Vanhove râle après l'administration, *c'est inadmissible d'interrompre mon cours*. Gisela réclame aux élèves qui n'ont pas encore payé septembre de bien vouloir régulariser la situation sous peine d'exclusion. Elle reprend son souffle, puis ajoute que le chèque d'une certaine Mme Steiner a été refusé. J'ai l'estomac noué. Maintenant, j'en suis sûre, les caisses d'Odette sont vides. J'ai jusqu'à demain pour réunir la somme. Nora reprend son monologue, je ne l'écoute pas. Je dresse l'inventaire des bibelots chez Odette. Si au moins elle possédait des bijoux en or… Demander à Jean de me dépanner ? Je chasse l'idée immédiatement. Je me reconcentre. Je dévore les indications de Vanhove, ne perds pas une miette de ses propos sur les impératifs de la mise en scène. Un par un nous passons sur le plateau, interprétons une parole, un silence ou un cri pour traduire une émotion piochée dans un chapeau. Je tire l'amour, je choisis le cri, un mélange entre la douleur et l'orgasme, l'abandon d'une partie de soi, une rupture avec l'enfance. J'entends la voix stridente de la fillette qui se marie à la mienne, plus grave. Des larmes coulent sur mes joues. Laurent me pose des questions sur mon parcours, si j'appartiens à une troupe professionnelle, si j'ai déjà tourné. Il me suggère de lire des pièces avec des personnages de femmes proches de la démence. Il parle de la difficulté de jouer sans tomber dans la caricature. Je relève le défi. Il injecte dans mes veines le goût de la performance.

Tous sur le plateau, nous bougeons n'importe comment sur de la musique électro, testons des positions qui ne sont pas naturelles, inventons de nouvelles façons de marcher ou de s'asseoir, détournons des objets, une table se transforme en vaisseau spatial, une chaise en brouette. Nous marchons dans la boue, traversons une forêt tropicale, fuyons un volcan en éruption, nous nous rafraîchissons dans une rivière, puis grimpons une montagne sous l'orage avant de trouver refuge dans une cabane. Les exercices de Vanhove sont physiques. Il repousse nos limites, sollicite des audaces dont nous ne connaissions pas l'existence. Les trois heures passent trop vite.

Odette dort encore. Je me presse à la cuisine, sort chou-fleur et steaks hachés du congélateur, mets la table. La sonnerie du téléphone retentit. Depuis que j'ai mis de nouvelles piles, on se croirait dans une caserne de pompiers. C'est M. Pereira, le banquier. Je me fais passer pour sa nièce. Il me dit avoir laissé plusieurs messages, mais Mme Steiner ne le recontacte pas. Je lui réponds que ma tante est à l'hôpital, je m'occupe de ses affaires courantes. Je le rassure, je vais reprendre les choses en main. Mon baratin fonctionne. Je retire les piles du téléphone, Pereira ne nous dérangera plus. Bombe, gilet matelassé, déambulateur, Odette se tient debout dans l'encadrement de la porte.

— C'était qui ?

Je n'ai pas le courage de lui dire que nous sommes fauchées.

— Le déjeuner est prêt. Tu as faim ?

J'aide Odette à faire son créneau entre la table et le buffet. Elle me regarde couper la viande en minuscules bouchées, elle n'a pas le droit de toucher un couteau, elle boude. Pour lui redonner le sourire, je dessine un visage dans son assiette, dispose les boulettes de steak en demi-lune pour la bouche et utilise le chou-fleur pour les yeux et le nez. Odette soupire. Après un long moment, elle crève l'abcès :

— Je sais bien qui c'était. Nous n'avons plus un rond. Tu vas partir ? dit-elle d'une voix chevrotante.

Le regard tourné vers la fenêtre, je chuchote :

— Mais non. Tout va s'arranger.

Le babyphone à côté de moi pour entendre la respiration d'Odette, je réponds à des annonces de castings. Fin d'après-midi, j'ai déjà des retours, je serai :

— Figurante dans un chœur pour le clip d'une chanteuse interprétant une nouvelle version de l'*Ave Maria* de Schubert à l'église du Val-de-Grâce (150 €) ;
— Figurante parmi une foule qui accueille un célèbre pilote de rallye vantant les qualités de son déodorant (100 €) ;
— Modèle pour l'exposition *Asphyxie*, un photographe recherche une fille à la taille fine pour des clichés en petite tenue (90 €).

Je ne suis pas enthousiaste à l'idée de poser en sous-vêtements. J'ai trop peur qu'un directeur de casting tombe dessus. Mais Alban, l'artiste, me convainc, je porterai un masque à gaz ou le masque de la peste. Ces trois cachets ne résolvent pas mon problème : où trouver trois cent cinquante euros avant demain ? Le babyphone grésille, les ronflements ont laissé place à des chuchotements, je tends l'oreille, Odette parle dans son sommeil, elle s'adresse à ses morts.

Ses morts ! Voilà l'idée. Sans faire de bruit, je sors la ménagerie de sa vitrine, photographie les bêtes une à une, sauf la jument et la louve. Je consulte le site internet de la verrerie : les prix varient entre quatre cent cinquante et trois mille euros. Il me suffirait d'en vendre une seule pour sauver le mois. Je passe des annonces sur des sites de vente d'occasion. Alors que je rédige le portrait du koala, je suis interrompue par Odette qui gémit dans le babyphone :

— Zoline, j'ai la tête qui tourne.

Je lui fais boire de l'eau, place un coussin sous ses jambes. Je m'assois au bout du lit. Un œil sur mon portable, je guette mes mails, espère le message d'un acquéreur. Mes jambes tremblent. Dix-neuf heures trente, j'escorte Odette jusqu'à la cuisine. Elle marque une courte pause devant les animaux étalés sur la table, attrape la jument et la louve. J'expédie le dîner, fromage, toasts grillés, salami, compote. Odette se rembrunit, le service laisse à désirer. La soirée défile, ni elle ni moi ne décrochons un mot.

Assise sur le tabouret dans la douche, Odette ne fait aucun effort pour me faciliter la tâche, je ne la ménage pas. Ce qu'elle peut m'agacer ! Je lui enfile sa couche et son pyjama. J'allonge Odette avec sa radio. Un baiser, bonne nuit. Je file dans mon boudoir. Vingt et une heures et toujours aucun preneur pour les figurines. Dois-je brader la ménagerie ? Je poste une dernière annonce pour le colvert :

Poids : 0,400 kg
Dimensions : 13 × 5 × 7,5 cm
Couleur : Ambre, bleu, vert
Cette sculpture est fidèle à l'animal réputé pour sa tête d'un vert iconique. Les reflets sont vifs et la finition polie de la pièce ajoute une touche d'élégance à cette sculpture.
Prix : 350 €

L'angoisse monte, il se fait tard. Je rumine. Casque sur les oreilles, j'écoute ma musique à fond, saute dans tous les sens, joue avec un boa qui perd ses plumes, je me fatigue. D'un coup, mon corps se statufie, je ne veux pas me l'avouer, pourtant je sais ce qu'il me reste à faire : la chasse à l'homme. J'attrape mon portefeuille, même pas dix euros pour me payer un verre.

Tu n'as qu'à prendre l'argent de la quête.

La fillette a raison, je fonce au salon, attrape le pot de confiture rempli de pièces à côté de la télévision. À chaque messe télévisée, au moment de la quête, Odette y verse un euro comme à Notre-Dame-de-Lorette. Je choisis un jean noir et un haut en dentelle. Je froisse mes cheveux, accroche de grands anneaux dorés et attrape ma pochette. Discrètement, je passe la tête dans la chambre d'Odette, la radio collée à l'oreille, le regard rivé au plafond, elle ne me voit pas. Je quitte l'appartement, chausse mes escarpins dans l'entrée de l'immeuble. Mon regard se pose sur la boîte aux lettres d'Odette, d'un geste vif, j'arrache l'étiquette *Mademoiselle Steiner,* factures et recommandés de la banque patienteront. Les serveurs sur la place rangent les tables, il n'y a pas un chat. Je remonte la rue Henry-Monnier, m'arrête devant la vitrine du Grand Pigalle Hôtel, établissement quatre étoiles, ambiance feutrée, lumière tamisée. Deux couples occupent les canapés en velours, une bande joyeuse de trentenaires, les tables du fond. J'entends de l'allemand et de l'anglais. Aucune proie à l'horizon. Je m'installe sur un tabouret au bar. Je choisis un rhum ambré d'Asie hors d'âge. Je savoure les notes d'épices, de vanille et d'agrumes. Je consulte mon portable, un message d'une femme, elle souhaite des détails sur le papillon : *Est-il vraiment transparent ? Sur la photo, on dirait plutôt qu'il est blanc nacré.* Je lui réponds, mets les formes, me retiens de la rembarrer. Elle cherche à négocier à moitié prix. Je jette le téléphone sur le bar, bois cul sec. Un grand barbu rit aux éclats.

— *Breaking up ?* dit-il.

Je fronce les sourcils. Il réunit ses mains en forme de cœur, puis fait mine de poignarder son thorax. Je fais non de la tête. Il me montre le tabouret à côté de moi, je hausse les épaules, il commande deux rhums. Je jette un œil vers la bande qui nous observe, suis-je un pari ? L'Anglais me fait signe de les ignorer, tend son verre, *cheers.* Je le dévisage, yeux bleu clair, sourcils touffus, grain de beauté à droite de ses lèvres fines. Il pourrait me plaire si Jean n'occupait pas toutes mes pensées. Je comprends qu'il s'appelle Austin, trente-quatre ans, habite Londres, journaliste sportif. Il est venu fêter un enterrement de vie de garçon. L'alcool aidant, je baragouine quelques mots. *I study dramaturgy, I am an actress, I like english authors, I lived in Paris for three years*... Je clos le sujet de *my family* d'un *my parents are dead.* Il m'offre un troisième verre. Je pense à l'argent que je dois apporter demain au Cours Florent. Un gars de la bande coupe notre conversation, Austin lui tend deux billets de cent euros. J'attrape mon portable, trois messages de la folle qui attend que je baisse le prix du papillon. *Fuck.* Austin pose une main sur mon bras, me demande si tout va bien. Battements de cils, larmes contenues, sourire de Madone, j'enroule mes boucles autour de mes doigts, entrouvre les lèvres comme un halètement pendant l'amour.

Je me penche légèrement vers lui, je veux qu'il éprouve le contact de ma peau, qu'il respire mon odeur. Je regarde mon portable, esquisse une moue, *oh my god, time flies, I have to go.* Je pose une main sur son épaule, baise sa joue. Il m'attrape par la taille, je plonge mon regard dans le sien, il tente de m'embrasser, je me dégage.

J'allume une cigarette. S'il ne me rejoint pas dans huit secondes, je rentre. 1, 2, 3, Austin paye l'addition, 4, 5, il se tourne vers ses amis, j'entends des rires, 6, 7, 8, il me rejoint. Je chope sa main, l'entraîne dans les rues de Paris, le plaque sous un porche, fourre ma langue dans sa bouche. Il empoigne mes fesses.

— Je. Te. Veux, me dit-il.

— *It's not free. Six hundred euros.*

Austin recule, rire nerveux.

J'ajoute :

— *Money for my theatre.*

D'un coup, il m'empoigne les cheveux, mord mon oreille puis touche mes seins. Je suis à lui. Nous nous arrêtons à un distributeur, je me colle contre son dos, glisse une main dans son pantalon, qu'il comprenne pourquoi il retire de l'argent. Direction place Gustave-Toudouze, il me tripote. Avant d'entrer, je tends la main, Austin glisse six billets de cent dans ma culotte.

Be quiet, j'ouvre doucement la porte, à partir de maintenant il n'y a plus qu'un étranger et une pute. Je déroge à ma règle, ne pas baiser dans ma chambre. Je le pousse sur mon lit. Je m'effeuille lentement, il sort sa queue. Je tourne sur moi-même, ouvre les cuisses, écarte un pan de ma culotte, et, à quatre pattes, m'avance vers lui. Il me gifle avec sa verge, puis l'enfonce dans ma bouche. À genoux, je pense à Jean. L'étranger me soulève par les cheveux, me penche sur le lit. Bruit de préservatif. Mains appuyées sur le matelas, je me redresse, il me pénètre, me bourrine. J'ai mal au cuir chevelu tant il serre fort mes cheveux. Il s'allonge sur moi, je sens les gros ressorts appuyer sur mon ventre, il se cogne au mur, à la tête de lit, il rugit. D'un coup, il se relève, chope la couette, l'étend par terre, claque des doigts, me fait signe de venir sur lui. Je l'enfourche, râles de plaisir, il ferme les yeux, ses mains s'enfoncent dans ma chair. J'observe le visage de l'inconnu se déformer, sa bouche glisse le long de sa joue, ses sourcils s'étirent en pointes. Soudain, au sol, j'aperçois une ombre, une sorte de monstre à cinq pattes avec une tête ronde, une fourmi géante : Odette. Elle ne perd pas une miette de la scène. Je plaque une main sur la joue de l'étranger, l'empêche de regarder. Je le chevauche sans quitter Odette des yeux. Je pousse des gémissements tandis que, de mon autre main, je me masturbe. Le souffle d'Odette se mêle à nos soupirs. Je lui souris. Mes paupières se ferment, dernier coup de reins. L'étranger mugit. J'ouvre les yeux, Odette a disparu.

Grand soleil, odeur de sexe. L'alarme sonne toutes les dix minutes depuis une heure. Je n'ai pas la force d'attraper mon portable. L'étranger est parti à l'aube. J'ai mal au crâne et aux cervicales, je bouge un à un mes membres. Je me relève doucement. Je fonce au Cours Florent, remets l'argent à Gisela et assiste au cours de Vanhove. Je lutte pour garder les yeux ouverts.

De retour à la maison, je me déshabille et me réfugie sous

la couette, je suis rincée. Seize heures. Chevelure ébouriffée, short, débardeur en soie, je gagne la cuisine. Assise dans son coin, Odette goûte. Je mets l'eau à chauffer, elle m'observe, vérifie que je prends la bonne casserole. Ça va mieux Odette, tu es rassurée ? Depuis dix-huit mois, je suis capable d'anticiper chacun de tes gestes, de deviner tes pensées. Maintenant, tu reluques mon petit cul rebondi, ma poitrine tendue, tu jalouses mes cheveux. Tu remarques le suçon dans mon cou et les griffures sur mes épaules. Je passe une main sous mon haut. Tu observes ma posture lorsque je verse l'eau, cette façon de ne pas poser complètement le pied gauche, ma manière délicate de tenir le manche. La vapeur monte, humidifie mon visage comme après l'amour. Tu me revois chevaucher l'étranger. Ses yeux de taupe me fixent, luisants. Avec ma tasse de café, je fonce dans la salle de bains. Cheveux relevés, j'applique un gommage sur mon visage, frotte au gant de toilette, comme pour effacer les traces de la nuit dernière. Odette gare son déambulateur et s'assoit sur la chaise derrière moi. Dans son monde imaginaire, elle m'effeuille, dénude mon corps. Ce n'est pas moi qu'elle reluque, mais son hologramme à vingt-deux ans. Doucement, elle natte ses cheveux, tapote ses joues, frotte ses poignets, les respire comme si elle venait d'y vaporiser son parfum. Nos regards se croisent, les images fabriquées par nos esprits sortent par nos pupilles dilatées, planent au-dessus de nos têtes et se mêlent. Je vois ce qu'elle voit, j'entends ses pensées. Je suis Odette. Odette est Romy. Nos traits se fondent, nos gestes s'unissent. Elle défait le premier bouton de son pyjama, moi le deuxième, elle le troisième et ainsi de suite. Odette est belle. Je l'effleure en retirant son haut. Elle s'agrippe à mes avant-bras, je lui ôte son pantalon et sa couche. Tout contre moi, elle hume les derniers effluves de l'étranger sur ma peau, elle imagine les caresses qu'elle aurait données à l'amant anglais, les mots chuchotés dans le creux de l'oreille, son visage pendant l'amour. Je l'installe sur le tabouret. J'attrape ma fleur de douche, l'humidifie. Odette ferme les yeux, penche la tête, entrouvre les lèvres. Je presse la fleur au-dessus de sa bouche, son visage retrouve des couleurs, ses rides s'estompent, ses paupières se défroissent. Je survole sa nuque, ses aisselles, son buste. La mousse remplit les creux, camoufle les taches de vieillesse. Je m'attarde sur ses seins, ses doigts se crispent autour de la barre d'appui, je descends au niveau du nombril, imperceptiblement, elle écarte les jambes, j'y glisse ma fleur, son autre main agrippe mon épaule, je ralentis le rythme, son bassin se tend vers moi, j'accélère, ses orteils se recroquevillent, ses paupières oscillent, son ventre se soulève. D'un coup, son pied gauche dérape, le tabouret bascule en arrière, d'un geste vif j'attrape sa nuque, puis la serre contre moi. Je suis aussi trempée qu'elle.

Serviettes nouées au-dessus de la poitrine, nous rejoignons sa chambre. Odette marche sans son déambulateur. Elle n'est pas aussi grabataire qu'elle voudrait me le faire croire. Persiennes fermées, fenêtre ouverte, nous nous allongeons. La douceur de l'été indien pénètre la pièce, les rayons du soleil se glissent entre les interstices et caressent nos corps humides. Les yeux mi-clos, respiration lente, odeur de lavande sur l'oreiller, je somnole. Odette se tourne vers moi, sa serviette se dénoue. Menue, une peau lisse, des mèches en pagaille, une poitrine dessinée comme il faut : elle est désirable. Je bascule sur le côté, une main sous la tête, les genoux légèrement repliés, exactement comme elle. Elle défait le nœud de ma serviette, examine mon corps. Elle me montre sa paume, les doigts écartés, je juxtapose ma main, sens une chaleur, un courant. Odette lève le bras : jeu du miroir. Je la suis. Elle m'envoûte. Je reproduis à l'identique chacun de ses gestes. Soudain, elle se fige et me dévoile son plan. Nous répétons chaque étape. Odette ouvre le tiroir de sa table de chevet, attrape un rouge à lèvres carmin. Elle l'applique sur mes lèvres, m'embrasse. Je l'entends chuchoter :

— Repose-toi ma petite louve, la nuit va vite arriver.

Odette m'habille, me coiffe, me maquille : Odette s'habille, se coiffe, se maquille. Rouge à lèvres carmin, le reste du visage au naturel. Une bouche de femme qui contraste avec mes yeux d'enfant. Dans le vestibule, elle repasse un dernier coup de rouge sur mes lèvres, elle tient à sa bouche joli cœur. Elle me rappelle dans l'escalier. Elle a oublié le principal : le babyphone.

Robe blanche, veste en jean, baskets, je me dirige vers la rue de Navarin. Pour notre premier coup, j'ai choisi l'hôtel Amour fréquenté par des clients huppés du quartier. Je m'installe au milieu du jardin exotique, dans l'axe de l'entrée. Je commande une coupe de champagne. Je sors ma batterie de charme : regard lointain, battement de cils, poitrine qui se soulève, mèche derrière l'oreille, les doigts délicatement entrecroisés.

Vingt et une heures trente. Ma coupe est vide et toujours pas un homme en vue. Je fixe mes mains posées sur la nappe blanche. Elles me font peur ces mains. Un jour, je me réveillerai et elles seront parties. Mes mains sont inhumaines, mes mains sont des monstres. La serveuse, petite blonde vêtue d'une tunique noire, me tire de mes pensées. Elle m'apporte une coupe de champagne offerte par un client. L'homme, la quarantaine, brun, une mèche grisonnante sur le front, me fait un signe de tête. À sa table, les couverts sont dressés pour deux personnes. Il est seul. Je lui fais signe. L'homme ne se fait pas prier. Debout, il attend mon approbation pour prendre place. Je le fais languir. Je lève le menton, baisse les paupières, signe de ma permission. Il me demande mon prénom. Any, Any tout court. Je ne retiens pas celui de l'homme. Il m'interroge sur ma vie, mes réponses sont évasives. J'attise sa curiosité. Il dit vouloir me déchiffrer. Léger sourire aux coins des lèvres, je retire ma veste en jean, lui dévoile mes épaules. Tout à coup, je ne suis plus sûre de rien. J'aimerais faire marche arrière, retrouver Jean, qu'il me berce et me susurre : *Demain, il fera jour.* Le regard perçant et affolé de la louve plaît à l'homme, il ne tient plus en place. L'air de rien, il avance sa main sur la nappe. Il me complimente, je l'impressionne. Il me propose de prendre une chambre. Habitée d'une force occulte, je ne suis plus maîtresse de mes gestes ni de mes paroles. D'une voix grave et suave, je l'informe de ma situation :

— J'habite à côté chez une vieille tante qui m'a recueillie à la mort de mes parents. L'endroit est idéal pour se découvrir autour d'un dernier verre.

Vingt-trois heures. Dans le hall, j'appuie discrètement sur l'interphone pour prévenir Odette et active le babyphone. Nous traversons la salle à manger. Pas de lumière sous la porte d'Odette. S'est-elle endormie ? Dans le salon, je planque le babyphone sous un coussin. Les verres à eau-de-vie et une bouteille en cristal de Baccarat que je n'avais jamais vue sont dressés sur la table ronde. Odette a tout prévu. Je trempe à peine les lèvres tandis que l'homme boit son verre cul sec, il en redemande puis, d'une pression sur mes épaules, m'assoit sur la méridienne, se colle contre moi. Il caresse mes cheveux, dépose des baisers sur ma joue. Encore un qui me prend pour une poupée. Mes bras se lèvent, l'homme me déshabille et m'allonge. Il admire ce corps à sa merci. À genoux, il suce mes seins, touche mon sexe. Je pense à Odette. Dans sa chambre, le babyphone contre l'oreille, elle écoute les bruits de succion, les soupirs, les râles, la boucle de la ceinture qui se défait, l'homme qui enfile le préservatif dans le mauvais sens, s'énerve. J'imagine Odette aux aguets. Position du missionnaire. Je frotte ma bouche contre son épaule, efface peu à peu le rouge à lèvres, retrouve mon visage d'enfant. Sa respiration s'accélère, ses muscles se contractent, il grogne. C'est le moment de lancer l'alerte :

— Oh mon Dieu, dis-je dans un souffle, la tête tournée vers le babyphone.

L'homme se retient d'éjaculer, il continue de me fourrer, m'oblige à le regarder dans les yeux pour le voir jouir. Enfin, il s'écroule sur moi. Je reste inerte. Soudain, le lustre éclaire le salon. Ça fait mal aux yeux. L'homme se redresse, aperçoit Odette, téléphone en main, qui ferme la porte derrière elle. Vêtue de son gilet matelassé et de sa bombe, elle se dirige vers nous, prend appui sur les meubles. Cheveux en bataille, on dirait qu'elle vient de se réveiller. L'homme s'apprête à filer. Odette lui intime l'ordre de ne pas bouger. Il me cherche du regard. Assise, bras croisés, je tourne la tête.

Odette demande à l'homme s'il sait quelle faute grave il a commise.

— Abus sexuel sur mineure, lâche-t-elle froidement.

L'homme s'énerve, rétorque que j'étais consentante. Odette se lance dans son réquisitoire appris par cœur cet après-midi. Je me rends bien compte que notre plan est grotesque et décide de mettre fin à cette farce. Je dis à l'homme de se tirer. Odette n'est pas de mon avis. Elle respecte le plan à la lettre : mille euros et nous nous tairons à jamais sur le viol, sinon elle appelle la police. L'homme panique, tente de lui arracher le téléphone, mais Odette s'agrippe. Il l'envoie valser contre un fauteuil, elle tombe avant que je puisse m'interposer. Il attrape ses vêtements, me bouscule violemment.

— Elles sont folles ! Elles sont folles !

Il file.

Dix jours se sont écoulés depuis notre mésaventure. Nous vivons les rideaux fermés et la porte verrouillée. Odette a peur de tout. Peur que l'homme vienne se venger, que le banquier rapplique avec un huissier, que l'appartement s'écroule, de l'orage, des cris des enfants sur la place, des bruits de scooters, d'aller en maison de retraite, de tomber, de perdre la mémoire, de mourir, de vivre. Je la rassure, ça la calme un temps, mais les angoisses reviennent. Elle pleure quand il n'y a plus de savon, quand une souris passe, quand un appareil tombe en panne. Odette me répète en boucle qu'elle veut retrouver le Seigneur, c'est devenu une obsession. J'ai repris mon ancienne habitude : je la drogue, un demi-somnifère pour une longue sieste et parfois un quart de Lexomil avant de partir en cours. Je continue de signer des chèques sans provision, je me rends dans différentes supérettes, mais je suis obligée de m'éloigner de plus en plus du quartier. À chacune de mes sorties, je rapporte des fleurs, des fruits de saison ou une bricole pour décorer la maison : des dessous de table, une tasse avec son prénom, une jolie carte, une guirlande électrique. Les chèques partent vite, je devrais faire attention, mais j'ai donné la sale manie à Odette de recevoir une surprise par jour. Elle l'attend avec impatience, c'est le seul moment où elle retrouve le sourire.

L'automne s'est déjà bien installé, cela irrite Odette qui devient de plus en plus capricieuse. Hier, elle m'a demandé un nouveau grille-pain. La maligne, elle me fait du chantage. Je n'ai plus le choix si je veux qu'elle tienne jusqu'en juin.

1er octobre. Je reprends du service. Any-Doll n'arpente plus le boulevard de Clichy mais fréquente les palaces sans sa perruque fuchsia. Manu m'a refilé des tuyaux et des contacts. Elle me guide. Elle m'aide à ne pas tomber dans les pièges. Les filles qui commencent peuvent se faire très mal, ce monde est aussi violent que celui des trottoirs de Pigalle. Je prends ça comme un nouveau rôle à travailler. Le rituel est toujours le même : je m'installe au bar, sirote mon cocktail. La proie ne tarde jamais. Nous montons assez vite dans sa chambre. En échange d'une coquette somme, j'exauce tous ses désirs. Je ne rentre jamais bredouille, mon visage de femme-enfant avec son rouge à lèvres carmin les aimante. Vêtue de blanc de la tête aux pieds, je ressemble à un ange.

À quatre-vingt-dix ans, Odette découvre les joies de la consommation. En l'espace d'un mois, nous avons rééquipé l'appartement : micro-ondes, four, gazinière et machine à laver flambant neufs. Enfin, nous avons un nouveau pommeau de douche. Nous avons même fait venir un maçon pour effectuer quelques travaux, nous n'avons plus de souris, de mites non plus depuis que nous avons acheté tous les produits nécessaires à la quincaillerie. De temps à autre, je vends une bestiole de la vitrine, je garde l'argent pour moi, le planque dans le berceau du foutoir avec celui de mes passes. Odette voit bien les animaux disparaître un à un, mais elle ferme les yeux. Les rares fois où je ramène un client à la maison, je sais qu'elle nous mate. Je la laisse faire. C'est comme si je rattrapais le temps pour elle. Après l'examen, j'arrête de faire la pute.

Parfois, je retrouve Jean pour une soirée. Je n'arrive plus à lui faire l'amour, je me sens sale. Jean s'inquiète, me trouve trop amaigrie. C'est vrai, j'ai encore perdu du poids alors qu'Odette en prend, elle me pompe mes kilos et mon énergie. Le temps de nos escapades est bien loin. Je garde un coquillage au fond de ma poche pour me rappeler qu'elles ont existé. Je harcèle Jean pour que nous partions en vacances. Il ne peut rien me promettre, je pleure. Épuisée, je gâche les rares moments où nous nous voyons. Au retour, Odette me fait des crises de jalousie. Une fois, elle m'a traitée de marie-couche-toi-là, le comble. Ces soirs-là, je suis à fleur de peau et prête à tout plaquer, Odette le sent. La nuit, je vide le frigo, j'avale thon, œufs, mozzarella et les restes de la soupe *vas-y-fous-tout*, puis je me précipite aux toilettes.

Mes règles sont irrégulières, quasi inexistantes. Odette poursuit ses excursions dans ma chambre, je l'ai déjà surprise. Il y a quelques mois, elle m'en voulait d'être réglée, d'avoir tué la fillette qui jouait avec elle, elle ne supportait pas les taches de sang ni la vue des culottes qui trempaient dans une bassine d'eau froide. Maintenant elle a peur que ce corps androgyne ne plaise plus, trop plat, trop chétif pour coucher et ramener de l'argent. Pourtant, j'en ai amassé plus qu'il nous en faut pour vivre correctement ces six prochains mois. Mais Odette a peur du manque.

Les mois défilent, nous sommes déjà en janvier. Cinq marques se sont ajoutées sur le chambranle d'Odette qui a encore perdu quelques millimètres, mon trait s'est épaissi, toujours un mètre soixante-neuf virgule neuf. La fin d'année est passée sans que je m'en aperçoive. Nous avons fleuri la tombe de Gladiateur à la Toussaint, fêté les quatre-vingt-onze ans d'Odette en petit comité, la jument, la louve, elle et moi. Plus de nom sur la boîte aux lettres et le téléphone débranché, elle n'a reçu ni carte ni appel. Le 1er décembre, nous avons installé la crèche devant la télévision. Je n'ai pas eu le courage de fabriquer la grange. À Noël, nous avons assisté à la messe de minuit et le lendemain, nous avons joué à la belote et aux petits chevaux. J'ai retrouvé Jean le 25 au soir pour des tours à vélo autour de l'hippodrome de Longchamp. Mes multiples vies ne me laissent pas le temps de me poser. Je dors cinq heures. Je travaille d'arrache-pied mes textes, élargis ma palette de jeu, lis de nombreuses pièces de théâtre. Laurent Vanhove dit que je possède l'instinct théâtral, que j'ai une façon bien à moi d'aborder les textes et d'appréhender les personnages. Sur scène, je n'ai pas de limites, j'y vais et il aime ça. D'après les rumeurs, Vanhove monte une création à la fin de l'année. J'espère faire partie de la distribution. Grâce à l'argent de mes passes, je m'offre les cours en option : chant, danse, claquettes, réalisation, improvisation, clown. Je tiens les comptes de ma petite entreprise. Je note tout, y compris les lieux, afin d'espacer mes visites, un signe distinctif de la proie, et les surprises pour Odette.

01/10 : 1 000 €. Four Seasons. De grands ongles manucurés. Une machine à laver.

05/10 : 1 200 €. Hôtel Prince de Galles. Sur le revers de la veste, un pin's en forme de myosotis à la boutonnière. Un ventilateur en cas de canicule et une couverture chauffante.

06/10 : 1 000 €. Monsieur George. Une ligne de vie entrecoupée d'un chiffre romain tatoué. Un oreiller à mémoire de forme et deux sous-pulls tout doux.

13/10 : 800 €. The Peninsula. Nez en bec d'aigle. 1 200 €. George V. Une cicatrice sur l'avant-bras. Un siège de douche mural.

17/10 : 800 €. Hôtel Square. Une moustache Belle Époque. Un mixeur.

26/10 : 1 000 €. Le Fouquet's. Une chevalière avec les initiales L. P. Un lave-vaisselle.

27/10 : 1 500 €. Bulgari. Un béret et des bretelles. Un fauteuil releveur.

03/11 : 700 €. Le Meurice. Un seul ongle verni en noir. 1 300 €. Hôtel Amour. De grosses veines apparentes dans le cou. Installation d'un nouveau chauffe-eau.

(…)

Dimanche 3 mars, fin d'après-midi, ciel nuageux, pluie fine. Jamais je n'aurais pensé me retrouver ici, à Biarritz, il y a encore une semaine. Long manteau noir, regard sombre, barbe de trois jours, cheveux balayés par le vent, Jean m'attend sur le quai. Il attrape mon baluchon, évite mon regard, marche devant comme s'il avait peur d'être vu en ma compagnie. Ça me rappelle notre premier week-end. Une partie de moi a envie de rester, une autre de partir.

Tu n'es qu'un bouche-trou. Toi ou quelqu'un d'autre, c'est pareil. Une petite chienne ferait l'affaire.

Je fais taire la fillette. Je chante dans ma tête les premiers couplets de *Je cherche un millionnaire* pour couvrir sa voix. Elle déteste cette chanson. Elle est coriace, elle crie de plus belle et en boucle *petite chienne*. Je passe une main sous mon tee-shirt, attrape la peau de mon ventre, me griffe. Enfin, au deuxième refrain, je lui cloue le bec à la sale gosse.

Je suis Jean jusqu'à sa voiture, ne décroche pas un mot, flaire son humeur. Au téléphone, il m'a avertie : c'est la première fois depuis la mort de sa fille qu'il invite quelqu'un dans cette maison. Des années qu'il vient seul, Diane voudrait vendre Jaizkibel : trop de souvenirs douloureux. Demain, Léonore aurait eu trente ans. Jean n'a pas le courage de passer cette journée en tête à tête avec son fantôme. Nous nous garons dans une ruelle. Long silence, ses doigts crispés sur le frein à main, il laisse les essuie-glaces et le moteur tourner. Je m'apprête à sortir. Soudain, Jean attrape mon bras, m'attire contre lui, encadre mon visage de ses mains. Front contre front, il m'observe, touche mes joues, mon nez, comme s'il avait besoin de s'assurer de ma présence. Il sent l'alcool. Nos lèvres s'effleurent, je n'arrive pas à l'embrasser. Je le repousse, claque la portière. Je ne supporte pas de le voir ivre, il me rappelle trop mon père. J'avance en direction de la plage, il me saisit la main, me retient avec fermeté.

Hormis quelques surfeurs, il n'y a personne en ce premier week-end de vacances. Je respire l'air à pleins poumons. Les vagues se brisent contre les rochers. Je ne regrette pas d'avoir quitté Paris. Je devais sortir du cercle infernal des nuits à me vendre, m'éloigner d'Odette. Je ne la supporte plus. Je rêve de verser du poison dans sa foutue soupe. Elle se montre aussi capricieuse qu'une enfant. Je lui ai donné de mauvaises habitudes. Les exercices de gymnastique douce lui sont bénéfiques. Nous nous déplaçons jusqu'à la crêperie bretonne. J'achète la paix pour quelques heures. Plus elle me dévore de ses petits yeux, plus je faiblis. Je ne m'appartiens plus, je suis dépossédée de mon corps. Elle entre à l'improviste dans la salle de bains ou dans ma chambre. Certaines nuits, je l'entends chuchoter dans son dialecte imaginaire, susurrer une incantation, toujours la même, celle qu'elle réserve à ses animaux en verre. Elle m'embrouille.

En cours, Vanhove ne me ménage pas, il ravive de sombres souvenirs, appuie là où ça fait mal. Je dois choisir le personnage que je vais interpréter pour mon examen final. Cassandre dans *La guerre de Troie n'aura pas lieu*, Antigone de la version d'Anouilh ou Sabina dans *Parole et guérison* : trois femmes brûlées qui cohabitent avec leurs démons. Trois voix puissantes.

Avant de partir, j'ai acheté sept surprises, une pour chaque jour, et préparé tous ses repas. J'ai prévenu les voisins du troisième de mon absence. Ils descendront chaque jour vers dix-neuf heures pour vérifier que tout va bien. Odette s'est montrée odieuse jusqu'au bout. La quitter pour de bon ? Mais où aller avec tout ce liquide à écouler ?

Assis sur le sable, nous regardons l'écume projetée sur la plage comme un voile de mariée recraché par la mer. Les épaules rentrées, Jean a l'air perdu. D'un coup, je retire mes vêtements. Malgré la houle et le froid, je plonge dans l'eau glacée. Lèvres entrouvertes, je la laisse entrer en moi, glisser sur ma peau comme un baume, me laver de tout. J'écarte les bras et les jambes, flotte, dérive. Je pousse les cris que je n'ai pas pu sortir ces derniers mois. Je hurle à m'en décrocher les mâchoires. Je reste en apnée un long moment, des années de pratique à la piscine municipale, mon père m'entraînait comme si je devais intégrer une équipe de commando. Je remonte à la surface, je me suis bien éloignée de la plage. Je guette Jean, il n'a pas bougé. Je continue de prendre le large. À présent, je suis loin, très loin. Le ciel, l'océan, le phare, la plage, les maisons se fondent dans une lumière blanche. L'océan gronde, le ciel tonne. Tout à coup, une vague me submerge. Je bois la tasse. Aspirée par le fond, je panique.

Jean fait de grands gestes, retire son manteau et s'avance vers la mer. Je lance mes dernières forces dans un crawl effréné, profite des grosses vagues pour gagner quelques mètres. Jean a de l'eau jusqu'aux genoux. Enfin, j'ai pied. Nous regagnons la plage. Il m'emmitoufle dans son manteau. Mains bleuies, membres engourdis, mon corps est gelé.

Urrugne, rue Iduski-Alde, derrière un portique en bois vert sapin, une maison aux volets de la même couleur cachée par de grands pins. Jean m'emmène dans la salle de bains pour une douche brûlante. Sur le radiateur, il dépose un gros pull et des chaussettes. Je renifle ses vêtements, ils ont son odeur. Un feu de cheminée et deux lampes éclairent le salon ouvert sur une grande véranda. Je m'assois sur le tapis, dos au feu. Je scrute les lieux, ici et là, des photos de sa fille : sur un jet-ski, au surf, en randonnée, à vélo avec Jean, des portraits à l'école maternelle et en primaire. Au-dessus de la cheminée trône un maillot de cycliste, des coupes ornent les étagères de la bibliothèque. Le salon est un sanctuaire dédié à Léonore.

Jean apporte une bouteille de rouge et me tend un verre. Nous restons sur nos gardes. Nous n'allons pas jusqu'au bout de nos phrases, nous cherchons nos mots, regards fuyants, gestes avortés, soupirs. Nous liquidons la bouteille. Allongés sur le tapis, nous collons nos ventres l'un contre l'autre. Je somnole. Je le surprends en train de m'examiner. Je sens ses baisers sur mes paupières, mon front, mon nez. Jean me demande de ne pas l'interrompre. Le 15 juin 2002, Léo a dix-neuf ans. Elle se destine à une carrière de haut niveau, elle a brillamment passé les tests du Centre national du cyclisme et intégré le pôle France Olympique. Ils partent souvent se frotter aux cols du Pays basque ou du Béarn. Ils domptent les faux plats, les montées, se fixent des objectifs toujours plus ambitieux. Hautacam, Spandelles, Luz Ardiden, Pourtalet, Marie Blanque : ces cols n'ont aucun secret pour eux. Le matin du 15 juin, ils se sont levés tôt pour rejoindre le titanesque col du Tourmalet. Cela fait déjà une semaine que Léo s'entraîne d'arrache-pied. Elle s'attaque au versant est, dix-sept kilomètres de montée, et bat son record. Euphorique, elle redescend la pente à toute allure. Dans un virage, un bus. Jean assiste à la scène. Appeler les pompiers, prévenir Diane, rapatrier le corps, organiser les obsèques. Il retourne au cabinet, reprend sa vie sans jamais évoquer l'événement. Diane ne retrouve pas le chemin des tribunaux mais, régulièrement, celui du service psychiatrique d'Issy-les-Moulineaux.

Je me tourne, couvre son visage de baisers. Il va chercher une autre bouteille. Mon regard se pose sur un panier rempli d'albums des années 90. Je tombe sur *Freed From Desire*. Je l'insère dans le lecteur CD, mon buste se balance, je chantonne. Mes doigts s'écartent et se referment devant mes yeux, puis mes bras se déploient. J'hypnotise Jean. Sourire aux lèvres, j'improvise comme je le faisais avec France. Je monte sur le canapé, joue avec mes cheveux. Le morceau terminé, je tombe raide. Jean s'approche, balaye les mèches qui couvrent mon visage. Dans un souffle, je lui raconte la voisine du bâtiment C qui me gardait après l'école, ses mains aux ongles orange corail sur mon corps de fillette, ses bracelets qui cliquetaient, ses tenues sexy, sa façon de se mouvoir quand elle faisait le ménage sur *Freed From Desire* dans son tee-shirt militaire. Je raconte la découverte de la douleur, de la jouissance, de l'amour, de la honte, de la rage, de la colère, de l'envie de mourir.

Cette semaine est ponctuée de longues balades. Nous pédalons beaucoup. À chacune de nos excursions, je me baigne, ses mains me réchauffent. Nos réveils sont délicieux. Le matin, alors que je suis dans un demi-sommeil, Jean m'effleure, glisse un doigt, puis me pénètre. Il me tourne, me retourne, me lèche, me dévore comme du pain chaud. Nous faisons l'amour, toujours dans la même position, lui sur moi, mes jambes sur ses épaules. Jean ne se lasse pas de me photographier, se débrouille pour me prendre par surprise. Quand il me prévient, on dirait que je pars à l'abattoir. D'après lui, les meilleurs clichés sont ceux où j'ai un verre dans le nez. Vers dix-huit heures nous nous isolons chacun dans une pièce. Même s'il ne fait pas encore chaud, je choisis le jardin. Je lis à voix haute les partitions de Cassandre, Antigone et Sabina. J'en élimine une, finalement la reprends une heure plus tard car il y a une scène sublime à défendre. J'ai peur de me tromper d'héroïne et de le regretter le jour de l'examen. Je réfléchis aux partenaires pour me donner la réplique. Créon, Andromaque ou le docteur Jung sont des personnages forts. Le soir, je poursuis avec Jean devant un feu avec un verre de vin. Je joue quelques scènes, il me filme. Nous visionnons les vidéos et commentons. Jean peut se montrer exécrable. Quand il juge ma performance médiocre, il quitte la pièce. Il est capable de me faire pleurer. De temps à autre, la réalité perce notre bulle. Un soir au restaurant, un couple vient le saluer. Ils me dévisagent. Jean fait comme si je n'existais pas. Une autre fois, en pleine nuit, mon téléphone sonne. Dans la journée, c'est celui de Jean qui retentit : Diane ou le travail. Nous mettons une heure à chasser l'incident de nos esprits.

Dernier jour sur la côte basque, un personnage se démarque. L'état brut de sa personnalité m'attire. C'est décidé, j'interpréterai Sabina Spielrein dans *Parole et guérison* : une pièce sur la naissance de la psychanalyse. Je la comprends mieux que personne quand elle dit que son corps est *quelqu'un d'autre*, une créature à deux têtes.

Pour fêter cette bonne nouvelle, nous nous lançons dans un dîner élaboré. En musique, Jean cuisine et j'épluche les légumes. J'imagine la vie que nous pourrions avoir : j'écrirais mes pièces de théâtre, répéterais devant la cheminée en hiver et à l'ombre des pins en été pendant que Jean travaillerait sur ses dossiers. Nous ferions du vélo, irions à Paris de temps à autre, Jean réglerait ses affaires et je mettrais en scène mes créations.

Jean me retire l'économe des mains. Perdue dans mes pensées, j'ai épluché des légumes pour un régiment. Nous dressons la table dans la véranda et allumons les lanternes. Je m'éclipse, inaugure une lingerie rose poudré, passe une robe noire, sculpte mes boucles. Jean m'adore les cheveux détachés. À table, nous ne sommes pas deux mais trois. Désormais, il y a Sabina. C'est Jean qui en parle le premier comme si c'était une amie commune. Comment vais-je jouer l'hystérie ? Ai-je bien fait de choisir la scène 2 de l'acte I ? L'univers policier que j'imagine est-il celui qui correspond le mieux ? Nous parlons du contexte historique et géopolitique à Zurich en 1904, l'environnement de Sabina, sa pathologie, les conditions des femmes cataloguées comme hystériques.

Évoquer la masturbation féminine m'excite, je glisse un pied au niveau de son sexe, le presse doucement. Jean fait mine de ne rien ressentir, me donne des conseils de préparation dignes des grands athlètes. J'appuie un peu plus fort sur sa queue. Enfin, il s'approche de moi, m'embrasse, boit le vin que j'ai en bouche, attrape mes hanches, me soulève. Mes jambes enlacées autour de sa taille, nous nous dirigeons vers la chambre. Il m'assoit sur le bord du lit, retire doucement ma robe comme s'il ne voulait pas déchirer l'emballage d'un cadeau. Je défais la boucle de sa ceinture et me recule. Il reste un temps debout à me contempler avant de se faufiler entre mes cuisses. Mes mains parcourent son corps et ma bouche suce tout ce qu'il est possible de sucer. Nous avalons la salive de l'autre. Je lèche sa peau salée. Je veux tout de lui, le boire. Les yeux dans les yeux, nous jouissons. Pour la première fois, je chuchote *je t'aime*. Il ne réagit pas.

Nous prenons un dernier café face à l'océan. Je négocie une autre semaine. J'obtiens une journée : le lundi de Pâques. Diane sera absente. Je supplie Jean de partir avec moi. Il me rappelle qu'il a un dossier important à finir avant son audience pour un client en Espagne. Plus que deux heures avant mon train. Jean me pousse à entrer dans les boutiques, il veut à tout prix m'offrir un souvenir. Je n'ai envie de rien. Nous passons devant un salon de tatouage et piercing. Je l'y entraîne. Un homme, la trentaine, sweat-shirt, casquette, nous accueille. Sans hésiter, je demande un piercing à l'hélix droit. Une marque qui ne s'effacera pas comme les suçons. Dans le miroir, j'admire l'anneau que jamais mon annulaire gauche ne portera. Jean m'accompagne sur le quai.

Recroquevillée au fond de mon siège, je me fais la promesse d'arrêter les passes. Désormais, mes jours et mes nuits appartiennent à Sabina. L'échéance approche.

Accident de voyageur, le train a pris du retard, j'arrive place Gustave-Toudouze à vingt-trois heures trente. L'appartement est éclairé. Je tourne la clef dans la serrure, m'attends à voir Odette assise dans le vestibule. À ma grande surprise, elle n'y est pas. Le son de la télévision à son volume maximum, elle écoute un reportage sur le rôle des chevaux durant la Seconde Guerre mondiale. J'avance à pas feutrés dans la salle à manger. Les sept cadeaux laissés sur la table avant mon départ ne sont pas déballés. Sur la porte de sa chambre, un nouveau dessin : une croix et une épitaphe surplombent une liste de prénoms. Je m'approche. Odette a dressé l'inventaire de toutes les bestioles que j'ai vendues.

À nos tendres compagnons de route disparus
pour sauver Odette et Zoline de la pauvreté

Marius l'écureuil
Gisemonde l'oursonne
Roger le lézard
Solange la coccinelle
Pierrot le héron
Jacques le buffle
Valérie l'hippocampe
Sophie la grenouille
Fernand le hibou
Émilie la souris
(...)

Je rejoins Odette captivée par son reportage. Elle m'ignore, communique seulement avec sa jument posée sur la petite table ronde. Le reste de la ménagerie est disposé en plusieurs rangées sur la méridienne, comme au cinéma. Je cherche la louve : absente. Odette s'en serait-elle débarrassée ? Je lui demande ce qu'elle a fait en mon absence. Des sudokus ? Des mots fléchés ? Elle ne me répond pas. Je persiste. Écouter des émissions à la radio ? Aller à l'église ? Odette reste de marbre. Je frappe du pied. Le parquet tremble, les animaux tombent. Odette tourne sa jument vers moi.

— Jument : Tu n'existes plus pour nous.

Aucune envie de m'embrouiller avec elle ce soir. Je file dans mon boudoir et relis *Parole et guérison.*

Je me suis levée tôt pour ne pas croiser Odette et entendre une parole désobligeante. Un rien pourrait briser le lien que je suis en train de nouer avec Sabina. Comme dans tous les débuts de relation, l'équilibre est précaire. Je suis à l'affût du moindre signe de fuite de sa part. J'ai passé la nuit à lui écrire des lettres pour apprendre à la connaître. Doucement, j'apprivoise l'animal traqué.

Bouchons de cire dans les oreilles, je me rends à pied au Cours Florent. Je répète des répliques prises au hasard tout en visitant les intentions du personnage. Je fais entrer le texte dans les tissus. J'arrive la première en salle Adjani. Je m'allonge sur scène. Les yeux fermés, une main sur le ventre, je montre les lieux à Sabina, notre maison jusqu'à l'échéance du lundi 3 juin. Les élèves arrivent, je n'ai pas le temps de gagner ma place, Vanhove me dit de rester sur le plateau. Je prends une grande inspiration, j'attends la consigne. Il me demande de présenter mon personnage sans réfléchir. Je me lance :

— Je m'appelle Sabina Spielrein, j'ai dix-neuf ans, je suis originaire de Rostov-na-Donu, en Russie. Je suis hospitalisée car il m'arrive de faire de violentes crises, je ne contrôle pas mes tics. Je rencontre le docteur Carl Gustav Jung qui teste la nouvelle méthode freudienne : la « cure par la parole ». Je lui explique que je ne supporte pas l'humiliation. À mesure qu'il me pose des questions, une image me vient à l'esprit : la main de mon père. Les jours où il nous frappait, mes frères et moi, nous devions embrasser sa main. Ça m'excitait. Même quand il cognait mes frères, je m'éclipsais pour me toucher. Avec le docteur Jung, je parle de la fois où j'ai fait une grève de la faim, du jour où je me suis couchée dans la neige pour attraper une pneumonie, de ma petite sœur morte du typhus à six ans. Ma psychanalyse dure plusieurs mois. Je vais mieux, Jung tombe amoureux de moi, nous entretenons une relation. Je suis sa patiente et sa maîtresse. Notre histoire est impossible, il est marié et va de nouveau être père. Sa femme et lui espèrent enfin un garçon. Je suis jalouse. Carl met fin à notre liaison. Je lui en veux. Je guéris et deviens une psychanalyste des troubles de l'enfance.

Vanhove ne commente pas, signe que ça lui plaît. Il me demande de m'asseoir. Commence alors un échange sur l'interprétation et la mise en scène que j'imagine. Nous débattons sur l'hystérie, je défends mon point de vue. Hors de question que je joue une folle furieuse, je préfère montrer des tics sur mon visage, des contorsions du corps qui ressembleraient davantage à des crispations. J'imagine une caméra qui me filmerait en gros plan, l'image serait retransmise sur le mur du fond. J'impose mes choix, ma vision. Sabina me transporte. Pour terminer, Vanhove évoque la distribution, qui vais-je prendre pour partenaire ? Je fixe Hugo, il me fait un signe de tête. Il jouera Carl Gustav Jung.

Les élèves défilent sur le plateau. Nora interprétera Harper dans *Angels in America,* une femme désespérée de ne pas être aimée par son mari homosexuel, droguée au valium, qui dialogue avec les morts et pénètre dans les rêves des autres. De tous les personnages féminins présentés, Harper est celui qui me fascine le plus. Je scrute Nora. Pourquoi ce personnage l'attire-t-il ? Nora choisit aussi Hugo pour jouer Joe, son mari. Excellent comédien, Hugo est très sollicité.

Le cours se termine. À la demande d'Hugo, Nora et moi calons des répétitions communes dès la semaine prochaine. Nous réservons des salles. Le compte à rebours a commencé.

La radio gueule, une odeur de poisson empeste le vestibule. Je me suis précipitée pour rien : Odette est encore capable de cuisiner. Depuis combien de temps se paye-t-elle ma tête ? Je claque la porte. De vieilles fripes encombrent ma patère. Je les décroche, suspends ma veste, retire mes baskets. Je réalise que toutes mes chaussures ont disparu. Je regarde sous les fauteuils, rien. Je retrouve Odette dans la cuisine, exige qu'elle me les rende. Elle colle une oreille à la radio. Je la coince entre la table et le buffet. Elle me donne un coup de coude dans les ovaires, cri étouffé. Je recule. Elle chope sa jument, hennit, la fait galoper vers moi.

— Jument : Va-t'en la grosse !

Moi, grosse ? J'ai encore maigri. Je reviens vers la table, attrape le sel, saupoudre son assiette. Elle ne moufte pas, au contraire, s'extasie, *délicieux, un régal,* le fait même goûter à sa fichue bestiole. Je la harcèle.

— Où as-tu planqué mes chaussures ?

— Jument : Je ne cafterai pas.

Je me dirige vers le frigo, plus rien sur mon étagère. Je garde mon sang-froid, fais semblant d'hésiter. *Yaourt nature ou compote de pommes ?* J'avance le bras comme si j'attrapais un pot, prends une cuillère, tire ma chaise d'un coup sec, je sais qu'Odette y met ses pieds. Je m'assois, mime l'ouverture du pot, racle les bords, lèche la cuillère immaculée. Je répète ce jeu trois fois. Odette reste impassible, écoute le journal de treize heures. Je bondis de ma chaise, saisis sa radio, retire les piles. Je propose un marché : les piles contre mes chaussures.

— Jument : Tu peux te mettre le doigt dans l'œil.

Je lâche l'affaire et fais un rapide état des lieux, tout est à sa place, y compris l'argent planqué au fond du berceau dans le foutoir. Odette a juste défait mon lit pour voir si j'avais eu mes règles. En revanche, plus de brosse à dents, de produits de beauté dans la salle de bains, plus de livres ni de carnets de notes dans la salle à manger. Encore quatre-vingt-quatre jours à tenir. Je plonge dans les travaux de Freud, Jung et lis des textes intimes de Sabina Spielrein, d'autres sur sa pathologie. Je m'intéresse au travail de Charcot, regarde ses photos de femmes diagnostiquées hystériques. L'une écarte les bras en croix, une autre renverse la tête, une autre encore joint les mains et prie. Toutes grimacent et se contorsionnent. Je reproduis leurs postures et expressions, reste de longues minutes dans des positions inconfortables. À trop écarter la bouche, froncer les sourcils, bloquer mon regard vers le haut, me tordre les poignets et croiser mes bras, j'ai des crampes. À côté des répliques de Sabina, j'inscris les indications de jeu.

Je passe la semaine à répéter. Je m'octroie seulement des pauses pour aller à la supérette acheter une salade ou une nouvelle brosse à dents. Je ne la retrouve jamais à sa place : Odette a planté la première dans un bac à fleurs, la deuxième a fait office de brosse à récurer la vaisselle, la troisième est couverte de cirage. Elle m'ignore toujours, je me débrouille pour la croiser le moins possible. J'appréhende de sortir, je me demande quelle nouvelle crasse elle va inventer. J'ai caché mes affaires de valeur dans le foutoir que je ferme à clef. Quand je répète, Odette met la chaîne KTO à fond. Quand je l'éteins, Odette et sa jument rappliquent.

— Jument : Même si on ne regarde pas, on écoute.

Et elle rallume tandis que je ronge mon frein.

Déjà deux heures que le gramophone joue les chansons préférées d'Odette. Minuit passé et elle n'est pas couchée. Qu'elle fasse du bruit en journée passe encore, mais pas la nuit. À ce rythme, je ne tiendrai pas jusqu'en juin. Il est temps d'enterrer la hache de guerre. Je pensais qu'elle se lasserait de la guérilla, mais cela stimule son imagination. Je ne l'ai jamais vue aussi joyeuse que la fois où elle a mis de la glu sur ma brosse à cheveux, j'ai été obligée de me couper une mèche. Elle cherche à me faire sortir de mes gonds pour pimenter son quotidien. Je reste stoïque, bien que je ne supporte plus de l'entendre jouer les ventriloques avec sa bestiole. Pour patienter, j'écris mes répliques afin de visualiser les phrases que je hurle pour couvrir la musique, au risque de m'esquinter la voix. Parfois, je la surprends à donner un bal pour ses animaux. Ils sont dispersés dans la pièce, et elle fait danser les couples sur un plateau tournant posé sur la table ronde en chantant à tue-tête. Je passe mon chemin.

Sa musique me donne mal au crâne. La grande aiguille de l'horloge martèle les secondes qui annoncent l'arrivée du 3 juin. Être si près du but et échouer à cause d'une vieille bourrique. Je pourrais la tuer. Je prépare deux tasses de tisane, dont l'une avec supplément somnifère. Je les dispose sur un plateau avant de frapper à la porte du salon.

— Jument : Qui est là ?

Je crie pour couvrir la musique. À peine ai-je ouvert la bouche que la satanée bestiole me coupe :

— Jument : Je n'en veux pas.

Je pose le plateau sur la table, coupe le son, puis dis le plus calmement possible :

— Faisons la paix.

— Jument : Tu ne le mérites pas.

Je vais dans la salle à manger, reviens les bras chargés de cadeaux. Je déchire les emballages, dépose à ses pieds le foulard, la broche fantaisie, la crème de jour, le cadre doré, la mallette de peinture, le panier gourmand et le livre sur l'équitation.

— Jument : Nous, on ne nous achète pas avec des cadeaux. Tu nous as abandonnées. Comment oses-tu mordre la main qui t'a accueillie ? Tu n'es qu'une sale profiteuse. Tu as abusé de la faiblesse d'une personne âgée qui ne demandait qu'un peu de compagnie et d'affection. Le diable niché dans ton ventre fait trop de dégâts. Un jour, ça se saura. Dieu sait tout.

Je tremble, attrape Odette par les épaules, la secoue :

— Tais-toi, je répète, tais-toi !

Elle suffoque. Je retire mes mains, recule vers la porte. Odette brandit sa jument à hauteur de mes yeux.

— Jument : Fille le soir qui court sur le trottoir se remplit le tiroir. Vas-y voir, vas-y voir, il ne fait pas que tout noir.

Je ne sens plus mes muscles, titube vers le plateau, ingurgite la tasse destinée à Odette. Achevée, je m'écroule sur mon lit.

Depuis mon retour du Pays basque il y a trois semaines, mes journées ne sont que nuits. Je vis les trois quarts du temps dans le noir. Les répétitions intensives avec Hugo et Nora ont commencé. Nous nous enfermons des heures entières au Cours Florent, répétons dans les couloirs quand nous devons libérer la salle. Nous travaillons comme des acharnés. Nora et moi endossons le rôle du metteur en scène quand l'autre se trouve sur le plateau. Si Hugo doit partir plus tôt, nous jouons ses personnages. Nora interprète Jung et moi Joe. Nous profitons des locaux jusqu'à la fermeture, le vigile finit toujours par nous virer.

Sabina m'épuise, son mal-être me ronge, il me prend aux tripes. Chaque fois que j'arrive au bout de la scène, vidée, je m'écroule dans les gradins. Je fais deux ou trois siestes par jour afin de tenir ce rythme effréné. Parfois, mon corps s'éteint sans prévenir et je m'effondre en cours. Ça m'est arrivé aussi chez Odette. Alors que je me préparais un thé, je me suis assoupie sur son déambulateur à côté de la gazinière. Je profite des week-ends pour récupérer. Je ne bois plus une goutte d'alcool. Je respecte à la lettre les conseils de Jean, sauf pour l'alimentation. Tout m'écœure, particulièrement les petits-déjeuners copieux d'Odette. Les viennoiseries ne sont plus réservées au jour du Seigneur, elle rejoue la Cène avec sa ménagerie chaque matin. Il n'y a que les jus de tomate et de carotte qui passent. Depuis que j'ai endossé le rôle de Sabina, mes goûts ont changé. Son tempérament fort écrase ma personnalité. Je ne sais plus ce que j'aime, ce que je désire. Sabina me fait perdre tous mes repères. Elle est le premier personnage qui me désarçonne autant. Elle remplit chaque espace de mon être jusqu'à me donner la nausée. Je suis prise de vertige dès que je me retrouve dehors, la rumeur de la ville m'agresse. Je suis coupée du monde, tous mes sens en sont exacerbés. Je limite mes déplacements en métro : la foule, les odeurs de transpiration et de rance me rendent malade.

Je suis dans un état second et Odette le perçoit. Elle ne m'adresse toujours pas la parole. Elle a un nouveau jeu : elle enfonce son index dans mon nombril et me traite de grosse. Parfois, elle lance un de ses proverbes façon mauvais sort. Quand je lui demande des explications, la jument hennit : je comprendrai en temps voulu. Je suis à cran, Odette m'aliène et m'use jusqu'à la moelle. Je maigris, m'endors n'importe où, le poids sur ma poitrine m'oppresse et mes vertiges n'ont pas cessé. Un matin, ma tête tourne tellement que les murs bougent. Envie de vomir. Assise sur le rehausseur, je tiens fermement les barres d'appui pour ne pas tomber. Je sursaute, Odette est là, elle glisse son index dans mon nombril comme si elle voulait me transpercer le ventre. De son autre main, elle lève la bestiole sous mes yeux.

— Jument : Ça pousse, ça pousse…

Impossible de diriger Hugo et Nora. Je tente de comprendre les insinuations d'Odette. Ça vire à l'obsession. Je leur dis que je couve quelque chose, il vaut mieux que je parte. Les comédiens ont toujours peur de tomber malades : Hugo et Nora me chassent.

À mon retour, je provoque Odette, passe sous son nez ventre en avant. Je recommence plusieurs fois, mais elle n'enfonce pas son doigt. Je poursuis mes allées et venues toute la journée, termine le nombril à l'air. Je l'exhibe. Alors qu'elle assiste à la messe télévisée du samedi soir, je me place devant l'écran, gonfle le ventre. Enfin elle craque, attrape sa bestiole, plante son museau dans mon nombril.

— Jument : Ça pousse, ça pousse et un jour faudra que tu pousses.

La jument répète son dicton de plus en plus vite et de plus en plus fort. Je l'arrache des mains d'Odette, la propulse contre un mur. Elle se brise en quatre morceaux. Je m'enferme à clef dans le foutoir, comme chez France. Je me cachais dans son armoire et m'enfouissais sous les vêtements pour échapper à ses punitions. Je me planque sous une montagne d'édredons au milieu des mosaïques, des fauteuils, de la jambe de bois et du berceau. Recroquevillée dans le noir, à l'affût du moindre bruit, j'ai neuf ans. Je sais bien que France n'est pas là, pourtant son visage avance vers moi, ses lèvres pulpeuses me dévorent. Je nous revois déguisées. Tout se mélange. Je confonds les époques et les costumes. La fillette blonde n'a jamais mis de bibi à voilette ni de boa. Panoplies et accessoires tourbillonnent dans ma tête. La barrette ornée de perles et de paillettes me conte la fois où, sous la douche, France a exploré mon corps, prétextant rencontrer une sirène.

Je me réveille en plein milieu de la nuit. Je me débats sous les couvertures, me cogne, tombe à plat ventre dans ma chambre. C'est décidé, demain je m'en vais. Je ne suis pas de taille à supporter les délires d'Odette. Je rassemble mes affaires, dissimule mes billets : roulés dans des tampons, dans des poches, dans le fond de mes culottes, fourrés dans un paquet de gâteaux, à la place du rembourrage de mes soutiens-gorge, dans le filet de la perruque fuchsia… Je lutte contre le sommeil, répète mon texte, finis par m'enrouler dans la couette.

— Les cloches sont passées, dit Odette.

Je bondis hors du lit, trébuche sur mon baluchon. Sans crier gare, la bestiole, rafistolée, se faufile dans l'entrebâillement.

— Jument : Aide-moi à chercher les œufs.

Je crois à une plaisanterie mais la jument insiste : ils sont cachés dans le salon.

— Jument : C'est Pâques. Nous ne l'avons jamais fêté.

La maligne, elle me prend par les sentiments. Tu ne me feras pas culpabiliser, vieille bourrique. Baluchon sur le dos, j'ouvre la porte en grand. Bombe sur la tête, Odette brandit son animal. Pourquoi suis-je aussi faible ? Je la suis dans le salon. Elle oscille, sa démarche est moins assurée.

— Jument : Il y en a neuf à trouver.

Je balaye la pièce du regard, commence par la méridienne. En voilà deux. Un autre derrière le portrait de Jésus en mosaïque, un dans le secrétaire. Assise sur son fauteuil releveur, Odette me guide.

— Jument : Froid, froid, froid, chaud, chaud, brûlant !

Je dépose le dernier dans le panier. La jument me demande

de fermer les yeux : elle a une surprise pour moi. Odette fait durer le suspense. Dans la salle à manger, la table scintille de mille feux. Odette a sorti son service en cristal de Baccarat et son argenterie. Une ribambelle d'animaux traversent la table. Soudain j'aperçois la louve. Odette mettrait donc fin aux hostilités ? J'attrape l'animal. Mon corps tremble. Un louveteau est caché derrière. Mon sang ne fait qu'un tour. Je file à la pharmacie.

Aux toilettes, j'urine sur la languette, remets le capuchon. Respiration coupée. Tout s'éclaire : la fatigue, les nausées, la poitrine tendue et l'absence de règles.

Deux barres. Je compare avec la notice, fixe à nouveau le trait en trop.

Je me précipite dans ma chambre, cache le test au fond de ma boîte à souvenirs *Don't cry*. Dans la salle à manger, seuls la louve et le louveteau trônent sur la table.

J'erre dans les rues de Pigalle. Les vitrines des sex-shops me renvoient mon reflet de femme enceinte.

Un enfant ne peut pas accoucher d'un enfant.

J'aimerais me blottir dans les bras de ma mère, entendre un *ça va aller*. Je fais défiler mon répertoire, cherche qui appeler. Autour de moi, je ne vois que des femmes enceintes, je les repère à dix kilomètres à la ronde : sourire aux lèvres, main sur le ventre. Elles portent fièrement le feu sacré du vagin, un miracle s'est produit dans leur Sainte-Chapelle. Je monte les marches du Sacré-Cœur. Grand soleil. Paris rit, danse et chante. Parvis plein à craquer de musiciens et d'enfants, odeurs de crêpes. Le monde est à la fête et je n'y suis pas conviée. La créature me hante. Je vois partout sa peau laiteuse, ses petites mains et ses pieds potelés, les plis dans son cou. Je voudrais ne plus penser. J'envoie un SOS à Yolande, la voyante. Je redescends la colline. Boulevard Ornano, mon portable sonne. J'éclate en sanglots. J'entends Yolande allumer une cigarette. Elle m'intime l'ordre de lui décrire ce que je vois. Je me concentre, explique la situation. Je l'assaille de questions : que dois-je faire ? Le garder ? Que disent les cartes ? Rien. Yolande refuse d'y toucher. Elle reste plus d'une heure avec moi. J'imagine à voix haute les scénarios possibles, cherche des signes : un sourire, une inscription, un feu qui passe au vert. Comment Jean va-t-il réagir ? Yolande fait allusion à ma jeunesse, à l'écart d'âge avec lui. Nous sommes interrompues par une voix fluette. Elle va devoir raccrocher. Je m'affole, presse le téléphone. Yolande me rassure, elle reste joignable. *Haut les cœurs.* J'entre dans un cinéma, enchaîne deux films. À la sortie je ne me souviens déjà plus des titres. J'envoie un message à Jean : « *Passons-nous toujours le lundi de Pâques ensemble ?* » La réponse affirmative ne se fait pas attendre.

J'erre un long moment avant de rentrer. Odette est couchée. Je fonce dans ma chambre. J'ouvre la boîte *Don't cry*, observe longuement le test. Les deux barres sont toujours là. Il est trois heures et je n'ai toujours pas sommeil. Je craque, vole un somnifère.

À mon réveil, je découvre plusieurs messages de Jean pour décaler notre rendez-vous. Diane retarde son départ. C'est lui qui la pousse à partir en vacances ou en week-end plusieurs fois dans l'année avec sa sœur. Ils ne lui laissent pas le choix. D'un commun accord, ils se partagent sa garde. Assise sur mon lit, je sens une énergie nouvelle. Je ne joue plus à être femme, je le suis. Je cherche une tenue dans laquelle je me trouve belle, enfile un tee-shirt blanc et une minijupe bleu marine.

J'entends Jean dévaler l'escalier, regard sombre et baiser mécanique. Diane vient de partir, elle a explosé au moment de monter en voiture. Elle est tombée sur nos messages. Jean avait oublié son portable dans le salon. Sans un mot, il me tend la tenue complète de Léo. Dans le garage, nous enfourchons les vélos. Les cyclistes sont de sortie, ils tournent à vive allure autour de l'hippodrome de Longchamp. Je peine à m'insérer dans la boucle. Jean est déjà loin devant. À plat ventre sur la barre centrale, il fonce. Je pédale comme une dératée. On me dépasse, les insultes fusent. Jean a un tour d'avance, il me rattrape. Je ne l'ai jamais vu aussi furieux. Je donne un bon coup de collier, passe devant. On me gueule dessus, Jean aussi, rien à cirer. J'accélère la cadence. D'un coup ma selle se dévisse. J'oscille, debout sur les pédales, je finis par renoncer et sors du circuit. J'évite de justesse un carambolage en coupant la route. Jean me retrouve et me hurle dessus. Je lui lance un regard noir. Nous rentrons à pied et en silence. Au dernier passage piéton, il me barre la route, attrape mon vélo.

— La voiture de Diane est là. Je t'en prie, va-t'en. Pas de scandale.

Les vélos de chaque côté, Jean me laisse en plan sur le trottoir. À la fenêtre du deuxième étage, j'aperçois la silhouette de Diane. En tenue de cycliste et chaussures à crampons, les yeux rouges, je m'engouffre péniblement dans le métro. Ma décision est prise.

D'un grand coup, je pousse la porte d'entrée qui brise le fauteuil. Odette, dans la salle à manger, admire sa dernière mise en scène : une crèche avec les animaux de la ménagerie disposés autour du louveteau. Je hurle, comment a-t-elle su ? D'un geste vif, j'enfonce mon doigt dans son nombril.

— Avoue, tu as prié pour que ça m'arrive.

De peur que je la frappe, Odette porte les mains à son visage. Je déguerpis dans ma chambre, passe un jogging. Boulevard de la Chapelle, musique à fond, je cours. Je ne pense qu'à une chose : exterminer la créature qui me dévore. Je ne veux pas de toi, fous le camp. Tu es déjà mort dans ma tête. Devant les camions des prostituées chinoises avenue de Flandre, j'appelle Mouss. Au pied de la tour, en claquettes, pas rasé, il m'attend. Bifton contre herbe, notre échange s'arrête là. Je poursuis ma course sur les quais du canal de l'Ourcq, désir ardent de bagarre. Des idées noires me traversent l'esprit. Je cours à perdre haleine, je guette l'arrivée du sang entre mes cuisses, mais la créature s'accroche. Au retour, je dévalise une supérette : vodka, whisky, gin. Enivrée, enfumée, assommée la créature.

Sept heures cinquante, gueule de bois, j'arrive au cabinet du gynécologue.

Venir ici sans rendez-vous, c'est comme entrer à l'Élysée sans carton d'invitation. Dos tourné à la salle d'attente, j'ai honte. Parmi ces femmes, combien aimeraient être à ma place ? J'exige une consultation pour régler une *urgence*. La secrétaire me propose un créneau le lendemain. Je hausse le ton. Je profite du départ d'une patiente pour me faufiler dans le bureau.

— Je suis enceinte, je ne veux pas le garder.

Le médecin ferme la porte. Entre ces murs, cette phrase résonne comme un sacrilège. Il aide les femmes infertiles, ma demande va à l'encontre de ses convictions. Il me suggère de revenir la semaine prochaine. Si je n'ai pas changé d'avis, il me recommandera à un confrère. Je me tire.

Au Cours Florent, je m'installe discrètement au fond de la salle. Je cherche les coordonnées du planning familial et de centres de santé, note les numéros sur une page de *Parole et guérison*. À la pause, je les appelle un par un. La liste d'attente est longue. Je poursuis mes recherches : médecin IVG. Un nom s'affiche : docteur Morel. Une voix grave me dit de passer.

Midi, je fonce rue Secrétan. Vieil immeuble, la plaque dorée détonne sur la façade grise. Odeur de peinture fraîche, la montée me paraît interminable. Personne dans la salle d'attente.

Épaules larges, barbe grise, le médecin me fait signe de le suivre.

— Je vous en prie, me dit-il d'une voix douce en me désignant le fauteuil face à son bureau.

Il me répète qu'il est là pour m'aider, mais je n'arrive pas à parler. Il me pose des questions sur ma santé : allergies, antécédents médicaux, traitements, il remplit sa fiche, termine par la date de mes dernières règles. Je suis dans les temps pour un avortement médicamenteux : le mifépristone pour interrompre la grossesse et le misoprostol pour provoquer l'expulsion de l'œuf. La première prise se fera avec lui, la seconde, quarante-huit heures après, chez moi. Rattaché à l'hôpital Robert-Debré, en cas de complications, il pourra m'hospitaliser. Il me remet un livret d'information, martèle chaque point. Maintenant… Pendant… Après…

Dans la pièce attenante, fesses au bord de la table, pieds dans les étriers, je me concentre sur ma respiration.

— Avez-vous des questions ?

— Quand… la première prise ?

Long silence. Une fois derrière son bureau, il m'explique que je dois confirmer ma demande par écrit au prochain rendez-vous. J'attrape un papier, inutile d'attendre plus longtemps. Morel gribouille la liste des examens obligatoires : prise de sang et échographie.

— Et la première prise ? je répète.

— Dans une semaine.

Il m'ajoute au crayon sur son agenda. Mon prénom quasi invisible semble flotter comme une option à gommer. Ça bouillonne. Je jalouse Morel pour qui la vie continue.

J'attrape les ordonnances, quarante euros. Déjà cette chose me coûte.

Morel me raccompagne, je chuchote un merci. Soudain, il me prend dans ses bras :

— Ça va aller.

Je fonce au laboratoire le plus proche où se pressent les Chinoises perchées sur leurs talons. Veste en jean, ongles fluorescents, pantalon similicuir ou minijupe rouge, les filles des camions de Flandre se ressemblent toutes. Un biologiste leur décrypte les résultats. Il maîtrise parfaitement leur langue. Elles investissent les lieux. J'attends mon tour. Le biologiste me parle en chinois, se reprend, sourit à la lecture du prélèvement : recherche de bêta-hCG. Tandis que le tube se remplit, je l'informe que je ne le garderai pas. Il appuie le coton un long moment, comme si ces secondes supplémentaires allaient me faire changer d'avis.

Au centre d'imagerie médicale, une fois encore, la secrétaire me fixe un rendez-vous pour la semaine suivante. Avalanche de larmes, je me penche, approche mon visage tout près du sien. Je lui murmure que je ne veux pas voir cette chose à un stade développé. Je compte avorter, qu'elle me trouve une place, je ne partirai pas d'ici. Elle prend son téléphone, demande à son interlocuteur de caser une femme pour une IVG. Elle crie à nouveau ces trois lettres. Pour la première fois, je les dissèque. INTERRUPTION VOLONTAIRE DE GROSSESSE. Je baisse les yeux. Je rejoins la salle d'attente, l'échographe me prendra quand il aura *un trou*.

Je m'assois parmi les couples qui échangent sur la maternité et ses chamboulements, les dates de termes fusent, on se donne des conseils pour avoir moins mal au dos et des astuces pour obtenir une place en crèche. Je suis cernée par des photos dans les tons rose poudré : œuf, fœtus, bébé. Nausée. Je renifle bruyamment, peine à reprendre ma respiration, les futurs parents évitent de me regarder. Enfin, on m'appelle.

Je m'installe sur le fauteuil, écarte les cuisses. La cinquantaine, cheveux frisés, la femme enfonce la sonde d'un geste brusque. Je fixe l'écran, une petite tache noire apparaît. Elle prend les mesures, enchaîne les captures d'images. C'est donc ça : un œuf de cinq millimètres. Prise d'assaut par un ennemi de cette taille ! Un minuscule cheval de Troie. Je me sens dépossédée de mon propre corps. J'éclate en sanglots.

— Vous ne savez pas qu'avec deux trompes et deux ovaires, il y a de fortes chances de tomber enceinte ?

Échographie en poche, je déambule au bord du canal Saint-Martin, regarde l'heure toutes les deux minutes. Un dernier résultat à obtenir, sept jours de cohabitation avec la créature et tout ça ne sera plus qu'un mauvais souvenir. Au laboratoire, la secrétaire me tend les résultats, tout sourire.

Je répète avec Hugo et Nora, nous passons plusieurs fois sur le plateau devant Vanhove. Je me surprends à parler seule, je ne contrôle pas mes mains qui tremblent ni les montées de larmes. Ma transformation physique est spectaculaire, rachitique, mes yeux noirs ressortent et laissent transparaître mes émotions, mon regard peut être aussi lumineux que terrifiant. Vanhove explore avec moi de nouveaux territoires. Un jour, il a pris la place d'Hugo, m'a demandé de le frapper de toutes mes forces, je l'ai roué de coups. Il m'a attrapé les poignets, m'a forcée à m'agenouiller. Des frissons parcouraient mon corps. Il m'a demandé de figer cette émotion et de l'inscrire dans mes cellules. À la fin du cours, il est venu me trouver, il veut que je passe une audition pour sa prochaine création. Sur scène, j'oublie la créature qui me bouffe de l'intérieur.

Je passe le moins de temps possible à l'appartement. Odette déplace le louveteau de pièce en pièce, le met en évidence. Quand je suis là, nous nous évitons, elle vit avec sa radio, ses morts et ses prières, moi avec ma musique, mes personnages et mes pièces de théâtre. J'écoute des enregistrements de Vitez, Lagarce, Brook, Py qui parlent dramaturgie. Leurs voix m'accompagnent quand je cours. Tous les matins, jogging de six heures et demie à sept heures et demie. Ma collection de pierres s'est considérablement agrandie, j'ai dévalisé une boutique spécialisée, j'ai même acheté un parfum pour chasser les âmes errantes. Je le vaporise matin et soir. J'écris des lettres dans lesquelles j'implore la créature de s'en aller d'elle-même. Je ne suis pas faite pour les couches et les biberons, mais pour les planches et les costumes. Je lui parle de Jean. Quotidiennement, il m'envoie un message. Je fais la morte. Tout est figé. Je limite mes contacts à quatre personnes : Nora, Hugo, Vanhove, et Yolande que j'ai une fois par jour au téléphone. Je fume trop, mange peu, bois, cours. Le reste du temps, j'entre en transe pour jouer Sabina comme si je m'injectais chaque réplique en intraveineuse.

Sept heures cinquante, j'arrive en avance au cabinet du docteur Morel. J'aperçois un mot placardé sur la porte : *Absent jusqu'au mardi 9 avril.* Et s'il avait prolongé ses vacances ?

Je sursaute. Habillé de noir de la tête aux pieds, sac à dos sur l'épaule, il m'invite à le suivre. Je me baisse pour ramasser son courrier éparpillé au sol. Qu'on en finisse. Il me donne les instructions, les note sur une feuille et m'informe des éventuelles conséquences : vomissements, règles abondantes, hémorragie, évacuation compliquée. À moi de vérifier la présence de l'œuf dans ma culotte ou la cuvette des toilettes : il ne m'épargne rien. Il me prescrit des suppositoires contre la douleur à prendre avant le deuxième médicament, puis toutes les deux heures jusqu'à l'expulsion. Il gribouille son numéro de portable pour que je lui envoie un message si tout se passe bien et me dit d'appeler les pompiers en cas de problème. La pendule d'un coucou résonne.

— C'est de l'eau du robinet, vous n'avez rien contre ?

Il me tend un verre. Je gobe la pilule. Voilà, c'est fait. Morel me donne les cachets à prendre dans deux jours, puis me serre la main d'une poigne ferme, *bon courage*. Je suis un soldat qui monte au front. Le soleil m'éblouit, je sais où aller. Gare de l'Est, j'achète un billet pour Toul. Je m'installe dans un café, ingurgite un grand chocolat chaud. Je crève de faim. J'envoie un message à Hugo, Nora et Vanhove : « *Un souci personnel à régler, de retour vendredi.* »

Vendredi. Tout redeviendra comme avant.

J'observe les gens qui marchent d'un pas rapide, les arrivées, les départs, les retrouvailles et les moineaux qui picorent des miettes sur ma table. Je divague.

> *Pas de retour en arrière possible, sinon tu accoucheras d'un monstre !*

J'imagine un bébé-tronc, un visage sans regard ou sans nez, une demi-bouche. Le mifépristone agit, il stoppe la croissance de l'œuf, le fossilise. J'ai un coquillage dans le ventre. J'ai la tête qui tourne. J'appelle Yolande, elle me rassure : j'ai fait le bon choix. Elle reste avec moi jusqu'à la montée dans le train. Je me recroqueville contre la fenêtre, un homme promène son bébé en pleurs dans l'allée. Je me bouche les oreilles, pense à Jean. J'hésite à lui envoyer un message. Il a de la chance de ne pas savoir.

Bâtiment A, l'odeur n'a pas changé, un mélange de bouffe, de cigarettes et de transpiration. Les rangers des militaires prennent l'air sur les paliers. Bruits de casseroles, de télévisions. Je me hisse au premier étage. Je m'essuie les pieds sur le paillasson : ma mère ne supporte pas la saleté. Tout doit être impeccable. Un doigt sur la sonnette, un chien aboie.

— Romy, ça suffit !

Je reconnais sa voix. Tirée à quatre épingles, carré court, Hélène ouvre. Le bâtard pose ses pattes sur ma poitrine, ma mère lui ordonne de se coucher. Nous nous dévisageons. Hélène a changé depuis que je l'ai aperçue à sa caisse. Maquillée, cheveux impeccables, moins chétive, j'ai du mal à la reconnaître. Elle me serre fort.

— Mon bébé, répète-t-elle en boucle.

L'appartement sent la javel, tout est à sa place. Dans le couloir trônent toujours le vase et son bouquet de plumes de paon. Le remède d'Hélène contre le mauvais œil. Elle en ajoute une à chaque départ en mission. Pendant qu'elle prépare le thé, je revisite les lieux, vitrine du passé. Partout des photos encadrées de moi enfant : en princesse, gitane, fleur, devant un gâteau, avec un ballon. À côté de l'ordinateur, je retrouve le bloc-notes avec le nom des écoles de théâtre par ordre de préférence. Le Cours Florent en premier. Dans le couloir, deux vestes d'homme, une de l'armée, une civile. Mon père est-il revenu à la maison ? Est-il en mission à Gaza, au Liban ou en Centrafrique ? J'ai entendu que ça pétait, affrontements entre la Séléka et milices anti-balaka.

Je pousse timidement la porte de ma chambre pour ne pas déranger la fillette et ses Barbie. Toutes mes affaires sont là, deux décennies de souvenirs. Dans un coin, un établi avec des avions et des hélicoptères, des boîtes de modélisme et de voitures de collection. Sur mon lit, des vêtements de différentes tailles : un col roulé rose, un fuseau, des tee-shirts avec des inscriptions, un pantalon en velours, un patte d'éph. La table de chevet déborde de brochures du Cours Florent. Je soulève le double fond et retrouve le portrait de France. Sa chevelure rousse couvre une partie de son visage. Qui es-tu France ? Que s'est-il passé dans ta tête la première fois que tu m'as allongée sur ton lit ? Et les suivantes ? Je referme le tiroir en vitesse. Ma mère me tend une tasse brûlante, s'excuse :

— Je vais débarrasser la pièce. Pour les vêtements, je ne connais pas tes goûts…

Je reste muette. Elle avait un an de plus que moi quand elle est tombée enceinte. Elle s'installe à mes côtés, entortille mes cheveux. Je bascule la tête sur son épaule, essuie mes larmes avec son tee-shirt. Je lui susurre la raison de ma venue, elle lâche la tasse.

Hélène fredonne une berceuse, mes paupières se ferment. Je suis réveillée par les corbeaux et les mouettes qui déchiquettent les poubelles du McDonald. Le réveil indique dix-huit heures. Pieds nus, je gagne la cuisine. Debout près de la fenêtre mon père fume. Sa peau mate est imprégnée d'un soleil de plomb et de poussière, la lueur vive du combattant persiste dans son regard. Il faut un mois pour qu'elle s'éteigne. La flamme est éclatante. Son visage, son cou, ses mains sont brûlés, des cicatrices et entailles récentes. Il écrase sa cigarette, fait chauffer du lait pour mon chocolat chaud comme lorsqu'il m'emmenait à l'école. Dos tourné, il se racle la gorge :

— Ça va, Rom ?

On dirait qu'il s'adresse à son collègue dans la salle de musculation. La dernière fois que je l'ai vu, c'était dans le garage de son père. Ivre, il avait refusé d'entendre que France avait abusé de moi. Ce jour-là, il est mort pour moi. Il décapsule sa bière. Son corps est tendu, son visage crispé. Nous esquissons des débuts de phrases : *Alors comme ça, Paris… De retour d'Afrique ? Comédienne donc ? Durant ces trois ans, tu… Logement ? Et avec maman, vous… Dans quel arrondissement ? Le chien, une idée de… Tu t'en sors, quel boulot ? Prochaine mission ? Danseuse ? Des nouvelles de… Diplôme en juin ? Tu sais pourquoi je…*

Philippe me tend son paquet de cigarettes. Nos phrases ont toujours été hachées sauf quand elles se terminaient en reproches ou en insultes. Impulsifs, excessifs, en guerre : nous avons le même caractère. Le cendrier déborde. Ses mâchoires tremblent. J'aperçois ma mère dans l'encadrement de la porte, elle a tout entendu. Je me lève pour la serrer contre moi mais elle fuit. La porte claque, le vase se brise. Les plumes de paon dans une main, Hélène se dirige vers la rivière qui entoure les remparts. Nous l'observons à la fenêtre. De la fumée s'élève dans le crépuscule qui nimbe la cathédrale. Les plumes s'embrasent et Hélène les regarde se consumer. Toutes ces années à croire dur comme fer qu'elles protégeraient la famille, quelle blague. Si le mauvais œil pouvait s'acharner sur quelqu'un d'autre.

Nous dînons dans le calme, pas un mot plus haut que l'autre. Philippe quitte la table le premier, se réfugie dans sa chambre. Encore trente-cinq heures avant la prise du misoprostol. Le temps s'est figé. Impossible de fermer l'œil. Les murs de ma chambre portent encore les traces de mes coups de tête et la fillette hurle à l'intérieur. Je file dans la cuisine, la boîte à médicaments est toujours à la même place, j'attrape un Lexomil et m'effondre sur le canapé.

Hélène me secoue doucement, Philippe vient de partir. Elle a posé une journée pour s'occuper de son bébé. J'ai huit ans. Elle me fait couler un bain, démêle mes cheveux et m'emmitoufle dans son peignoir. Affalée sur le canapé avec un plaid, je m'abrutis devant mes cassettes vidéo préférées : *La Belle au bois dormant*, *Cendrillon*, *Blanche-Neige*. Elle me prépare mon repas favori : une purée mousseline mélangée à du jambon haché. Elle fait son possible pour me distraire, me lit l'horoscope, les potins de célébrités, me raconte les ragots du voisinage. Elle ne me lâche pas d'une semelle, s'assure toutes les deux minutes que je n'ai besoin de rien. Demain nous fait peur. Tout est prêt sur ma table de chevet : misoprostol, verre d'eau, suppositoires, et réveil programmé. Plus que douze heures avant l'expulsion. J'ai l'impression de me préparer à la guerre. Dans ma tête, je parle à l'ennemi, entame des négociations.

Philippe ne cesse d'aller et venir. Il en a mené des combats, en Arabie saoudite, République centrafricaine, Irak, Afghanistan et Tchad, il en a vu des morts. Aujourd'hui il est désarmé. Hélène l'oblige à prendre l'air. Sur le pas de la porte, il grogne qu'il va tuer celui qui m'a fait ça. Plus que huit heures. À la lueur de la veilleuse à tête de Mickey, je m'allonge, prends le premier suppositoire.

Dans mon lit de petite fille, j'avorte au milieu des poupées et des peluches.

Coupée en deux. Une douleur diffuse se propage dans mon bas-ventre. Utérus, trompes, ovaires, vagin et rectum se contractent. Je hurle. Je pleure. Je pousse. Rien ne sort. Le venin des regrets se propage dans mes veines. Des images de cet enfant fantôme m'assaillent : main potelée dans la mienne, de dos sur un cheval à bascule, allongé dans son lit à barreaux. Je ne discerne pas son visage, impossible de connaître son sexe. Mais au fond de moi je le sais. C'est une fille que j'expulse. La tête dans l'oreiller, je tords la couette. Les emballages de suppositoires parsèment le sol comme des éclats d'obus. Je serre les fesses, les dents et les mains pour prier ce Dieu qui n'existe pas.

Aucune trace de sang, j'enfonce les doigts dans mon vagin, fouille pour extirper l'œuf. Je relis les prescriptions de Morel, m'assure d'avoir tout fait comme il faut. *En cas d'hémorragie, appeler les pompiers*. Sensation de diarrhée. Je contracte les fesses. Mon corps est tordu par les spasmes et les crampes. La douleur va et vient, contractions. Morel ne m'avait pas prévenue. Hélène passe la tête dans l'entrebâillement de la porte pour me proposer sa bouillotte, *un peu de chaleur, ça te ferait du bien*. Elle dévisage sa fille devenue femme. Elle s'agrippe au chambranle : son bébé expulse un bébé.

Les mains posées sur mon ventre, je tourne en rond. Le processus a commencé. Extermination en cours.

Face au miroir, je me fixe jusqu'à ne plus savoir de quel côté je me trouve. Noyée dans mes yeux noirs, je m'enlise dans les réminiscences. Des images de l'enfance valsent dans ma tête. Mes mains empoignent mes seins gonflés, griffent mon ventre, mes hanches et mes fesses. J'attends le sang. Et si ça ne marchait pas ?

Six heures se sont écoulées avant que les douleurs ne reviennent. Mon ventre pousse de lui-même. Vite, je m'enferme dans la salle de bains.

— Je suis là ma chérie. Je suis là.

Derrière la porte, ma mère pleure. Un liquide chaud coule le long de mes cuisses. Je ferme les yeux et me concentre sur ma respiration. Je me laisse glisser au fond de la baignoire et me cramponne aux rebords, cuisses écartées. Cri étouffé. Le filet rouge se fraie un chemin jusqu'aux canalisations. Je perds beaucoup de sang. Je guette l'arrivée de l'œuf. Rien. Les contractions s'atténuent. Je panique. Trop peur de l'avoir encore à l'intérieur. Je me masse le ventre avec le pommeau.

— Mon bébé ?

Je la rejoins au salon. Nous regardons des dessins animés de princesses, elle m'oblige à garder la bouillotte sur le ventre. Une main sur mon front, elle prend ma température et caresse mon visage mouillé. Hélène joue à la maman comme si elle pouvait rattraper le temps perdu. J'ai chaud, j'ai froid, je tremble. Le sang coule, je fonce aux toilettes. Sur la cuvette, paumes contre les murs, je pousse. Dernière contraction. Je tire la chasse. La guerre est terminée. J'envoie un message à Morel et m'effondre dans mon lit. Les écouteurs enfoncés, j'attends que le Lexomil fasse effet.

C'est l'heure de partir, une dernière mission m'attend à Paris. Je me sens encore très faible. Je promets à Hélène de revenir cet été. Elle me donne une valise pleine de vêtements et de nourriture. Philippe m'emmène à la gare, m'aide à la monter dans le train. Les champs printaniers défilent derrière la vitre, les rayons du soleil effleurent mon visage. J'envoie un message à Mouss. Arrivée gare de l'Est à quatorze heures huit. Je n'aurai jamais la force de transporter ma grosse valise.

Au bout du quai l'homme Bleu Marine m'accueille d'un large sourire, il m'enlace, les battements de son cœur me calment. Je respire son parfum bon marché qui couvre sa transpiration. Il attrape ma valise, me tend son bras pour me soutenir. Il le sait : je reviens de loin. Dans la rame de métro, les gens montent, descendent, me bousculent. Je tremble, je ne supporte plus le bruit des alarmes. Je m'agrippe à Mouss par la poche de son pantalon, je tangue. Entre deux stations je murmure :

— J'ai avorté.

— La vie, dit-il, la vie.

Mouss me quitte sur le palier. Odette n'est pas là. Sur la table du salon, les animaux encerclent le louveteau. Une odeur de bougie envahit la pièce. Dans ma chambre, je punaise le numéro du docteur Morel. Comme si j'allais encore en avoir besoin. Comme si l'œuf allait revenir.

Je suis une fontaine de sang depuis six jours. Ça coule sans arrêt. J'enfile des couches, traîne en survêtement pour les camoufler. Je change mes draps au réveil, les étends à côté des pyjamas pastel. L'appartement prend des allures de maison de retraite. Désinfectants et compresses sont éparpillés dans chaque pièce pour soigner les blessures d'Odette. Elle a de nouveau des vertiges. La bombe, le gilet matelassé et le déambulateur limitent la casse, mais ses os sont aussi fragiles que ses animaux en verre. Nous vivons au même rythme quand je n'ai pas de répétitions : démarrage difficile, emmitouflées dans nos châles devant notre café, je répète mes scènes, elle joue avec sa ménagerie ou dort. On pourrait nous confondre : amaigries, traits tirés, hématomes. Hier, j'ai aperçu deux cheveux blancs.

Mon corps me démange. Chacun de mes organes se révolte contre ma décision. Même mon cerveau est de mèche, il incruste dans mes rêves des images de l'enfant. La nuit dernière, la vision d'un bébé en pleurs semblait si réelle que je me suis levée pour vérifier dans le berceau. J'ai composé le numéro du docteur Morel pour raccrocher aussitôt.

Odette ne se résout pas à l'idée qu'il n'y ait plus rien dans mon ventre. Elle m'interdit de manger des aliments crus, de boire, de fumer, d'ingurgiter trop de café. Elle parle de *notre* bébé, reprend des couleurs quand elle cherche où disposer le berceau. Elle a retrouvé une boîte à musique et d'anciennes robes et culottes bouffantes qu'elle empile dans le salon. Elle est persuadée que ce sera une fille, baptise le louveteau plusieurs fois par jour : Irène, Aimée, Charlotte, Augustine… Une chose est sûre, Odette sera son deuxième prénom. Elle couvre l'animal de baisers, lui fait boire du lait dans un dé à coudre, le dorlote, lui chante des berceuses et le fait jouer avec son poulain turquoise, Gladiateur. La jument, la louve et le louveteau ne la quittent pas, c'est sa *petite famille.*

Parfois, elle m'entraîne dans ses délires, arrive à me convaincre que je suis toujours enceinte. Elle a entouré le 20 décembre sur le calendrier, date prévue pour l'accouchement. Avec un marqueur, j'ai barré d'une grande croix le 11 avril, jour de l'expulsion. Peu à peu, Odette se retire dans le royaume des morts. Je n'ai aucun moyen de la retenir, elle ne me donne pas accès à son monde. Elle passe du rire aux larmes, souffre de plus en plus d'absences, confond des événements, des dates, oublie pourquoi elle se rend dans une pièce, hallucine et se montre agressive. Bien consciente que son état va empirer, j'ai envoyé un mail à sa nièce. Odette ne pourra pas rester seule après mon départ. Je veille sur une enfant de quatre-vingt-onze ans. Alex compte placer sa tante dans une maison de retraite. Elle me demande de chercher une aide à domicile en attendant.

Ce matin, j'ai une répétition en costume. La lumière des projecteurs dévoile parfois ma chair sous la chemise de nuit blanche. J'enfile un tampon et bourre ma culotte de coton. Sur la pointe des pieds, je passe devant la chambre d'Odette.

Je la trouve assise à la table de la salle à manger, chantonnant :

Brille, brille petite étoile
Dans la nuit qui se dévoile
Tout là-haut au firmament
Tu scintilles comme un diamant
Brille, brille petite étoile
Veille sur ceux qui dorment en bas

Par-dessus son épaule, je découvre mon échographie et le test positif. Elle chante en caressant son gros ventre. Elle a glissé un oreiller sous sa robe de chambre. J'attrape son visage pour l'empêcher d'entamer le couplet suivant.

— J'ai a-vor-té. Pas de bébé à la fin de l'année et plus de Zoline dans six semaines.

Je lui retire le coussin.

Boulevard de Clichy, je traverse pour éviter les enseignes pour enfants et les mères avec leurs poussettes. Elles occupent tout le trottoir comme si elles s'exhibaient avec un char d'assaut. Cours Florent, je gagne la salle Auteuil. Hugo est déjà dans son rôle de psychanalyste. Nora lui donne des indications sur l'intonation. Je me change. Assise à l'avant-scène, je ferme les yeux. Romy n'existe plus, je suis Sabina Spielrein. Nous sommes en 1904. Hugo se lance, il est le Dr Jung, adjoint au directeur de l'hôpital, il m'annonce que je suis sa patiente, il me demande comment je me sens.

Nous déroulons la scène avec fluidité. Un cap vient d'être franchi, nous décollons du texte. Nous soignons les détails : chaque mot, chaque silence est mis en valeur. Les trouvailles foisonnent comme si nous les méritions à ce niveau de jeu. Soudain, mon regard se porte sur Nora, silencieuse depuis un moment. Elle tient mon livre à la page où j'ai noté les numéros des plannings familiaux, fixe mon ventre. Je lui fais signe de se taire.

— Reprenons là où nous nous sommes arrêtés.

Mon ton est glacial. Nora me dirige avec plus de fermeté. Elle ne m'épargne pas. Elle se place derrière moi et, d'un coup, plaque sa main sur mon ventre.

— Ça doit venir de là, crache-t-elle.

Je lui tords le poignet, mets fin à la répétition et fonce aux toilettes. Juste à temps. Au retour, je récupère trois joints chez Mouss et échoue sur un toboggan dans un square désert. Les yeux rivés au ciel, je devine la forme des nuages : un nounours, une tétine, un biberon.

Rideaux fermés, les cierges éclairent la salle à manger transformée en chœur d'église, des draps recouvrent les meubles. Cramponnée à son déambulateur, vêtue de noir, un voile sur le visage, Odette récite des prières. *Seigneur, Tu seras seul à connaître cet enfant que la mort nous arrache avant sa naissance. Mais, avant même d'être né, n'était-il pas aimé ? Toi qui l'aimes depuis le commencement, nous Te prions : puisqu'il n'a pas pu vivre auprès de nous, fais-le vivre auprès de Toi pour les siècles des siècles. Amen.* Un signe de croix, elle attrape le louveteau, son *petit ange* comme elle l'appelle, le place dans la vitrine parmi les autres morts. Les coudes sur le siège du déambulateur, elle se recueille. Je m'approche. Odette me force à m'agenouiller. Nous restons les yeux rivés sur *petit ange* avant de nous retirer chacune dans sa chambre.

Jean me tire du sommeil à une heure du matin. Il ne supporte plus mon absence, nos échanges lui manquent, mon air sombre, mon parfum, mon sourire. Il se souvient de toutes les fois où nous avons fait l'amour, nos rires, mes yeux noirs quand je lui en veux, ma façon de respirer son cou comme de la cocaïne, mes crises de larmes, mes fuites. Il aimerait se serrer contre moi, sentir ma peau. Sa voix grave et ses mots ne m'enveloppent plus. Jean me questionne sur mes répétitions. Je mens, invente des journées palpitantes, des sorties au théâtre, des rencontres. Il me propose de le rejoindre ce week-end à Monaco avant son audience de lundi. Je refuse.

Je prie pour ne plus saigner. J'hésite à me rendre à l'hôpital. Est-ce une hémorragie ? Je me traîne. Je garde le peu d'énergie pour la scène. Quand il y a un absent, je saute sur l'occasion pour donner la réplique. Je mets la barre plus haut chaque fois pour montrer à Vanhove l'étendue de mon jeu. Les répétitions avec Hugo et Nora sont denses. À fleur de peau, ça pète pour un rien. Nous nous reprenons vite. À la maison, je m'écroule.

J'ai trouvé une association d'aide à domicile, Amina interviendra lundi dès neuf heures. Odette n'est plus que l'ombre d'elle-même. En tenue de deuil, elle erre de pièce en pièce. Elle ne s'alimente plus sauf quand je lui donne la becquée. Elle ne regarde plus la télévision, n'écoute plus la radio et ne fait plus de sudokus, ne veut plus se laver ni se mesurer. J'ai demandé au père Dominique de lui rendre visite. Odette ne l'a pas reconnu. Parfois, elle me regarde comme une étrangère, se demande ce que je fabrique chez elle. Elle fait sa valise plusieurs fois par jour. Elle me répète qu'elle doit rendre visite à sa mère. Je peine à l'en dissuader.

Ce matin, j'accueille Amina : peau dorée, foulard rose dans les cheveux, elle est en avance. Je l'informe des rituels et des habitudes d'Odette. Je la préviens de son mauvais caractère. Soulagée, je pars en cours avant son réveil.

Nous sommes à un mois de l'échéance. Aujourd'hui, nous filons toutes les scènes. Vanhove prend des notes sur notre jeu, la scénographie et l'enchaînement. Il a planifié chaque séance : plus de place pour le doute. Les dés sont jetés. Nora, Hugo et moi calons davantage de répétitions. Pas un jour libre avant le 3 juin. Je tiens mon personnage, j'ai Sabina dans la peau.

À mon retour, Amina joue avec son portable dans un coin du salon. Odette a refusé son aide et rejeté toutes ses propositions : changer les draps, faire des courses, jouer aux cartes, cuisiner, et l'a grondée à la moindre initiative. Elle ne veut personne d'autre que sa Zoline.

Amina n'a pas tenu la semaine, Josyane et Garance non plus. Odette me mène la vie dure, hurle la nuit, appelle sa mère. J'enfonce plus loin encore mes boules Quies. Je ne réponds plus à ses attaques ni à ses menaces quand je franchis le seuil de l'appartement. J'ai bien essayé de la raisonner avec l'aide de la louve et de la jument, je ne peux pas rester à ses côtés vingt-quatre heures sur vingt-quatre. Elle fait la sourde oreille. Alors que je n'y croyais plus, je reçois un appel de l'association. Thérèse, *une perle*, est disponible. Vingt-cinq ans de métier, elle sait se faire aimer en un rien de temps avec ses chants africains et ses recettes maison.

Un mercredi matin, Thérèse débarque avec sa tenue multicolore et ses gros sacs et va s'asseoir face à Odette qui s'active à lustrer ses animaux. Thérèse s'empare de la tortue et lui fait dire qu'il est l'heure de se laver. Odette obtempère. On dirait qu'une bonne fée est tombée du ciel. Son rire résonne de pièce en pièce. Alors que je ne lui demande rien, Thérèse lave mes vêtements, les repasse et me laisse toujours une assiette du plat qu'elle a mijoté. Elle me trouve maigre et dit que je bois trop. Elle a déniché les cadavres de bouteilles sous le berceau du foutoir. L'enfant est parti de mon ventre mais il s'est logé dans ma tête. Odette reprend goût à la vie, nous recommençons à nous mesurer et à chanter, mais les fins de journée restent délicates : c'est toujours à la tombée de la nuit que sa folie s'épanouit. Elle s'accroche à moi, ne veut pas rester seule. Elle me demande de dormir avec elle, attrape ma main dès que je bouge. J'attends avec impatience que Thérèse prenne la relève. Désormais, elle reste plus longtemps l'après-midi pour que je puisse répéter : c'est elle qui m'a proposé cet arrangement le jour où j'ai failli frapper Odette devant elle.

Jour J, silence dans les couloirs du Cours Florent, chacun se déplace sur la pointe des pieds. Je me trouve un coin en coulisses à l'écart des autres, répète une dernière fois mon texte. J'enfile ma chemise de nuit dans laquelle je flotte. Peu à peu la métamorphose s'opère, Sabina chasse Romy. Comme j'ai changé en quelques semaines ! Côtes saillantes, veines apparentes, poignets et doigts fins, longue cascade de boucles blond vénitien. J'applique un trait de crayon noir au bord de mes paupières, allonge mes cils, creuse mes joues, ébouriffe mes cheveux. On croirait que je sors de l'asile.

Ça s'agite dans les couloirs, les jurés viennent d'arriver. La main d'Hugo se pose sur mon épaule. C'est à nous.

Hébétée, tremblante de joie, je marche avenue de Flandre. J'envoie un message à Manu et à mes parents, j'appelle Thérèse pour qu'elle transmette la nouvelle à Odette. Je passe près des Chinoises agglutinées devant le laboratoire d'analyses. Je regarde mon reflet dans les vitrines.

Ça y est !

Je longe les sex-shops et leurs mannequins aux perruques multicolores, m'arrête un instant devant le Pussy's. Place Gustave-Toudouze, j'observe le premier étage du numéro 2. À la fenêtre du salon, Odette est agrippée à la rambarde. Nous nous fixons.

Mes doigts dansent une dernière fois sur le clavier du digicode, je monte marche après marche, accompagnée par les images de ma vie ici. Je me revois à l'audition finale, tout à l'heure. Je suis au bord de la frontière entre les coulisses et la scène, plus qu'un pas à faire. Hugo pose la main sur mon épaule. Nos respirations à l'unisson s'accélèrent. Nous écoutons le silence. Un champ de coquelicots déploie sous mes yeux son tapis rouge. Tous mes sens sont décuplés. Atmosphère étouffante, sol humide de sueur. Voilà, j'y vais. Pieds nus, j'avance sur scène. Mes yeux s'habituent au noir, les ombres deviennent de plus en plus distinctes. Je devine la silhouette de M. Florent au milieu des autres jurés. Je m'assois à l'avant-scène. J'entends le grésillement des projecteurs éteints, épuisés par la scène précédente comme un moteur de voiture que l'on vient de couper. J'entends la pointe du stylo du professeur Jung qui se pose sur son bloc. Enfin sous la lumière, j'émerge de l'obscurité. Je lève le visage vers la salle et, d'une voix venue de très loin, je lance ma première réplique :

— *Je ne suis pas folle.*

Je vis chaque souffle, chaque mot, chaque silence. J'assiste en même temps à ma disparition et à ma renaissance. J'existe. Toutes mes guerres jaillissent. Une énergie rouge m'enveloppe. Je me recroqueville, me tends et me contorsionne, grimace, investis les moindres recoins de la scène qui est à moi. Je déploie mes ailes de cygne, je me donne. Si mes parents pouvaient me voir. Le temps n'existe plus. La lumière ruisselle sur ma peau. Je transpire, la chemise de nuit blanche me colle au corps. Des frissons me parcourent l'échine, courant électrique, câble détaché de son poteau, balayé par le vent, indomptable et prêt à mettre le feu. Jamais je ne me suis sentie aussi vivante qu'à cet instant. La scène défile, mes muscles bataillent pour ne pas lâcher si près de la fin. Je redouble d'efforts. Chaleur dans le bas-ventre, poitrine tendue, respiration haletante. Spasmes, j'étouffe, des larmes coulent sur mes joues, je m'effondre sur scène. Front brûlant. Des gouttes de sueur filent le long de mes cheveux. Empreintes de mes doigts sur le sol.

Temps suspendu. Long silence. Je n'entends que les battements de mon cœur. Grincements de chaises.

Applaudissements. Je distingue M. Florent qui vient à ma rencontre et me tend la main pour me relever. Mes jambes flageolent. Je reçois ses félicitations comme dans un rêve. Il m'exhorte à passer le concours du Conservatoire. J'acquiesce. Je quitte le plateau à reculons, capte le regard de chacun des jurés, immortalise ce moment. Vanhove me rejoint dans les coulisses, il me donne rendez-vous la semaine prochaine pour démarrer les répétitions de sa création avant de me serrer la main d'une poigne ferme. Je viens de décrocher mon premier rôle. Je pars en courant.

Je retrouve Odette dans la salle à manger, chandeliers, vaisselle des grandes occasions, bulles et petite ménagerie.

— Louve : J'ai réussi.

— Jument : Tu vas me quitter ?

Nous trinquons les yeux dans les yeux : à nous, à ma carrière de comédienne, à demain ensemble. Je bois ma coupe d'un trait.

Une souris passe.

Je ris aux éclats. Odette m'attrape la main. Nous sommes liées pour toujours. Je le sais, tu le sais, ça n'en finira jamais, nous. Odette, nous ne nous quitterons pas. Ne suis-je pas toi ? N'es-tu pas moi ? Moi enfermée dans un corps de vieille et toi dans un corps de gamine ? L'histoire se répétera comme une comptine, et nous chevaucherons les morts comme nous avons chevauché les vivants. On fait tout cela parce qu'on est mort. Mort plusieurs fois déjà.

Je serai Hermione, Macbeth, Lucrèce Borgia, Électre, Ophélie, je serai toutes les femmes, et je mangerai ta soupe, je crierai à jamais sur le toit du garage, je danserai avec ma perruque dès que l'envie me prendra, j'irai en Russie visiter la maison de Tchekhov, je recevrai mon père dans ma loge après un triomphe, j'accepterai le bouquet d'hortensias d'un inconnu mais je saurai qu'il est de Jean, j'irai à Rio danser la salsa et le forró avec Manu, je mettrai en scène *La Mécanique des femmes* et *Soudain l'été dernier*, je sauterai dans le premier train sur un coup de tête, je plongerai encore et toujours dans les vagues, j'aurai un chez-moi et une grande bibliothèque, et tu seras là, Odette. Tu seras toujours là. Avec moi. Ne t'en fais pas. J'aurai un enfant, ce sera un garçon, et je serai tendre, je serai odieuse, je serai drôle, je serai jalouse, je serai amoureuse, je serai impulsive, je serai joueuse, je serai en colère, je serai cruelle, je serai excessive, je serai fillette, pute, mère, je serai femme, chienne, louve, à jamais.

Je remercie Andrée Deissenberg et les danseuses du Crazy Horse de m'avoir dévoilé leur univers, et en particulier Taïna de Bermudes pour ses cours de danse.

Je remercie Tany Silva pour ses précieux éclairages au début de l'aventure.

Je remercie les vigiles pour leurs mots et silences échangés entre chien et loup.

Je remercie les travailleuses du sexe qui m'ont confié leur vérité.

Je remercie ma Cocotte pour ses drôles d'histoires et sa fameuse soupe *vas-y-fous-tout*.

Je remercie Lilyane Beauquel, mon amie et baroudeuse des chemins sinueux de la langue, pour nos conversations à toute heure qui ne terminent jamais.

Je remercie Françoise et Gin pour leur amitié et leur regard juste.

Je remercie Michèle et Marc pour leur chaleureux accueil dans le Sud-Ouest.

Je remercie mon Général et son Maréchal des logis de m'avoir offert une base où me retrancher pour écrire *Chienne et louve*.

Composition : IGS-CP
à L'Isle-d'Espagnac (16).
Achevé d'imprimer
sur Roto-Page
par l'Imprimerie Floch
à Mayenne, en juin 2022.
Dépôt légal : juin 2022.
Numéro d'imprimeur : 100602.
ISBN 978-2-07-298783-0 / Imprimé en France.

447823